JULIE PETERS
*Der kleine
Weihnachtsbuchladen
am Meer*

AF197538

aufbau taschenbuch

JULIE PETERS, geboren 1979, arbeitete einige Jahre als Buchhändlerin und studierte ein paar Semester Geschichte. Anschließend widmete sie sich ganz dem Schreiben. Sie lebt mit ihrer Familie im Westfälischen.
Im Aufbau Taschenbuch sind bereits ihre Romane »Mein wunderbarer Buchladen am Inselweg«, »Mein zauberhafter Sommer im Inselbuchladen«, »Der kleine Weihnachtsbuchladen am Meer«, »Die Dorfärztin – Ein neuer Anfang«, »Die Dorfärztin – Wege der Veränderung«, »Ein Sommer im Alten Land«, »Ein Winter im Alten Land«, »Käthe Kruse und die Träume der Kinder«, »Käthe Kruse und das Glück der Kinder« und zuletzt »Ein neuer Sommer am Inselweg« erschienen.

Frieke ist schon voller Vorfreude. Die Schwangerschaftshormone haben sie fest im Griff, und sie schmückt übermütig Buchladen und Kapitänshaus mit allem an Weihnachtsdeko, was sie auf der Insel auftreiben kann. Bengt hat ganz eigene Pläne für das letzte Weihnachtsfest vor der Geburt des Babys. Aber dazu muss er noch einige Überzeugungsarbeit bei seiner Liebsten leisten … Und dann ist da noch Friekes Hebamme Meike. Ginge es nach ihr, würde das Familienfest ganz ausfallen, denn seit einem Streit mit ihrer Schwester ist ihr ganz und gar nicht feierlich zumute. Ob es für alle doch noch glückliche Weihnachten werden?

JULIE PETERS

Der kleine Weihnachtsbuchladen am Meer

ROMAN

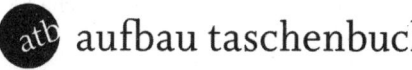 aufbau taschenbuch

MIX
Papier | Fördert
gute Waldnutzung
FSC® C083411

ISBN 978-3-7466-3609-2

Aufbau Taschenbuch ist eine Marke
der Aufbau Verlage GmbH & Co. KG

5. Auflage 2023
© Aufbau Verlage GmbH & Co. KG, Berlin 2019
www.aufbau-verlage.de
10969 Berlin, Prinzenstraße 85
Der Verlag behält sich das Text- und Data-Mining
nach § 44b UrhG vor, was hiermit Dritten
ohne Zustimmung des Verlages untersagt ist.
Umschlaggestaltung und Motiv www.buerosued.de, München
Satz Greiner & Reichel, Köln
Druck und Binden CPI books GmbH, Leck, Germany

Printed in Germany

KAPITEL 1

Frieke warf einen letzten Blick in den Badezimmerspiegel. Sie war zufrieden mit dem, was sie da sah. Okay, die Wangen wirkten irgendwie voller, aber da das aktuell auf ihren ganzen Körper zutraf – sogar die Zehen lagerten fröhlich Wasser ein, als wären sie im Wettbewerb mit den zu kleinen Stummelwürstchen angeschwollenen Fingern, – und es, wie ihre Hebamme Meike immer wieder versicherte, nur ein vorübergehendes Phänomen war, versuchte sie, sich damit zu arrangieren.

Soweit das eben möglich war, wenn man sich in ein teures, enges Kleid zwängte, weil man auf einer Hochzeit eingeladen war.

»Vor einer Woche hat es noch gepasst«, murmelte Frieke deprimiert. Ihre Hand ruhte auf dem Bauch, der offensichtlich schon wieder gewachsen war.

»Ist ja nicht mehr lang.« Bengt schob sich in das kleine Badezimmer und küsste ihren Nacken. Frieke hatte die dunklen Locken in mühsamer Kleinarbeit gebändigt und hochgesteckt. Als Krönung hatte sie eine alte, petrolfarbene Federbrosche mit Pailletten hineingesteckt und das Ganze mit so viel Haarspray fixiert, dass sich garantiert kein Härchen hervorwagen würde.

Bengt rümpfte die Nase. »Hast du gerade das Ozonloch über dem Südpol um drei Prozent vergrößert?«

Spielerisch versetzte sie ihm einen Klaps auf den Unterarm. »Manchmal bist du mit deinem Ökobewusstsein ein bisschen arg Achtziger!« Sie betrachtete ihn zärtlich. Sie konnte gar nicht glauben, dass dieser unglaublich attraktive Mann mit den Wuschelhaaren und dem gepflegten Dreitagebart wirklich zu ihr gehörte.

Bengt trug einen schlichten, grauen Anzug und eine rote Krawatte zu dem weißen Hemd. Der Anzug war schon etwas älter und zu weit geschnitten, wie es vor zehn Jahren nun mal Mode gewesen war. Auch bei der Krawatte hatte er nicht mit sich reden lassen. Friekes Vorschlag, er könnte doch eine Krawatte wählen, die zu ihrem Kleid passte, hatte er abgeschmettert. »Die geht noch«, hatte er behauptet. Und so richtig unpassend war sie nicht zu dem cremefarbenen Empirekleid mit Spitzenrock, der zum Glück bis zum Boden reichte. Dadurch wurde der Bauch zwar noch mehr betont, aber zugleich wurden die ziemlich unpassenden und leider auch sehr unstylischen Birkenstocks kaschiert, die sie anhatte, die Riemen bis auf das äußerste Loch geschnallt. In Schuhe mit Absätzen hätte sie heute definitiv nicht gepasst. Da hätte Bengt sie auch zur kleinen Inselkirche tragen können, und nein, das würde er nicht tun. War ja nicht so, als hätte sie ihn nicht danach gefragt.

»Ich habe extra eins genommen, das im Ökotest gut abgeschnitten hat«, verteidigte sie ihre Betonfrisur. »Und ich mache es ja nur dieses eine Mal. Ja?«

Bengt brummelte etwas vor sich hin. Er hielt seinen Kamm unter kaltes Wasser und begann, die gewohnt krausen Haare zu bändigen. Ja, wenn sie so kurze Haare hätte, dann hätte sie auch kein Problem, sich eine Frisur zu zaubern. Feuchter Kamm durch, zack, fertig.

Damit Bengt sich in Ruhe fertig machen konnte, verließ Frieke das Badezimmer. Im Flur standen die Birkenstocksandalen neben einem Paar flachen Ballerinas, die sie letzte Woche im Secondhandladen auf dem Festland gefunden hatte. Sie passten perfekt zu der petrolfarbenen Schleife über ihrer Babykugel und dem Kleid. Darüber würde sie ihren Mantel tragen, denn es war nach einem traumhaften Sommer und einem goldenen Herbst in den letzten Wochen empfindlich kalt und feucht geworden.

Manchmal fand sie es anstrengend, dass sie auf einer Insel lebte. Und ja, gelegentlich fand sie sogar Bengt anstrengend, der ein Leben mit möglichst wenig Müll und einem Augenmerk auf Nachhaltigkeit führen wollte. Er war in der Hinsicht ein Perfektionist. Frieke war alles Mögliche. Gut zwei Jahre an der Seite von Bengt hatten sie sicher in Bezug auf ihre eigene Ökobilanz zu einem besseren Menschen gemacht, wenn besser bedeutete, dass man weniger konsumierte, mehr über den Konsum nachdachte und vieles gebraucht kaufte und keine Flugreisen mehr unternahm. Aber es blieb für sie anstrengend, während Bengt scheinbar mühelos bei jeder Konsumentscheidung zielstrebig die für die Umwelt beste Möglichkeit herauspickte und dann auch umsetzte.

Tja. Es fiel ihr eben an einigen Tagen verdammt schwer, mit einem Umweltengel zusammen zu sein.

»Haben wir alles?« Bengt kam aus dem Badezimmer. Obwohl der Anzug etwas aus der Zeit gefallen schien, obwohl seine braunen Lederschuhe an den Spitzen etwas angestoßen waren und sein Gürtel nicht exakt den Braunton der Schuhe traf – er sah zum Anbeißen aus. Frieke würde dasselbe gern von sich behaupten. Aber sie war wohl eher ein Fall für die Walfänger, sonst biss hier keiner an.

»Das Geschenk!« Sie lief ins Wohnzimmer. Dort stand der Karton, den sie in eine alte Zeitung eingewickelt hatte. Bengt hatte es irgendwie geschafft, diese alte Ausgabe aufzutreiben, von dem Tag, an dem das Brautpaar sich das erste Mal geküsst hatte. Es hatte einige Nachfragen gekostet, und selbst jetzt war Frieke nicht sicher, ob das Datum stimmte. Nach über fünfzig Jahren konnte das Gedächtnis einen ja schon mal im Stich lassen.

Aber ihre Freundin Johanne, die zugleich auch eine gute Kundin in Friekes kleinem Inselbuchladen war, hatte sehr überzeugt geklungen, als sie den ersten Kuss auf einen Tag im Mai 1968 datierte. Und Frieke hatte das Datum an Bengt weitergegeben, der die Zeitung bestellte, die dann per Post geliefert wurde. Ob das jetzt so nachhaltig war? Hätte es da nicht auch die Zeitung von letzter Woche getan?

Lieber nicht darüber nachdenken oder gar diskutieren. Sie sollte sich vielmehr darüber freuen, dass Bengt in diesem Fall über seinen Schatten sprang.

In dem Paket steckte dann auch wieder etwas Gebrauchtes. Eine aus alten Porzellantellern zusammengesetzte Étagère. Die Teller hatten Goldrand, waren aus verschiedenen Service entnommen und doch sah das Ergebnis dieses Kunsthandwerks, das aus einer kleinen, ost-westfälischen Manufaktur stammte, einfach perfekt aus. Es passte auf jeden Fall zu Johanne und Oltmanns Kruse, die verschiedener kaum sein konnten.

»So eine übereilte Hochzeit hätte eher zu uns gepasst.« Bengt gab Frieke einen Kuss auf die Wange. Sie erstarrte mitten in der Bewegung, das Geschenk in den Händen.

Eine übereilte Hochzeit.

»Wie meinst du das?«, fragte sie wider besseres Wissen. Denn das Thema heiraten, so viel wusste sie inzwischen, war eben kein Thema für ihn. Zumindest hatte er das neulich so gesagt, als sie mit der Hochzeitseinladung nach Hause kam. Er freute sich für das Brautpaar, aber als sie durchblicken ließ, dass sie es auch schön fände, wenn sie beide heirateten, hatte er sie nur flüchtig auf den Mund geküsst und sagte: »Ach was. Wir haben es doch gut, so wie's ist.«

Und Bengts nächste Worte bestätigten ihr, dass er übereilte Hochzeiten vielleicht bis zu einem gewissen Grad romantisch fand, aber doch nicht für sie beide!

»Du siehst wunderschön aus«, flüsterte er ihr ins Ohr.

Thema abgehakt.

Dann klemmte er sich das Paket unter den Arm und verließ hastig das Haus.

Frieke schlüpfte in den Mantel, der sich leider nicht mehr zuknöpfen ließ. Musste sie eben frieren. Zum Glück waren die Wege kurz im Spiekerooger Inseldorf, und bis zur Kirche waren es gerade mal drei Minuten zu Fuß. Sie wickelte sich rasch noch einen dicken Schal um den Hals, den ihre Freundin Sonja gestrickt hatte. Dann trat sie hinaus in das stille Grau des Novembers und folgte Bengt.

Am Gartentörchen wartete er auf sie.

»Hey«, sagte er. »Ich habe das vorhin nicht so gemeint.«

»Was denn?« Sie bemühte sich um ein Lächeln.

»Das mit dem Heiraten.«

»Du hast doch gar nichts gesagt.«

Er musterte sie prüfend. Aber dann ließ er es auf sich beruhen, und sie ging auch nicht auf diese Steilvorlage ein. Sie wollte nicht streiten, und sie spürte, wie es tief in ihr grummelte und grollte.

Heute war dafür nicht der richtige Zeitpunkt. Heute ging es doch nur ums Brautpaar.

Bengt und sie waren seit gut zwei Jahren ein Paar, und in ihren Augen waren sie glücklich. Das Baby würde im Februar zur Welt kommen. Es war nicht geplant gewesen, aber sobald Frieke wusste, dass sie ein Kind erwartete, hatte sie sich uneingeschränkt darauf gefreut. Auch weil Bengt der Richtige war, um mit ihm eine Familie zu gründen. Was sich spätestens dann bestätigte, als er von der Schwangerschaft erfuhr. Auch er freute sich vom ersten Augenblick an und riss sogleich den Nestbau an sich.

Aber heiraten? Das passte irgendwie nicht zu ihm, und Frieke war zu stolz, um ihn ständig daran zu erinnern, dass sie es ganz schön fände, nachdem sie länger darüber nachgedacht hatte. Nicht zwingend, aber schön, weil sie damit zeigten, dass sie zusammengehörten. Vielleicht, nein, ganz bestimmt war das sehr altmodisch.

Aber alle taten es! Sogar ihre Freundin Emma, die aktuell noch mit dem Vater ihrer Zwillingssöhne in Scheidung lebte, hatte Frieke in einem stillen Moment verraten, dass Raik und sie ernsthaft darüber nachdachten, ob sie heiraten sollten, wenn die Scheidung erst mal rechtskräftig war. Und die beiden waren doch erst seit dem Spätsommer ein Paar! Wie konnten sie sich schon jetzt so sicher sein?

Bengt beobachtete sie aufmerksam. Frieke hakte sich bei ihm unter. »Ach«, sagte sie leichthin. »So eine Pralinenhochzeit muss es ja nicht sein.«

Bevor Bengt darauf etwas erwidern konnte, beschleunigte sie ihre Schritte. Sie hatte Sonja entdeckt, die an dem Törchen wartete, das in den Kirchhof führte.

Die kleine Spiekerooger Inselkirche stand mitten im Dorf. Frieke hatte manch schöne und wehmütige Erinnerung an diesen kleinen Backsteinbau, der sich im Schatten der Linden und Kastanien duckte. Die Dachschindeln waren verwittert, die Holztür klemmte, verzogen von Wind und Wetter. Im Innern war es zu dieser Jahreszeit empfindlich kalt. Normalerweise wurde nur im Sommer hier Gottesdienst abgehalten; im Winter konnte die Kirche schlicht nicht beheizt werden.

Doch für Johanne und Oltmanns machte die Gemeinde eine Ausnahme, und damit die Hochzeitsgäste nicht an den Holzbänken festfroren, lagen cremefarbene Decken und dazu passende Sitzpolster auf den Bänken.

Der Bräutigam war schon da, als Frieke und Sonja die Kirche betraten. Bengt stellte das Geschenk im Eingangsbereich ab. Zu spät fiel Frieke ein, dass sie es auch in aller Ruhe nach der Trauung hätten holen können, bevor es zum Mittagessen in Oltmanns' Hotel *Spiekerooger Liebe* ging.

Frieke und Sonja gingen nach vorne, wo bereits Johannes Familie vollzählig versammelt war – ihre Kinder und Enkel, sogar ihre Schwester hatte den Weg aus Aurich auf sich genommen. Außerdem zwei Freundinnen aus Neuharlingersiel.

Auf Oltmanns' Seite saßen nur zwei seiner Nichten, die eine war mit ihrem Freund gekommen. Er war bisher kein ausgeprägter Familienmensch gewesen.

Umso schöner, dass er mit Johanne gleich eine ganze Familie heiratete.

Während Frieke von Johannes Kindern begrüßt wurde, spürte sie Oltmanns' Blick in ihrem Rücken. Sie schob Bengt in die Richtung des Bräutigams. »Hier, walte deines Amtes«, flüsterte sie.

Bengt verzog keine Miene, und das rechnete sie ihm hoch an, denn in den vergangenen Tagen hatten sie sich mehrfach gehörig in die Haare gekriegt, sobald es um diese Hochzeit ging. Bengt war kein großer Freund von Oltmanns Kruse. Er nahm ihm immer noch übel, dass dieser den Inselrat ausgetrickst und ein riesiges Hotel am Norderpad errichtet hatte. Viel zu groß für die Insel, fand Bengt. Frieke hatte sich inzwischen an die Dimensionen des Hotels gewöhnt, und zudem merkte sie, dass Johanne einen mäßigenden Einfluss auf Oltmanns ausübte. Außerdem hatte der alte Hotelier sie vergangene Woche in der Buchhandlung aufgesucht und ihr vorgeschlagen, sie könne doch regelmäßig die Hotelbibliothek mit neuen Büchern bestücken. Eine Aufgabe, der Frieke sehr gerne nachkam.

Da Oltmanns bis auf die Nichten niemanden hatte, war er bei der Suche nach seinem Trauzeugen ins Straucheln geraten. Johanne hatte sich Frieke in einer stillen Minute anvertraut, weil ihr dieser Umstand durchaus auf dem Herzen lag. »Er hat einfach niemanden. Mir tut es so leid, wenn er ganz allein da vorne steht.«

Und weil Frieke nun mal war, wie sie war, hatte sie Bengt dazu verdonnert, sich zu Oltmanns zu stellen und als Trauzeuge zu fungieren. Bengt hatte gegrollt und gefaucht, aber als sie ihn fragte, ob er denn allein da vorn stehen und auf seine Braut warten wollen würde, gab er schließlich nach.

Sonja befestigte nun ein Sträußchen Schleierkraut mit einer winzigen Rose in der Mitte an Bengts Revers. Oltmanns trug bereits ein ähnliches am Aufschlag seines modernen, hellen Anzugs. Er zog gerade ein Stofftaschentuch aus der Hosentasche und wischte sich damit über die Nase.

Na also. Ein Stofftaschentuchbenutzer. Das sollte Bengt doch für ihn einnehmen.

Frieke lächelte ihrem Liebsten noch mal aufmunternd zu, bevor sie nach draußen ging. Sonja kümmerte sich derweil um Oltmanns' Verwandte und setzte sich zu ihnen. Später würde auch sie dort Platz nehmen.

Nach und nach kamen noch ein paar weitere Insulaner – allesamt Freunde von Johanne, die sich aber, um das Gleichgewicht zu wahren, auf die Seite des Bräutigams setzten.

Frieke stand fröstelnd vor der Kirche und blickte nervös auf ihr Smartphone. Hoffentlich war nichts passiert…

Doch da kam auch schon die Braut.

Raik und Emma hatten sich von Frieke das Lastenrad der Buchhandlung geliehen, das vorne eine große Wanne mit Sitzbank hatte. Diese hatten sie mit Girlanden geschmückt. Die letzten Zweige Sanddorn aus den Dünen hatten dran glauben müssen, dazu Schleierkraut und orange Rosen, die am Morgen frisch vom Festland geliefert worden waren, zusammen mit dem wunderschönen Brautstrauß.

Johanne saß auf der Bank des Lastenrads, das Raik fuhr. Emma und ihre zweijährigen Zwillingsjungs liefen hinterher. Wie sehr Johanne diese Art des Transports gefiel, konnte man an ihrem strahlenden Lächeln erkennen. Sie zog den Kragen ihres orangefarbenen Ponchos aus Wollwalk enger um den Hals. Dazu trug Johanne ein tiefblaues Kleid mit cremefarbener Spitze und nachtblaue Samtschuhe, die sie seit über vierzig Jahren besaß. Der Poncho war neu, das Kleid blau, die Schuhe alt… Frieke hatte für etwas Geborgtes gesorgt, indem sie Johanne die blaue, mit Pailletten besetzte Clutch geliehen hatte, die noch aus einem anderen Leben stammte. Einem, von dem sie sich meilenweit entfernt hatte.

»Da seid ihr ja!« Frieke winkte. Das Lastenrad kam zum Stehen, und Raik half Johanne heraus.

»Oh, das war aufregend!« Johanne strahlte und hakte sich bei Frieke ein. »Sind schon alle da?«

»Alle da. Er auch«, fügte Frieke mit einem Augenzwinkern hinzu. »Keine Angst, unsere Männer lassen ihn jetzt nicht mehr entkommen.«

Johanne lachte. »Darum mache ich mir keine Sorgen.« Sie wirkte so glücklich, dass Frieke nicht anders konnte – sie musste sich kurz abwenden und ein Tränchen verdrücken.

Die Schwangerschaft, redete sie sich ein. Die machte komische Dinge mit ihr.

Es musste wunderbar sein, wenn man nach über fünfzig Jahren die große Liebe heiraten durfte.

In Friekes Augen war Johanne die schönste Braut, die sie je gesehen hatte. Und sie hatte früher, als sie noch in Hamburg lebte und einen großen Freundes- und Kollegenkreis besaß, viele Hochzeiten besucht. Aber dieses innere Leuchten, das sogar den trüben Novembertag erhellte – das hatte sie bei bisher keiner Braut erlebt.

Das Ja-Wort war gegeben, der Reis geworfen, das Brautpaar mit der Hochzeitsgesellschaft auf dem Weg zum Hotel, in dem in Kürze ein Empfang stattfinden sollte, dicht gefolgt von einem üppigen Hochzeitsmahl. Frieke schickte Bengt mit den anderen Gästen voraus. Sie blieb im Kirchhof stehen. Der alte Friedhof, auf dem seit Jahrzehnten niemand mehr bestattet wurde, zog sie magisch an.

Sie wusste, warum das so war.

Auf einer Steinbank setzte Frieke sich hin und blickte in das bunte Laub der Bäume hinauf. War es wirklich schon zweieinhalb Jahre her, dass sie hier zum ersten Mal mit ihrem Vater Ole gesessen hatte? Unvorstellbar. Damals hatte sie nicht mal geahnt, dass die Insel sie so schnell nicht loslassen würde.

Aber genau so war es gekommen. Erst hatte sie ihr Herz an die Insel verloren, dann an den grummeligen, aber doch so liebenswerten Vogelkundler Bengt Gerjets, der die besten Kuchen von hier bis Norden buk und nicht nur ihr Leben auf den Kopf stellte, sondern auch das alte Kapitänshaus, in das sie nach dem Tod von Ole einzog. Dass sie ihren Vater vorher über dreißig Jahre nicht gesehen hatte und stets den zweiten Ehemann ihrer Mutter als Papa angesehen hatte, änderte nichts daran, dass sie Wurzeln verspürte, wann immer sie das von Ole geerbte Haus betrat. Dort gehörte sie hin.

Dass ihr eine glückliche Fügung auch gleich eine Existenzgrundlage in Form der Inselbuchhandlung in den Schoß gelegt hatte, war nur das dritte Puzzleteil, das an seinen Platz fiel. Die Insel ließ Frieke nicht mehr los. Und sie war nicht die Einzige. Ihrer Freundin Emma war es im vergangenen Sommer ganz ähnlich ergangen.

»Na? Worüber denkst du nach?«

Es war nicht Emma, die sich neben Frieke auf der bemoosten Steinbank niederließ, sondern ihre Inselfreundin Sonja. Sie trug einen dunkelblauen Mantel über dem grünen Kleid, das ihre hellgrünen Augen perfekt zur Geltung brachte. Die winzigen Sommersprossen auf Nase und

Wangen verblassten langsam, obwohl der Herbst sonnig und warm gewesen war. Sie hatte sich etwas Schleierkraut in das rote Haar geflochten, das vielleicht beim Kränzen übrig geblieben war.

Sonja war die Zupackende. Diejenige, die nie die Hände stillhalten konnte. Immer war sie mit irgendwas beschäftigt – sei es kochen oder backen, stricken, schreiben, mit ihren drei Kindern basteln, nähen oder einfach als Juniorchefin in der Ferienwohnungsverwaltung ihres Vaters, der auch Bürgermeister von Spiekeroog war, ihre Frau zu stehen. Sie war das, was man wohl als Powerfrau bezeichnen würde. Nur dass Sonja davon nichts hören wollte.

»Ich mache nur, was getan werden muss«, pflegte sie zu sagen. Und seit sie mit den Kindern allein war, musste sie eben alles tun.

»Wie schafft man das?«, fragte Frieke sie jetzt. »Dass man nicht ständig zurückblickt und sich fragt, ob man vielleicht doch falsch abgebogen ist.«

»Das fragst du dich?« Sonja klang nicht ungläubig oder kritisch, sie fragte es ganz neutral.

Frieke zuckte mit den Schultern. Ihre Hand ruhte auf dem Bauch, sie spürte das Baby, das unter ihren Rippenbogen trat. Na, wenigstens lag es mal wieder mit dem Kopf nach unten. In den letzten Wochen hatte es sich immer wieder hin und her gedreht, und Frieke, die eine große, irrationale Angst vor einem Kaiserschnitt hatte, war jedes Mal erleichtert, wenn sie die Tritte so weit oben spürte.

»Bist du denn falsch abgebogen? Oder fühlt es sich so an?«

Sonja schaffte es außerdem, ganz wertfrei die richtigen Fragen zu stellen.

Frieke dachte an Bengt, der nicht heiraten wollte. War das wirklich so schlimm? Konnten sie das nicht in fünfzig Jahren noch nachholen? Das Heiraten lief ihnen nicht davon. Und wenn sie es nie taten, wäre das auch nicht so schlimm. Sie hatte bei Sonja und bei Emma erlebt, dass Scheidungen, selbst wenn sie einigermaßen einvernehmlich verliefen, immer auch Schmerzen für alle Beteiligten bedeuteten. Besonders, wenn Kinder mit im Spiel waren.

Wäre es da nicht klüger, wenn man gar nicht heiratete?

»Johanne ist so eine hübsche Braut.« Frieke seufzte. Sie brachte es nicht übers Herz, ihre wahren Gedanken auszusprechen.

Warum fragt er mich nicht? Wieso heiraten wir nicht? Was ist denn falsch daran, wenn ich einmal im Leben gefragt werden möchte, ob ich für immer bei ihm bleiben möchte – selbst wenn es irgendwann zerbricht? Bin ich so eine Romantikerin, dass ich mir etwas wünsche, das gar nicht zu uns passt? Oder passe ich nicht zu Bengt, weil wir doch gänzlich unterschiedliche Vorstellungen vom Zusammenleben haben?

»Ich kann da nur für mich sprechen. Ja, sie ist eine wunderschöne Braut. Und du wärst das auch. Die allerschönste Braut von allen.«

Sonja drückte Friekes Arm. Eine tröstliche Geste, und ihre Worte taten ihr gut. Bevor sie protestieren konnte, fügte Sonja hinzu: »Ich verstehe dich so gut. Ich habe damals auch gedacht, dass ich ›falsch abgebogen‹ bin. Aber das ist nur eine Momentaufnahme. Die Hormone machen das mit einem.« Sie lachte. »Ich hätte Bosse während allen drei Schwangerschaften liebend gern zum Mond geschossen.«

»*Das* hätte dir einiges an Ärger erspart.«

Sonja wurde wieder ernst. »Das stimmt. Aber damals war alles gut. Es hat ja erst später nicht mehr funktioniert.«

Sie schwiegen. Schließlich stand Sonja auf. »Wollen wir? Nicht, dass sie ohne uns essen.«

»Das wäre fatal«, pflichtete Frieke ihr bei. Sie hatte schon wieder einen Bärenhunger. Als hätte sie nicht ausgiebig gefrühstückt.

Sie hakten sich unter und verließen den Friedhof. »Versprichst du mir was?«, fragte Sonja.

»Klar.«

»Bevor du Bengt auf den Mond schießt, frag ihn doch bitte nach dem Rezept für seinen Kirschkuchen mit Kokosstreuseln. Wäre zu schade, wenn das verloren ginge.«

Frieke lachte. »Abgemacht«, versprach sie. Das Herz war ihr schon ein bisschen leichter. Und als sie fünf Minuten später den kleinen Festsaal des Hotels *Spiekerooger Liebe* betraten und sie Bengt unter den anderen Gästen entdeckte, weitete sich ihr Herz.

Ich liebe ihn so, dachte sie. Wozu brauche ich denn einen Trauschein, um das mit absoluter Sicherheit zu wissen?

KAPITEL 2

»Willst du nicht in die Buchhandlung?«

Bengt kam noch mal ins Schlafzimmer gestürmt. Er war auf dem Weg zum Fährhafen. Heute verließ er für ein paar Tage die Insel, um in Kiel an einer Konferenz zum Thema Zugvögel teilzunehmen, die seine Fakultät ausrichtete. Fünf Tage lang würde er nicht da sein.

Sie vermisste ihn jetzt schon.

Darum zog Frieke sich die Bettdecke über den Kopf. »Emma macht den Laden für mich um zehn auf«, murmelte sie in ihren warmen Kokon. Bengt setzte sich auf die Bettkante und zog die Decke weg.

»Und du bleibst den ganzen Tag im Bett?«

»Ich bin müde«, verteidigte Frieke sich. Gestern auf der Hochzeit war es erstaunlich spät geworden. Sie hatte sich selbst gewundert, wie lange sie es ausgehalten hatte, aber nach Mittagessen und Kaffeetrinken fand keiner der Gäste den Weg nach Hause, weshalb Oltmanns noch ein üppiges Abendessen bei der Küche orderte und sie bis spät in die Nacht aßen, tranken und sogar tanzten. Erst spätabends kam Bengt dazu, seinen Koffer zu packen, und da war ihr bewusst geworden, dass sie mindestens bis Mittwoch allein im Kapitänshaus sein würde.

Frieke tat immer noch alles weh vom Tanzen. Ein bisschen auch das Herz, weil diese wunderschöne Feier vorbei war, weil sie Bengt schon vermisste, obwohl er noch da war, und weil an diesem Morgen düstere, graue Novemberwolken vor dem Fenster hingen. Es war allerhöchste Zeit für einen anständigen Herbststurm, damit der Himmel wieder blank geputzt wurde.

Bengt beugte sich zu ihr runter und küsste sie auf den Mund. »Dann bleib ruhig noch liegen. Wird im Buchladen schon nicht so viel los sein, oder?«

Sicher nicht. November war nicht gerade die typische Urlaubszeit auf Spiekeroog, obwohl es einige unermüdliche Fans der Insel gab, die auch im Spätherbst und im Winter herkamen. Trotzdem war die Arbeit überschaubar; Emma würde das auch mal für einen Vormittag allein schaffen.

Andererseits begann bald das Weihnachtsgeschäft. Vor dem konnte sie sich nicht drücken.

Etwa eine halbe Stunde später wühlte Frieke sich unter dem Deckenberg hervor und schlurfte im Bademantel in die Küche. Auf dem Tisch stand ein Brotkorb, mit einem Geschirrhandtuch abgedeckt. Darauf klebte ein kleiner Post-it, auf den Bengt geschrieben hatte: »Hoffentlich reicht das bis zu meiner Rückkehr.«

Unter dem Geschirrtuch fand sie ein Dutzend noch ofenwarme Quarkrosinenbrötchen. Frieke juchzte leise. Das würde nicht bis zu Bengts Rückkehr reichen, doch es würde ihr die ersten zwei, na ja, vielleicht anderthalb Tage versüßen. Sie aß das erste Brötchen direkt im Stehen vor dem Tisch, während auf dem Herd die kleine Bialetti einen Espresso zubereitete.

Sie war zwar seit Beginn der Schwangerschaft immer wieder ängstlich, ob es dem Baby gut ging – doch auf ihren morgendlichen Milchkaffee konnte sie nicht verzichten. In einem Kännchen wärmte sie die Milch auf dem Herd und schäumte sie anschließend auf. Sie nahm gerade den ersten Schluck Kaffee, als ihr Handy klingelte.

Frieke zog es aus der Gesäßtasche. Wer auch immer sie anrief, hatte Glück, weil sie bereits einen Schluck Kaffee intus hatte. Vorher war sie allenfalls für Bengt in der Lage, einigermaßen freundlich zu sein.

»Guten Morgen, Lieblingsinsulanerin.«

Sonja am anderen Ende der Leitung lachte. »Du meine Güte! Du bist schon wach und *so gut* gelaunt?«

»Der Kaffee macht's. Und du klingst auch sehr munter, oder?«

»Ja, aber ich habe drei Kinder, die ich vor acht draußen in den Regen jagen muss, damit sie pünktlich zur Schule kommen. Mein Haushalt ist fast fertig und ich könnte mich jetzt den schönen Dingen widmen.«

»Angeberin«, murmelte Frieke.

»Es sind nicht mal mehr vier Wochen bis Weihnachten.«

»Hm hmmm.«

»Hast du dir schon überlegt, was ihr über die Feiertage macht?«

Bevor Sonja ihr einen Vorschlag unterbreiten konnte, erklärte Frieke: »Ich weiß, dass es unser letztes Weihnachten zu zweit ist.«

»Was hat das denn mit euren Plänen zu tun?« Sonja klang ehrlich verblüfft.

»Das kriege ich schon seit Anfang Oktober beim wöchentlichen Telefonat von meiner Mama zu hören. ›Kind, es ist euer letztes Weihnachten zu zweit, da müsst ihr doch was Besonderes machen wollen.‹ Jede Woche. Weißt du, wie anstrengend das ist?«

Sonja lachte. »Ich kann's mir vorstellen.«

»Als wüsste sie mehr als ich.«

»Liebes, sie weiß mehr als du. Sie hat bereits ein Kind großgezogen. Und ja, auch wenn du das nicht hören willst, auch wenn du jetzt die Augen verdrehst – es wird definitiv alles anders. Wunderschön, aber eben anders. Und, auch kein Geheimnis: Sehr viel anstrengender. Also hast du noch keine Pläne?«

»Ich weiß nicht.« Wenn Frieke ehrlich war, führte diese ständige Diskussion darüber, was man denn an Weihnachten machen könnte – und dass es unbedingt dieses Mal etwas Besonderes sein musste! –, bei ihr zu einer wachsenden Weihnachtsmüdigkeit.

»Es sind noch fast vier Wochen!«, sagte sie bockig.

»Ich kann dir ja mal erzählen, was bei uns geplant ist.« Frieke hörte, wie Sonjas Löffel im Kaffeebecher klirrte. Sie nahm auch einen Schluck Kaffee, steckte das zweite Quarkrosinenbrötchen in den Mund und lief ins Wohnzimmer, wo der Kachelofen noch etwas Wärme von dem Feuer abstrahlte, das sie gestern Nacht geschürt hatte. Mit einer Kuscheldecke mummelte Frieke sich auf dem Sofa ein.

»Heiligabend hat sich Bosse angekündigt. Und stell dir vor, er bringt die Next mit. Reizend, nicht wahr? Es ist übrigens schon die Über-Next, Marianne hat er abserviert. Er meinte, ihre Haushaltsführung ließe zu wünschen übrig.«

»Du meine Güte. Das hat er *dir* erzählt?«, murmelte Frieke.

»Offenbar müssen sich die jungen Dinger alle an mir messen lassen. Als wäre es hier so super ordentlich.« Frieke sagte dazu lieber nix, denn bei Sonja war es tatsächlich recht ordentlich. »Es kommt noch besser. Die Next ist Hauswirtschafterin. Keine Ahnung, wo er die aufgetrieben hat, auf jeden Fall ist sie auch zehn Jahre *älter* als Bosse und ihre Kinder sind schon aus dem Haus. Worum wetten wir, dass sie an Weihnachten ihre Verlobung verkünden?«

»Du bist böse«, sagte Frieke und lachte. Sonja scherzte immer gern, dass Bosse am Liebsten seine Mutter geheiratet hätte oder zumindest eine Frau, die möglichst viel Ähnlichkeit mit ihr hatte. Umso verwunderlicher, dass er zuletzt lieber junge Freundinnen gesucht hatte.

»Im Ernst, Frieke. Das ist so gruselig. Erst sucht er sich so ein Küken, und dann, als er merkt, dass sie vielleicht doch irgendwann mit ihm Kinder will, als es also ernst wird, kneift er den Schwanz ein. Er will einfach keine Verantwortung übernehmen. Marianne war ja nicht die Erste. Schlimm genug, dass ich auf so einen Lappen reingefallen bin.«

»Aber du hast die drei Kids. Ohne den Lappen gäbe es die nicht.«

»Stimmt. Und was leider auch stimmt: Der Sex mit ihm war der beste meines Lebens.«

Sie schwiegen ein bisschen. Frieke dachte nach. Nicht über Sex, denn Sex war so ziemlich das Letzte, woran sie dachte, wenn ihr alle Knochen im Leib wehtaten. Obwohl, waren das ihre Knochen? Sie horchte in sich rein. Hm. Da war so ein ziehender Schmerz im Bauch. Als würde ein Schraubstock ihn zusammendrücken …

»Können wir später weiterreden?«, fragte sie. Ihr war die Plauderlaune vergangen. Sie runzelte besorgt die Stirn.

»Klar. Aber nur, wenn du bis dahin weißt, was du an Weihnachten machst.«

»Ich überleg mir was«, versprach Frieke. Sie legte auf. Ein paar Minuten saß sie einfach da, lauschte in sich rein. Da, schon wieder. Nicht direkt schmerzhaft, ihr Bauch fühlte sich nur so … hart an. Das war unangenehm. Gar nicht schön.

Sie wählte eine Nummer aus dem Kurzwahlspeicher.

»Meike? Hi, hier ist Frieke. Kannst du sofort herkommen? Ich glaube, ich krieg mein Baby.«

»So schnell kriegt man kein Baby.«

Mit kühlen, geschickten Fingern tastete Meike Friekes Bauch ab. Sie nickte zufrieden, als wäre alles in bester Ordnung.

»Aber das sind doch Wehen, hast du gesagt?« Frieke konnte nicht verhindern, dass Panik in ihrer Stimme mitschwang. Klar, sie fühlte sich total unförmig, und schon jetzt geriet sie nach wenigen Metern aus der Puste. Aber zwei Monate sollte das Baby noch in ihrem Bauch bleiben. Und hier auf der Insel war es ja nicht so leicht als werdende Mutter; wenn sie frühzeitig Wehen bekam, musste man sie unter Umständen mit dem Hubschrauber aufs Festland fliegen.

»Was du hast, sind Übungswehen. Dein Körper probt für den Ernstfall. Meist merkt man davon nichts, aber gerade nach einer großen Anstrengung meldet sich der Körper, weil er jetzt mal Ruhe braucht. Also, heute gilt: Füße hoch, ein gutes Buch lesen und Bengt kochen lassen.«

»Bengt ist heute früh nach Kiel gefahren, zu dieser Konferenz.«

Meike klappte ihre Tasche zu und stand auf. »Na, wie gut, dass du Freundinnen hast, die sich kümmern. Wenn du magst, koche ich uns was. Emma ist heute im Buchladen, ihre Zwillinge sind auf dem Isländerhof bei Conny. Ich wäre also auch allein heute Mittag.«

Bevor Frieke protestieren konnte, war Meike schon in der Küche verschwunden. »Die Quarkrosinenbrötchen sind meine«, murmelte Frieke bockig. »Die teile ich nicht.«

Offensichtlich hatte Meike keinen Hunger auf süße Brötchen – oder sie wusste dank ihrer Arbeit als Hebamme ganz genau, was schwangere Frauen nicht brauchten. Brötchen mopsende Hebammen gehörten definitiv dazu.

Nach zwei Minuten tauchte Meike wieder in der Küchentür auf. »Bandnudeln mit Kürbis und Feta?«, fragte sie.

Friekes Magen knurrte laut, obwohl er ja eigentlich

noch mit den Brötchen beschäftigt sein müsste. Meike lachte und verschwand wieder in der Küche.

Eine Stunde später saß Frieke immer noch im Sessel, die Füße auf einem Hocker. Meike war noch mal losgefahren, weil ihr irgendwelche Zutaten fehlten und um aus der Apotheke für Frieke Magnesium zu holen. Der Bauch hatte sich inzwischen etwas beruhigt. Vermutlich schlief das Baby. Friekes Blick ging zu dem Bücherstapel, den Meike ihr noch aus dem Schlafzimmer hergebracht und auf dem Tischchen neben den Sessel deponiert hatte. Eine Tasse Tee dampfte daneben, auf einem Tellerchen lagen ein paar Kekse und Nüsse. Das Feuer im Ofen flackerte fröhlich und verströmte Wärme.

Es war also einfach nur gemütlich und wunderbar. Aber Frieke fühlte sich gar nicht so. In ihr war es november-grau.

Sie kannte das. Sobald die Tage kürzer wurden, übermannte sie diese Stimmung. Meist half dagegen mehr Bewegung (durfte sie gerade nicht), eine ausgiebige Bücher-kauftour (machte sie ohnehin immer), viel Schokolade (erstaunlicherweise hatte sie seit der Schwangerschaft keinen Schokohunger mehr ...) und ein leckerer Grog. Letzterer verbot sich von selbst.

Frieke zog den Bücherstapel vom Tisch. Drei Titel, die sie sich in den vergangenen Tagen herausgepickt hatte. Immerhin wollte sie spätestens Weihnachten in den Mutterschutz gehen, und dafür sammelte sie schon Bücher. Denn dank Bengts Übereifer war für ihren Nestbautrieb nicht mehr viel zu tun.

Sie hatte aber weder auf Kai Meyers neuesten Roman aus dem Bücherversum Lust noch auf die Autobiografie von Michelle Obama. Und Dörte Hansen? Nein, irgendwie auch nicht.

»Ach, ach«, seufzte sie.

»Wer seufzt denn hier?« Unbemerkt war Meike zurückgekommen. Sie stellte einen Stoffbeutel mit Einkäufen in der Küche auf den Tisch. »Ich habe uns auch noch was fürs Abendessen mitgebracht.« Sie kam ins Wohnzimmer.

»Ich weiß auch nicht.« Frieke legte das dritte Buch zurück aufs Tischchen. »Irgendwie ist alles so ... grau.«

»Hm«, machte Meike. Sie hatte sich auch einen Tee eingegossen und hockte sich mit angezogenen Knien auf das Sofa. »Möchtest du darüber reden? Oder soll ich einfach heute ein bisschen bei dir sein und meine Klappe halten?«

Frieke lachte. Das mochte sie an Meike. Sie hatte etwas so Unkompliziertes. Es schien ihr unvorstellbar, dass man mit Meike nicht zurechtkommen könnte.

Meike schaute kurz aufs Handy und versenkte es dann wieder in der Tasche ihrer überdimensionierten Strickjacke. Sie trank einfach ihren Tee und ließ Frieke genug Raum, damit sie sich öffnen konnte.

Wenn sie denn wollte.

Aber Frieke hatte keine Lust, von ihren Problemen zu erzählen, die doch gar keine waren. Sie war müde. Die Schwangerschaft nervte sie. Was war denn bitte schön so toll daran, neun Monate lang den eigenen Körper zu teilen? Die ersten Wochen schlief, kotzte und futterte sie abwechselnd. Dann kam diese angenehme Zeit, in der es den meisten Frauen blendend ging. Frieke ging es immerhin besser als zu Beginn der Schwangerschaft. Und zum Ende hin wurde es zunehmend beschwerlich. Besonders, wenn das Baby meinte, ihre Blase als Trampolin missbrauchen zu müssen.

Blase als Trampolin war übrigens das richtige Stichwort. Wie diese winzigen Babyfüßchen diese offenbar auf die Größe einer Rosine geschrumpfte Blase trafen, war Frieke ohnehin ein Rätsel. Auf jeden Fall musste sie wieder mal auf die Toilette. Sie zählte schon gar nicht mehr mit, wie oft sie jede Nacht davon wach wurde.

Frieke stemmte sich aus dem Sessel und watschelte Richtung Badezimmer. Meikes Handy summte hinter ihrem Rücken. Komisch. Sie kannte von Meike gar nicht, dass sie ständig am Handy hing. Aber vermutlich hatte sie auch was Besseres zu tun, als für Frieke die Babysitterin zu spielen. Dass sie es trotzdem machte, konnte Frieke ihr gar nicht hoch genug anrechnen.

Nun fiel ihr Blick auf eine Zeitschrift, die sie noch gar nicht kannte.

Sie bekamen hier auf der Insel zweimal in der Woche eine Zeitung, weil Bengt trotz seines ökologischen Bewusstseins nicht auf die Papierausgabe der SZ am Wochenende verzichten wollte. Freitags und samstags lagen dicke Papierstapel vor ihrer Tür, die dann teilweise auf dem Klo rumlagen, wo Bengt dann stundenlang drin schmökerte. Frieke hasste diese Marotte. Aber sie ließ ihn gewähren, weil er die Zeitungen erst entführte, nachdem sie selbst die für sie interessanten Zeitungsteile durchhatte. Dazu gehörte das SZ-Magazin.

Und dieses hier kannte sie noch gar nicht. Hatte Bengt es ihr etwa absichtlich vorenthalten? Ach nein, es war das neueste. Vermutlich hatte er es heute früh aus dem Briefkasten gezogen und direkt auf dem Klo deponiert. Wie nett.

Auf dem Titel war ein Glitzerelch vor einer kitschigen Waldkulisse mit viel funkelndem Kunstschnee. »Es glitzern lassen« stand darüber. Offensichtlich gab es im Heft eine ganze Bilderstrecke zur Inspiration, wie man Weihnachten schöner machen könnte. Im SZ-Magazin. Vermutlich war das dann irgend so ein Luxus-Glitter, den man für teures Geld bestellen konnte.

Unter normalen Umständen hätte Frieke das Heft weggelegt. Oder dieses Titelbild schlicht ignoriert. Aber ihre Umstände waren nun mal nicht normal, und dieser Glitzerschnee sprach sie irgendwie an. Als wäre es ein Lichtstreif am novemberigen Horizont...

Meikes Handy piepte. Wieder mal.

Sie war langsam genervt davon, dass sie ständig Nachrichten bekam. Auf der anderen Seite übten allerdings die Absender der Nachrichten eine unfassbare Faszination auf sie aus. Sie hätte es nie für möglich gehalten, aber eine Familien-WhatsApp-Gruppe bot im Moment die einzige Verbindung zu ihren Lieben.

Sie wünschte, es wäre anders.

Seit heute Morgen dort die Diskussion angefangen hatte, wie man Weihnachten begehen wolle – immerhin erst vier Wochen vor dem Fest, musste sie sich um ihre Mutter ernsthaft Sorgen machen? –, hatte Meike nur einmal etwas geschrieben. *Ich komme Weihnachten nicht nach Hause.*

Mehr nicht. Weil es auch nicht mehr zu sagen gab.

Und während ihre Mutter mit ihren Brüdern darüber diskutierte, wer den Neffen und Nichten was schenken durfte – von der Menüplanung waren sie wieder abgedriftet, das würde sicher bald wieder zur Sprache kommen –, scrollte Meike durch die Nachrichten auf der Suche nach einem bestimmten Absender.

Aber ihre Schwester blieb stumm.

Wie schon seit Mai. Kein Wort von Marie.

Meike hatte gedacht, sie würde sich irgendwann daran gewöhnen, aber das Schweigen ihrer Schwester piekste sie. Irgendwas musste vorgefallen sein, dass Marie nicht mehr mit ihr sprach. Sie wusste nur nicht, was genau. Dass sie nun auch die Familie ignorierte, bereitete Meike doch Sorgen.

Zugegeben, damals im Mai hatte sie selbst ziemlich überstürzt ihre Koffer gepackt und hatte verkündet, sie müsse jetzt mal eine Auszeit nehmen. Das hatte alle überrascht, zumal Meike keinen Grund dafür genannt hatte.

Aber wie sollte sie auch ihrer Familie erklären, dass sie sich in etwas verrannt hatte? Dass sie einen Fehler gemacht hatte – sie, die Unfehlbare, die Erfolgreiche, die älteste Schwester, zu der alle aufblickten, von der ihre Eltern immer mit Stolz sprachen? Wenn sie wüssten, was Meike getan hatte, würden sie dann immer noch so über sie denken?

Sicher nicht.

Eines Tages würde Meike nach Hause fahren und alles erklären. Wenn ihr Sabbatjahr vorbei war. Aber bis dahin waren es noch knapp sechs Monate. Und diese Zeit brauchte sie. Zum Heilen. Um wieder sie selbst zu sein...

»Ich habe einen Plan.«

Wenigstens eine, dachte Meike. Sie hatte nämlich keinen.

Doch statt das auszusprechen, drehte sie sich auf dem Sofa um und spähte über die Lehne. Frieke stand in der Tür zum Flur und hielt eine Zeitschrift in der Hand. Von ihrer Trägheit war nichts mehr geblieben.

»Und wie genau sieht dieser Plan aus?«, erkundigte sich Meike.

»Ich sage nur ein Wort: Weihnachten.«

Das klang nun beinahe bedrohlich. Zumindest von einer Schwangeren, die bis vor fünf Minuten noch keine Anstalten gemacht hatte, adventlich zu schmücken oder auch nur Nestbautrieb zu entwickeln.

»Du hast noch knapp vier Wochen Zeit«, gab Meike zu bedenken. »Das muss nicht heute sein.«

»Ja, aber mal ehrlich: Im Buchladen ist im Moment noch nix los. Kein Weihnachtsgeschäft in Sicht, da werden erst die letzten zwei Wochen richtig turbulent. Ich sitze eigentlich nur noch rum, weil Emma im Moment gerne ihr Stundenkonto füllt. Und Bengt ist nicht da. Ich muss fünf Tage vollkriegen.«

»Viereinhalb.«

»Dann eben viereinhalb. Ich könnte ein bisschen adventlich schmücken. Lichterketten aufhängen. Plätzchen backen. Was meinst du?«

Meike zuckte mit den Schultern. Im Grunde war ihr alles recht, was Frieke in den kommenden Tagen aus der Lethargie riss. Es gab viele Menschen, denen es im November zu grau und dunkel war. Die im Sommer nicht genug Farben gesammelt hatten oder denen die Farben vom Sommer nicht lange reichten. Sie gehörte selbst dazu, doch hatte sie inzwischen für sich viele Strategien entwickelt, damit es ihr besser ging.

Dazu gehörte leider neuerdings, dass sie in ganz schlimmen Fällen vor dem Leben davonlief. Oder vor den Fehlern, die man früher oder später machte.

»Also dann.« Es hätte nicht viel gefehlt und Frieke hätte sich die Hände gerieben. »Hilfst du mir?«

»Beim Schmücken oder beim Backen?« Meike wusste, es hatte keinen Sinn, wenn sie Frieke darauf hinwies, dass sie sich vielleicht lieber schonen sollte. Außerdem wusste sie aus Erfahrung, dass es ohnehin sinnlos war, eine Schwangere dazu überreden zu wollen. Wenn die sich mal was in den Kopf setzten... Beruhigend war eigentlich nur, dass Frieke schon merken würde, wenn ihr etwas zu viel wurde. Dann würde sie eine Pause machen.

Zumindest hoffte Meike das für sich und die Kopfschmerzen, die sie gerade bekam. Aber das lag nicht an

Friekes drohendem Back- und Dekowahn, sondern an der letzten Nachricht, die ihre Mama in der Familiengruppe geschrieben hatte.

Marie hat mir vorhin gesagt, sie kommt und bringt das Spekulatiustiramisu mit, das ihr alle so sehr liebt.

Da war es. Ein Lebenszeichen ihrer Schwester, wenn auch auf Umwegen.

Und sie würde Spekulatiustiramisu machen, von dem Marie ganz genau wusste, wie sehr Meike es liebte.

Das tat weh. Denn es war wie eine Botschaft von Schwester zu Schwester. Du kommst nicht zu Weihnachten? Tja, Pech gehabt. Wir werden es ohne dich genauso schön haben.

Als würde sie niemandem fehlen.

Meike irrte sich, wenn sie glaubte, dass Frieke sich jetzt noch durch irgendwas bremsen ließe.

Klar, sie war heute früh ein bisschen schlapp und heulig gewesen. Die gestrige Hochzeit und der Abschied von Bengt hatten sie auf dem falschen Fuß erwischt. Erst diese wunderschöne, romantische Feier, die sie *wieder mal* daran erinnerte, dass es so etwas nie für sie geben würde. Und dann der Abschied. Sie war nicht gut im Abschiednehmen. Aber wer war das schon.

Jetzt jedoch hatte sie wieder einen Sinn, eine Aufgabe, eine Idee. Sogar ziemlich konkrete Vorstellungen. Während Meike in der Küche das Mittagessen zauberte, schrieb Frieke eine Liste der Dinge, die sie in den kommenden Tagen schaffen wollte. Ihr Bauch fühlte sich gar nicht mehr so schwer und hart an. Das Baby schlief vermutlich. Und Schwangere wussten, was das hieß: Es wuchs.

Wird auch mal Zeit, dachte Frieke. Dass es da rauskommt und die Hormone mich nicht mehr von einem Tränental ins nächste scheuchen.

Bestimmt würde sie alles ganz locker sehen, wenn sie erst das Baby im Arm hielt. Und bis dahin konnte sie ja Weihnachten vorbereiten.

Nach dem Mittagessen zogen sie Richtung Frischemarkt los. Frieke hatte eine ellenlange Liste mit Zutaten für ein halbes Dutzend Plätzchen herausgeschrieben und hoffte jetzt, dass sie bei Sonjas Bruder Tammo alles bekam.

Leider wurde sie enttäuscht. Das Regal mit Backzutaten war ziemlich klein. Kein Wunder; Tammo war ja eher darauf eingerichtet, sommers wie winters die Inselgäste mit allem Lebensnotwendigen zu versorgen. Da war für so spezielle Dinge wie Hirschhornsalz oder gehackte Pistazien offenbar auch im November kein Platz.

Frieke machte ihrer Enttäuschung Luft, als sie die Einkäufe auf das Kassenband legte, denn Tammo kassierte heute persönlich. »Wie soll man denn hier ein halbwegs anständiges Leben führen, wenn man alles auf dem Festland besorgen muss?«, jammerte sie.

Tammo hob die Augenbrauen. »Was fehlt denn?«, fragte er.

»Alles!« Anklagend hob Frieke ihre Liste hoch. »Backoblaten. Zuckerperlen in Rosa. Zuckerschrift. Alles!«

»Ach so. Ich dachte, es wäre irgendwas, das ich nicht

schon im Lager vorhalte.« Tammo stand auf. Sie waren gerade die einzigen Kunden im Laden. Er führte Frieke und Meike in den Raum hinter der Getränkeabteilung und zeigte auf zwei große Aufsteller. »Wartet hier alles. Ich wollte die Sachen morgen nach vorne stellen.«

»Morgen ist es zu spät.«

»Darum suchen wir jetzt alles raus, was du brauchst.« Tammo war durch nichts aus der Ruhe zu bringen, auch nicht durch eine Schwangere, die den Tränen nahe war, weil sie all ihre Backpläne schwinden sah. Er griff zielsicher alles heraus, was Frieke ihm vorlas. Sie schleppten einen weiteren Korb mit Backzutaten nach vorne.

»Jetzt kommst du erst mal klar?«, fragte Tammo vorsichtshalber.

Frieke nickte. Dann fiel ihr noch etwas ein. »Hast du auch Lichterketten?«

»Da sind die meisten schon weg. Aber du kannst Sonja fragen. Wir haben in den letzten Jahren immer die Ferienhäuser geschmückt. Dieses Jahr haben wir alles neu gekauft. Vielleicht hat sie die alten noch nicht weggeworfen.«

Das wäre natürlich genial. Zumal Bengt Zustände bekäme, wenn Frieke nicht nur massig Backzutaten in winzigen Plastiktüten einkaufte, sondern auch noch stromfressende Lichterketten. Gebrauchte zu nutzen, wäre absolut nachhaltig, redete sie sich ein.

Aber sie ahnte schon, dass nichts von dem, was sie plante, Bengts Ansprüchen von Nachhaltigkeit genügen würde.

Egal, dachte sie. Übermorgen war der 1. Dezember. Bis dahin sollte es doch möglich sein, dass ihr etwas weihnachtlicher zumute war?

Draußen vor dem Laden packte Meike die Einkäufe in den Bollerwagen, während Frieke Sonja anrief und sich nach dem Verbleib der alten Lichterketten erkundigte. Sonja freute sich, dass jemand noch Verwendung dafür hatte. »Kommt einfach vorbei«, sagte sie. »Ich sortiere ohnehin gerade alles durch.«

Also machten sie noch einen Abstecher zu dem großen Wohnhaus, das direkt hinterm Deich im Süden des Dorfs mit Blick auf die Salzwiesen stand.

Als Frieke und Meike mit dem bereits gut gefüllten Bollerwagen auf den Hof rollten, räumte Sonja die Kartons mit alter Weihnachtsdeko aus dem Anbau. Im Hof stapelten sich weitere Kisten.

»Hallo, ihr Weihnachtselfen!«, rief Sonja fröhlich. Sie trug wieder eine ihrer schicken Strickjacken, von denen sie inzwischen auch für ihre Freundinnen immer mal welche strickte und verschenkte. Diese war dunkelblau mit einem sehr filigranen Zopfmuster am Schalkragen. »Ihr könnt alles haben, sonst schmeiße ich es ohnehin weg.«

»Du willst das alles wegwerfen?« Frieke hatte bereits den ersten Karton geöffnet und zog einen etwa vierzig Zentimeter hohen, glitzernden Hirsch hervor. »Aber warum? Die Sachen sind doch noch top!«

»Ja, aber weißt du, was sie sind? Nicht der neueste Schrei. Schnee von gestern. Oll. Jedenfalls für all die Schnäppchenjäger da draußen. Und versuch mal, über

Kleinanzeigen im Internet oder in der Zeitung was zu verkaufen. Nicht mal geschenkt wollen die Leute das Zeug haben, weil ihnen der Versand zu teuer ist oder sie es nicht abholen wollen. Glaub mir, ich habe es versucht.«

Sonja schnaufte und schleppte noch zwei Kartons heraus. »Das wäre erst mal alles. Wenn ihr mehr braucht, meldet euch. Tammo hat letztes Jahr zu viel vom Christbaumschmuck bestellt für den Frischemarkt. Kann er nicht zurückschicken, und alle Bäume in den Häusern werden von mir klassisch rot und golden geschmückt. Da habe ich alles.«

Frieke zögerte. Baumschmuck? Sie wusste ja nicht mal, ob sie einen Baum haben wollte. Letztes Jahr hatten sie darauf verzichtet. Heiligabend waren sie daheim geblieben und am ersten Feiertag zu ihrer Familie nach Hamburg gefahren und später noch zu Bengts Familie, wo sie dann den Jahreswechsel begingen. Dieses Jahr wollten sie auf der Insel bleiben.

Aber sie merkte plötzlich, dass ihr das Weihnachten mit ihren Eltern fehlen würde ... Und ob Bengts Mutter wirklich damit einverstanden war, wenn sie ihren Sohn nicht zwischen den Jahren sah? Bei Bengts Vater war Frieke nicht so sicher; das Verhältnis der beiden wirkte auf sie immer etwas gezwungen. Bengts Vater war als Landwirt nicht so recht davon zu überzeugen, dass die Arbeit eines Ornithologen einen anderen Sinn hatte als »Beschäftigungstherapie für einen Wohlhabenden« zu sein. Dass Bengt für seine Arbeit bezahlt wurde – und zwar nicht schlecht! –, war ihm völlig unverständlich. Und Bengt?

Vermutlich sehnte er sich insgeheim nach der Anerkennung des Vaters, die dieser ihm verwehrte. Der hielt sich dann lieber an Bengts Schwester, die zwar nicht so zupacken konnte, wie ihr Vater das gerne hätte, aber einen Jungbauern vom Nachbarhof geheiratet hatte, mit dem sie inzwischen drei Kinder hatte. Die Zukunft des elterlichen Betriebs schien durch diese offenbar strategische Heirat gesichert. Doch damit tat man Kerstin unrecht. Auf Frieke machten Kerstin und ihr Mann Holger immer einen sehr zufriedenen Eindruck. Doch sie würden mit ihren drei Kindern sicher Oma und Opa an Weihnachten bei sich haben wollen, oder?

Aber ich habe auch bald ein Kind. Wie soll das denn in den kommenden Jahren werden? Sollen wir dann jedes Jahr diese weite Reise auf uns nehmen, damit alle anderen zufrieden sind? Weil wir ja nur ein Kind haben und es so praktischer ist?

Das erschien ihr schwer vorstellbar.

Bengts Familie war also in mancher Hinsicht kompliziert. Friekes dafür herrlich einfach – Ute und Martin Wallgren würden sich freuen, wenn Frieke sie zu Weihnachten einlud, aber sie würden auch kein Drama machen, wenn die Einladung ausblieb. Oder wie ihre Mama es kürzlich bei einem Telefonat gesagt hatte: »Ihr bekommt ein Baby. Damit werdet ihr die Generation sein, die übernimmt. Die sagt, was gemacht wird. Und wir können uns aufs Altenteil zurückziehen. Wir haben lange genug vorgegeben, wie *wir* es gerne hätten. Spätestens jetzt seid ihr dran.«

Also würden ihre Eltern sich über eine Einladung

freuen. Bei Bengts Eltern war sie unsicher, und zu seiner Schwester hatte sie auch gar nicht so viel Kontakt. Aber das ließe sich ja herausfinden.

Dann gab es nur noch ein größeres Problem – neben den vielen kleinen, die mit der Organisation eines Weihnachtsfests bei ihnen im Kapitänshaus einhergingen. Was würde Bengt dazu sagen, wenn sie ihn damit überraschte?

Es gab nämlich etwas, darin waren Frieke und Bengt sich sehr, sehr ähnlich.

Beide hassten Überraschungen.

Ach, was soll's, dachte sie. Ich bin schwanger, da wird man mir doch wohl die eine oder andere Exzentrik verzeihen können.

»Ich nehme den Baumschmuck«, sagte sie also.

Nur woher sie den Baum bekommen sollte, wusste sie noch nicht. Auf der Insel gab es keine Baumschule. Aber sie würde einfach Tammo fragen. Der bekam doch offensichtlich alles.

»Hier.« Sonja drückte ihr einen riesigen Karton in die Hand. »Das ist erst mal eine Grundausstattung. Wenn ihr mehr braucht, sag Bescheid. Und wenn dir nach Tee und Keksen ist, sag auch Bescheid.«

Tee und Kekse mit Sonja hatte immer fast so etwas wie Eventcharakter, denn Friekes Freundin schaffte es, dass man sich jedes Mal fühlte, als wäre man bei der Queen zur Teestunde eingeladen. Es gab nicht bloß Kekse, sondern Gurkensandwichs, Cupcakes, saftigen Kuchen und – aber das war vor Friekes Schwangerschaft gewesen – Gin Tonic oder Prosecco. Außerdem verstand Sonja sich wie kaum

ein anderer auf die Zubereitung des perfekten Ostfriesen-
tees, obwohl es für diese Kunst auf der Insel nicht an talen-
tierter Konkurrenz mangelte.

»Hm, ich habe aber schon so viel zu tun.«

»Morgen um vier? Ich zähl auf dich.«

Frieke gab nach. Gegen eine Stunde Tee und Müßig-
gang war vielleicht nichts einzuwenden?

»Außerdem habe ich eine Überraschung für dich«, versprach Sonja ihr.

Frieke hätte fast die Augen verdreht. »Du weißt
doch...«

»Ja, ja. Du hasst Überraschungen. Aber diese hier wirst
du lieben, das verspreche ich dir.«

Unter normalen Umständen hätte Frieke sich jetzt gegen die drohende Überraschung gewehrt. Sie hätte Sonja
gewarnt, sie solle es bloß nicht wagen ... Aber die Umstände waren nicht normal. Und hatte sie sich nicht vor-
genommen, die kommenden Wochen zu genießen, weil
ihr gerade *weihnachtlich* zumute war? Wäre es nicht span-
nend, sich auf eine Überraschung einzulassen? Sonja
würde schon wissen, wie viel sie Frieke zumuten konnte.
Sie waren schließlich schon länger befreundet.

»Na gut.«

»Fein! Ich freu mich.« Sonja umarmte sie. »Sag mal,
brauchst du eine neue Strickjacke? Ich habe gerade wieder eine angefangen, aber ich fürchte, für mich wird die
zu klein...«

Frieke lachte und blickte an sich herunter. »Und du
meinst, ich passe da in absehbarer Zeit wieder rein?«

»Das geht schneller, als du denkst. Also, darf ich sie für dich stricken?«

Frieke zögerte.

»Als vorgezogenes Weihnachtsgeschenk? Bitte!«

»Wenn du sie bis Weihnachten fertig bekommst...«

Das konnte Frieke sich zwar nicht vorstellen, aber sie war gerne bereit, Sonja diese Herausforderung zu stellen. Sie wusste, dass das ihre Freundin nur anspornte.

Und so eine neue Strickjacke wäre schon toll...

Sie verabschiedeten sich von Sonja. Meike nahm Frieke den Karton mit dem Baumschmuck ab, während Frieke den Bollerwagen zog. Erst jetzt fiel ihr auf, wie schweigsam Meike die ganze Zeit geblieben war.

»Alles okay?«, erkundigte sie sich.

»Ja, schon«, sagte Meike.

Doch als sie dachte, Frieke würde nicht hinsehen, zog sie ihr Handy wieder aus der Tasche und starrte auf die letzte Nachricht ihrer Schwester. Dabei geriet der Karton auf ihrem Arm gefährlich in Schieflage. Die Buchstaben verschwammen vor ihren Augen.

Es fing damit an, dass ihre Mutter fragte, was denn mit Meike sei. Und bevor Meike antworten konnte, meldete sich endlich auch Marie zu Wort.

Wenn Meike kommt, braucht ihr nicht mit mir zu rechnen.

Das tat weh. So sehr, dass Meike gar nicht wusste, wohin mit sich. Und darum sagte sie lieber gar nichts.

Denn was würde es bringen? Nichts. In dieser Situation konnte ihr niemand helfen.

KAPITEL 3

»Na, zufrieden?«

Meike zog ihren Mantel an. Es war spät geworden, und sie wollte wieder nach Hause. Frieke ging es deutlich besser, auch wenn sie ziemlich müde am Küchentisch saß und auf drei Keksdosen starrte, die sie gemeinsam an diesem Nachmittag gefüllt hatten.

»Sehr.« Frieke war sogar zu müde, um die Kekse zu probieren. War vielleicht auch besser so. Der Abwasch musste noch gemacht werden, und wenn sie morgen früh beim Betreten der Küche nicht der Schlag treffen sollte, würde sie auch noch Besen und Putzlappen schwingen müssen.

»Brauchst du mich morgen früh?«

»Nee, ich komme klar.« Frieke lächelte. »Danke, dass du heute für mich da warst.«

»Dafür sind Freundinnen schließlich da.«

Frieke zögerte. Sie wusste nicht, wie sie es ansprechen sollte. »Geht es dir gut?«, fragte sie schließlich.

Meikes Lächeln verschwand schlagartig. »Ja, alles prima«, behauptete sie.

»Hm, okay.« Frieke bohrte nicht nach. Sie wusste selbst, wie unangenehm das sein konnte. Aber sie machte sich Sorgen um Meike. Denn so kannte sie ihre Hebamme gar nicht. Den ganzen Nachmittag hatte sie nicht mehr als nötig gesprochen, und damit hatte sie Frieke die adventliche Stimmung schon etwas vermiest.

Frieke brachte sie zur Tür, und zum Abschied umarmten sie sich. Bildete sie sich das nur ein, dass Meike sie etwas länger an sich drückte als nötig? Der Moment verging schnell, und dann winkte Meike ein letztes Mal und verschwand in der Dunkelheit.

Bevor Frieke noch länger darüber grübeln konnte, klingelte ihr Handy. Bengt meldete sich wie versprochen.

»Hey«, sagte er. »Geht's euch beiden gut?«

»Hi.« Frieke ging zurück in die Küche. »Ich glaube schon.«

»Was hast du heute Schönes gemacht?«

Sie starrte auf die Keksdosen. Schokoladencookies, Liebesgrübchen und Kokosmakronen. So viele, dass sie bis Weihnachten und noch lange darüber hinaus davon zehren konnten. Ihr Backwahn war fürs Erste befriedigt.

Aber sie wollte Bengt damit überraschen. Darum sagte sie ausweichend: »Ach, dies und das.«

»Du hast dich hoffentlich auch ausgeruht.«

Sie lachte. »Na klar. Kennst mich doch.«

»Na eben.«

Danach schwiegen sie einen Moment, denn Bengt hatte nicht unrecht; Frieke fiel es schwer, sich zu schonen. Vor allem, wenn es ihr nicht gut ging. Was natürlich auch nicht gerade zur Besserung beitrug.

Aber jetzt gerade fühlte sie sich wohl. Vielleicht wirkte ja das Magnesium, das Meike ihr aus der Apotheke geholt hatte. Oder die Übungswehen waren einfach erst mal wieder erledigt. Bis zum nächsten Mal.

»Morgen hat mich Sonja zur Teestunde eingeladen«, berichtete sie. »Und heute war Meike da. Wir haben zusammen gekocht.«

»Und morgen gehst du auch wieder in den Buchladen?«

»Emma hat ihren freien Tag. Also ja. Ist ja nur ein halber Tag.«

»Klingt gut.«

»Und bei dir?«

»Ach, du weißt doch, wie das ist. So eine Tagung, also – da wird am ersten Tag nur die Akkreditierung gemacht. Und danach steht man rum, trinkt Sekt und erzählt den anderen, was für ein toller Hecht man ist. Sehr ermüdend. Morgen gehen die Vorträge los. Dann werden sie alle die Hosen runterlassen.«

Frieke musste kichern. Sie stellte sich vor, wie die Damen und Herren Ornithologen reihenweise auf das Podium stiegen und sich ihrer Beinkleider entledigten. Manchmal war sie leicht zu unterhalten. Bengt lästerte gern über die Ornithologen dieser Welt, die teils mit eher fragwürdigen Methoden seine Wissenschaft betrieben.

»Ich könnte noch stundenlang mit dir quatschen, aber ich will gleich noch mit einer Kollegin was trinken, die ich selten sehe.«

»Mit einer Kollegin, soso.« Frieke war nicht der eifersüchtige Typ. Bengt auch nicht. Aber ihn so weit weg zu wissen, abends mit einer fremden Frau unterwegs, während sie noch nicht mal was trinken durfte... Ein bisschen piekste sie das schon.

»Keine Sorge. Nina ist schon weit über fünfzig und überhaupt nicht mein Typ.«

»Wie beruhigend.« Frieke musste zugeben, dass sie erleichtert war. »Also dann, grüß Nina unbekannterweise. Ich gehe jetzt mit Buch ins Bett.«

»Das klingt nach einem Plan. Und, Frieke?«

»Ja?« Sie hatte schon fast aufgelegt.

»Ich... mh. Ich hab dich lieb.«

Sie lächelte. »Ich dich auch«, sagte sie zärtlich.

Das Lächeln konnte ihr keiner nehmen. Bengt war nicht der Typ Mann, der sich große Gefühlsausbrüche leistete. Umso mehr freute sie sich über diesen kleinen.

Sie ging ins Bad, putzte die Zähne. Als sie ins Bett kroch, fiel ihr die dreckige Küche ein. Aber die würde schon nicht weglaufen. Manchmal musste man auch fünfe gerade sein lassen. Sie würde sich morgen früh darum kümmern.

Und mit diesem tröstlichen Gedanken schlief sie sofort ein.

»Sei still«, murmelte Frieke.

Sie stand in der blitzsauberen Küche und hörte ihr Handy klingeln. Leider war es nicht wie gewohnt in ihrer Gesäßtasche. Und als sie es endlich fand – wie zum Teufel war es in den Mülleimer geraten? –, war gar kein Anruf verzeichnet, und das schrille Klingeln hörte auch nicht auf.

»Verdammt, was ist denn das?«, fluchte Frieke. Sie ging zur Haustür. Doch als sie den Flur betrat, war dieser völlig verstopft mit noch mehr Kartons mit Advents-Deko und Weihnachtsschmuck. Und vor der geschlossenen Haustür stand Sonja, hielt die Arme voll bunter Wollknäuel hoch und rief über das Schrillen hinweg: »Ich hoffe, du magst Neongrün für deine Strickjacke?«

Frieke fuhr hoch. Sie brauchte einen Moment, bis sie sich zurechtfand. Sie lag im Bett, okay. Das Schrillen war tatsächlich die Türklingel, die offenbar bis in ihre Träume vorgedrungen war. Und draußen war es bereits taghell ...

»Verdammt!«, rief sie. Wie konnte ihr denn das passieren?

Sie sprang aus dem Bett. Doch für einen kurzen Moment hatte sie ihren Bauch vergessen, der sie nach unten zog. Der Zwischensprint zur Haustür wurde also zu einem gemächlichen Schneckentanz rings um die Kartons im Flur. Zum Glück gehörten die deckenhoch gestapelten Kartons und Sonja mit der schrill-bunten Polyesterwolle offenbar in ihren Albtraum.

Emma stand vor der Tür, die Stirn unter der blauen Wollmütze mit Doppelbommel vor Sorge gefurcht. An den Händen hielt sie die Zwillinge Lars und Timo, die sich sofort losrissen, als Frieke die Tür öffnete, und zu den Kartons rannten.

»Guten Morgen«, gähnte Frieke. Die eisige Novemberluft biss in ihre nackten Beine, während hinter ihr zwei leise plappernde Zwerge sich über die Lichterketten hermachten.

»Das hoffe ich! Was ist denn mit dir los? Ich habe seit neun versucht, dich zu erreichen.«

»Oh, ich ... ähm. Vielleicht ist das Handy leer?«

Lars war inzwischen in die Küche vorgedrungen und rief nach seinem Bruder. Die Kekse. Frieke wurde jetzt doch flott, denn zwei so kleine Heuschrecken könnten ihre Vorräte schneller dezimieren, als ihr lieb war.

»Und wie sieht's hier überhaupt aus?« Emma folgte ihr ins Haus und schloss die Tür. »Hast du den Weihnachtsmann als Flüchtling aufgenommen oder bist du krank?« Kopfschüttelnd spähte Emma in die Kartons. Eine Krippe mit Figuren aus Holzklötzen, auf denen einfach nur Jesuskind, Maria oder Engel stand. Etwas lieblos für ihren Geschmack.

»Ach so, das? Die Sachen habe ich von Sonja. Sie war ganz froh, die loszuwerden.« Frieke stellte die Keksdosen auf den Küchenschrank, was von einem zweistimmigen Protestgeheul begleitet wurde. Zum Trost drückte sie beiden Jungs jeweils einen Keks in die Hand. Die Zwillinge verzogen sich wieder in den Flur, der vermutlich mehr Spaß versprach.

»Du hast gebacken.« Die Sorgenfalten auf Emmas Stirn vertieften sich.

»Ja, und verschlafen habe ich auch, weil ich zum ersten Mal seit Monaten wieder genug Platz im Bett hatte. Und müde war ich, weil ich gestern so viel geschafft habe.«

Emma musste kichern. »Du weißt schon, dass der Platz im Bett in naher Zukunft nicht gerade *mehr* werden wird?« Sie zeigte auf Friekes Bauch.

Aber Frieke hatte gerade keine Zeit, darüber nachzudenken. Sie stand mitten in der Küche und runzelte die

Stirn. Irgendwas hatte sie heute vor. Wenn sie nur wüsste, was das war…

»Der Buchladen!« Jetzt fiel es ihr doch ein.

»Genau«, stimmte Emma zu. »Der Buchladen. Heute früh habe ich keine Zeit. Ich habe Johanne versprochen, ihr beim Umzug zu helfen.«

Johanne wollte nun doch zu Oltmanns ins Hotel ziehen, wo er in den letzten Wochen seine Suite in eine Wohnung hatte umbauen lassen. Der Jacuzzi war verschwunden und hatte einer hübschen Landhausküche Platz gemacht. Zur Überraschung aller ließ Oltmanns Johanne gewähren. Er hatte etwas verloren, seit er sie für sich gewonnen hatte – jenen Starrsinn, der, wie Frieke vermutete, auf einer uralten Wut begründet war, die Johanne ihm ausgetrieben hatte. Einfach weil sie da war, weil sie mit ihm so zusammen sein wollte, wie sich beide das schon vor über fünfzig Jahren gewünscht hatten.

»Okay, wie spät ist es?« Frieke blickte auf die Küchenuhr über der Tür. Viertel vor zehn – allerhöchste Zeit!

»Ich koche dir Kaffee, du gehst ins Bad«, kommandierte Emma. »Bis kurz nach zehn schaffen wir das.«

Als Frieke zehn Minuten später aus dem Bad kam, angezogen und zumindest mit sauberem Gesicht und geputzten Zähnen, hatte Emma ihr einen Milchkaffee gekocht und in den Thermosbecher gefüllt. Sie wollten schon aufbrechen, aber Frieke bestand darauf, noch zwei Kartons zum Lastenrad zu schleppen. Erst als diese sicher verstaut waren, schwang sie sich wenig elegant in den Sattel und radelte den kurzen Weg zur Buchhandlung.

Zum Glück war es wirklich erst kurz nach zehn, als sie die Tür aufschloss und das Licht einschaltete. Niemand stand frierend in der Kälte, und Frieke konnte in aller Ruhe den Computer hochfahren, die Kasse anmelden und ein paar Schlucke von ihrem Kaffee genießen, bevor die erste Kundschaft kam.

Heute ging es ihr gut. Ein schöner Gedanke, wenn man ihn ganz bewusst dachte. *Es geht mir gut.* Klar, als Schwangere verging kein Tag, an dem es nicht irgendwo ziepte oder zog. Und dieses Novembergrau konnte ihr immer noch gestohlen bleiben. Aber dagegen konnte sie ja etwas tun.

Nachdem sie die Bücherlieferung des Tages wegsortiert hatte, holte Frieke die beiden Kisten rein, die solange auf dem Lastenrad gewartet hatten, und begann, die Buchhandlung weihnachtlich zu dekorieren.

»Was ist denn hier passiert?«

Frieke balancierte gerade auf einer Trittleiter und befestigte mit ein paar Nägeln eine Lichterkette über dem Regal hinter der Kasse. Sie drehte sich um. Tammo stand in der offenen Tür, mit ihm wehten braungoldene Blätter und der eiskalte November in den Buchladen.

»Tür zu!«, rief Frieke. Sie stieg von der Leiter.

»Na so was.« Tammo begutachtete Friekes Dekoration. »Das kommt mir bekannt vor.«

»Deine Schwester hat mir die Reste ihrer Deko überlassen.«

Er grinste. »Also das nenne ich mal Recycling. Weiß Bengt schon von eurer horrenden Stromrechnung?«

Frieke verdrehte die Augen. »Mein Buchladen, meine Regeln«, erklärte sie knapp. Sie hatte es satt, sich von jedem erklären zu lassen, dass Bengt bestimmt etwas dagegen hatte, wenn sie dekorierte. Es war schließlich auch ihr Weihnachtsfest!

Die gute Laune ließ sie sich nicht verderben. Sie verkaufte Tammo einen Stapel Bücher – »Nikolausgeschenke, für Weihnachten komme ich später noch mal rein!« – und kochte sich einen Tee. Zufrieden betrachtete sie ihr Werk.

Das sah nämlich alles ganz fantastisch aus!

Die Lichterkette über dem Kassenregal blinkte nur ganz leicht, das sah wirklich hübsch aus. In den Fenstern standen Lichterbögen und auf dem Kassentisch hatte ein Adventskranz Platz gefunden: Ein schwarzes Metallgestell für die Kerzen auf einem kreisrunden Teller, den sie mit Tannenzapfen, roten Holzschneeflocken und Plastikschnee dekoriert hatte. Hübsch, fand Frieke. Ihr wurde jedenfalls davon ganz weihnachtlich zumute.

Als sie am Nachmittag mit einer Keksdose unter dem Arm zu Sonja ging, erkannte sie allerdings, dass ihre stümperhaften Dekoversuche gegen die geschickte Hand ihrer Freundin keine Chance hatten. Sonja hatte wieder mal alle übertroffen. »Wie machst du das bloß?«, fragte Frieke, nachdem sie sich zur Begrüßung umarmt hatten und sie Sonja die Keksdose in die Hand gedrückt hatte. Sie schälte sich aus dem dicken Mantel und hängte ihn an die Garderobe.

»Was denn?«, fragte Sonja überrascht.

»Na, das alles hier.« Frieke zeigte auf die bunten Fens-
terbilder einer Winterstadt im Küchenfenster, auf das Adventsgesteck mit getrockneter Orange, Zimt und Stern-
anis und einer Bienenwachskerze auf dem Küchentisch.
Die Kerze hatte Sonja garantiert selbst aus Wachsplat-
ten gedreht. Im Wohnzimmer verströmte der Kachelofen
seine Wärme, das Feuer darin knackte leise und die rot-
weißen Zierkissen auf der Ofenbank luden zum Verweilen
ein. Irgendwo spielte leise Musik. Frieke legte den Kopf
schief. »Leonard Cohen?«, fragte sie.

»There's a crack in everything«, murmelte Sonja, als
wäre das Thema damit erledigt.

Frieke hakte nicht nach. Sie gingen ins Wohnzimmer,
wo Sonja bereits auf dem niedrigen Couchtisch für den
Tee gedeckt hatte. Dort hatte sich auch ihre Jüngste auf
dem Sofa eingerollt, einen dicken Schal um den Hals.

»Hallo Raphaela«, begrüßte Frieke die Achtjährige.
»Hat es dich wieder erwischt?«

Das Mädchen nickte und zeigte auf seinen Hals.

»Kehlkopfentzündung«, sagte Sonja. »Sie soll möglichst nicht sprechen.«

»Du Arme. Und jetzt hat deine Mama Besuch und du
musst uns zuhören?«

Raphaela grinste und hielt eines der Bücher hoch, das
Tammo am Morgen bei Frieke gekauft hatte. Offensichtlich hatte er seiner Nichte ein verfrühtes Nikolaus-Ge-
schenk gemacht. Für sie war gesorgt. Und damit das Ge-
plapper der Erwachsenen sie nicht störte, verzog sie sich
auf die Récamiere hinter dem Kamin.

»Ich habe noch was für dich«, sagte Sonja.

»Das erwähntest du bereits. Ich bin gespannt.« Frieke lachte. Sie kuschelten sich aufs Sofa. Sonja verteilte Decken; es war zwar schon muckelig warm, aber Friekes Freundin fand, dass Decken noch ein bisschen zur Gemütlichkeit beitrugen, weshalb sie von Oktober bis März jedem Besucher zur Teestunde eine Decke aufnötigte.

Man könnte auch sagen, dass Sonja wusste, wie man sich entspannte.

Sonja überreichte ihr ein weiches Paket.

»Das ist für mich?«

»Mach auf.«

»Ich dachte, du willst die Strickjacke erst noch stricken.«

»Es ist keine Strickjacke für dich.«

Oh, etwas fürs Baby? Bisher hatte Frieke sich sämtliche Geschenke vor der Geburt verboten; aber Sonja würde sie es verzeihen, wenn sie ihr schon jetzt etwas schenkte. So langsam wich der Aberglaube, dass noch etwas Schlimmes passieren könnte, der Hoffnung, dass auch dann alles gut ging, wenn sie sich etwas vorab schenken ließ.

Doch als sie das Päckchen öffnete, wurde sie enttäuscht. Sie hielt zwei dunkelblaue Knäuel Wolle in den Händen. Wunderschöne Wolle, keine Frage, aber…

»Stricknadeln? Was soll ich denn…?«

Da begriff Frieke.

»Du bist jetzt noch drei Tage allein. Ich dachte, ein neues Hobby könnte dir nicht schaden.« Sonja zwinkerte ihr zu. »Außerdem wirst du mir dankbar sein, wenn du bald nur noch die Finger ohne Schmerzen bewegen kannst.«

»Sehr aufmerksam von dir.« Frieke konnte die Ironie kaum aus der Stimme halten. Bisher hatte Sonja mit ihren Geschenken immer ins Schwarze getroffen. Und die Wolle war wirklich wunderschön. Aber selbst stricken? Bisher hatte sie nie das Bedürfnis verspürt.

Immerhin: Die Nadeln, die Sonja ihr dazugepackt hatte, waren beruhigend dick. Und dicke Nadeln verhießen schnelle Fortschritte. Zumindest bei Sonja, wenn sie ganz entspannt an einem Nachmittag bei Tee und Keksen eine Mütze für Raphaela strickte.

»Komm, ich zeige es dir. Es ist wirklich nicht kompliziert.« Sonja nahm Frieke die Nadeln aus der Hand. Sie zeigte ihr, wie man die Maschen aufnahm. Und wie man sie strickte. Rechte Maschen. Mehr nicht. Einfach nur rechte Maschen. Es sah anders aus als vieles, das Frieke bei Sonja bisher gesehen hatte. Als sie fragte, woran das nun wieder lag, lachte Sonja. »Das liegt daran, dass es mehr als nur rechte Maschen gibt.«

»Linke.«

»Ja. Und verschränkte, es gibt welche, bei denen Maschen zusammen abgestrickt werden, es können auch neue entstehen. Aber so kompliziert, wie es sich jetzt anhört, ist es gar nicht.«

Das bezweifle ich, dachte Frieke. Aber sie versuchte es. Die ersten Maschen sorgten vor allem dafür, dass sie einen Knoten im Gehirn bekam. Aber schon nach einer Reihe fühlte sie sich etwas sicherer. Das erforderte eine Menge

Konzentration, aber diese gleichmäßigen Bewegungen ihrer Hände beruhigten auch ihre ständig auf Wanderschaft befindlichen Gedanken. Und als sie irgendwann vom Strickzeug hochblickte, war es draußen schon dunkel, ihr Tee war kalt und die Kekse auf dem Teller hatte Sonja fast allein gefuttert.

»Puh«, sagte Frieke. »Das ist aber anstrengend.«

»Gefällt es dir?«, erkundigte sich Sonja.

»Ja, sehr.« Es überraschte sie selbst. Und das Wunderbarste: Sie hatte für ein Stündchen tatsächlich all ihre Sorgen und die kleinen Wehwehchen vergessen, die sie so hatte.

»Dauert nicht mehr lange, dann kannst du auch beim Fernsehen stricken. Oder eine Jacke, so wie ich.«

»Niemals.« Frieke war davon überzeugt, dass sie auf keinen Fall so gut werden konnte wie Sonja.

»Wir sprechen uns wieder, wenn du den Schal fertig hast. So, und jetzt zeige ich dir noch die linken Maschen. Danach kannst du alles wieder aufribbeln und einen *richtigen* Schal im Rippenmuster anfangen.«

»Ich soll *was* machen?«

Sonja lachte. »Aufribbeln! Nadeln raus und…«

»Ich soll alles wieder kaputt machen?« Frieke hielt das Läppchen hoch. »Aber was ist daran falsch?«

»Recht wenig. Du kannst auch nur rechte Maschen stricken, bis der Schal lang genug ist. Wäre dir das lieber?«

»Ich will nicht aufribbeln.«

Das etwas krause Muster mit den Querrippen gefiel Frieke gut. Sie strickten noch ein bisschen weiter, und bald merkte Frieke, dass sie auch ein bisschen was sagen konnte zwischen den einzelnen Maschen. Raphaela gesellte sich wieder zu ihnen; das Buch von ihrem Onkel hatte sie ausgelesen und brauchte entweder mehr Lesestoff oder anderweitig Beschäftigung. Weil Frieke bei der abendlichen Familienidylle nicht im Weg sein wollte (denn sie wäre am Liebsten auf dem Sofa festgewachsen und hätte einfach ewig weiterstricken wollen), packte sie ihre Sachen und ging heim.

Da war es schließlich auch schön, redete sie sich ein.

Einsam, aber schön.

Mit einer Vorhersage sollte Sonja recht behalten – das Stricken übte auf Frieke eine seltsame Faszination aus, sobald sie erst das Prinzip verstanden hatte. Darum machte sie sich als Abendessen ein paar belegte Brote und ein Schüsselchen Rohkost und Tee, bevor sie sich im Wohnzimmer auf das Sofa kuschelte und den Fernseher einschaltete.

Sie besaßen ein recht kleines Modell, das auf einer Kommode stand. Mehr brauchten sie nicht, fand Bengt. Und für Frieke war das auch absolut okay gewesen, denn bisher hatte sie nur wenig Serien oder Filme geschaut. Es gab ja Bücher!

Aber heute Abend war ihr nach etwas anderem zumute, und zum Glück gab es unter dem Fernsehschrank eine Schublade, in der ein paar DVDs lagerten – unter anderem eine Serie, die Emma ihr mal vor ewigen Zeiten ausgeliehen hatte. »Das musst du dir unbedingt anschauen!«, hatte sie Frieke damals beschworen. Eine Anwaltsserie über eine Ehefrau, deren Mann über irgendwelche Sex-affären gestolpert war? Nun ja, dachte Frieke. Was Besseres war gerade nicht greifbar. Oder sollte sie lieber diese kitschige Liebeskomödie gucken, die sie vor Urzeiten geschenkt bekommen hatte?

Nein. »The Good Wife« sollte es sein. Frieke startete den DVD-Player, der mindestens so alt war wie der Fernseher. Eine Stunde später hatte sie alles um sich herum vergessen. Sie strickte, bis ihr die Finger wehtaten, während sie völlig fasziniert von der Geschichte um Alicia, Will und Peter war. Für sie stand schon nach der ersten Folge fest, dass Alicia Peter verlassen musste. Will war der Richtige für sie.

Als Frieke später aufstand, um sich noch ein paar Kekse und frischen Tee aus der Küche zu holen, bemerkte sie einen Zettel, der aus dem Wollknäuel ragte. Komisch ... hatte Sonja den vergessen?

Sie zupfte das Zettelchen heraus. Es war steif und schwer, fast wie Pergament. Oben links in der Ecke war eine 1 mit Ranken, darunter stand ein kleines Weihnachtsgedicht.

Markt und Straßen steh'n verlassen,
still erleuchtet jedes Haus
Sinnend geh ich durch die Gassen
Alles sieht so festlich aus.

Joseph von Eichendorff. Wenn es einen romantischen Dichter gab, den Frieke verehrte, dann war es dieser. Nicht ohne Grund hatte sie für ihren leiblichen Vater Ole vor zwei Jahren eine Strophe aus »Mondnacht« für die Trauerkarten verwendet.

Die kleine 1 in der Ecke deutete darauf hin, dass ... ja, was?

Morgen war der 1. Dezember. Sollte das etwa eine Art Adventskalender sein? Frieke hatte schon ihr Handy in der Hand und schrieb an Sonja: *Du Verrückte! Jetzt bekomme ich auch noch einen Adventskalender von dir?!*

Dazu schickte sie ein Foto von dem Zettelchen.

Sonja antwortete fast sofort: *Der ist nicht von mir. Keine Ahnung, woher du den hast.*

Komisch. Es sah Sonja gar nicht ähnlich, eine Überraschung nicht als ihre eigene zu deklarieren, wenn sie auch von ihr kam ... Okay, die Schrift sah auch nicht wie die von Sonja aus. Aber von wem kam das Briefchen dann?

Emma? Meike? Vielleicht sogar von Conny? Nein, Frieke verwarf jede einzelne Idee.

Bengt vielleicht. Sie zückte ihr Handy und schickte ihm das Foto. *Schau mal, was ich gefunden habe.*

Er antwortete nicht sofort. Erst als Frieke kurz vorm Schlafengehen aufs Handy schaute, sah sie, dass er geschrieben hatte. *Sorry, heute war hier viel los. Konferenzdinner, vorher habe ich noch Fenja die Stadt gezeigt. Sie will an unserem Institut promovieren. Geht es euch gut?*

Kein Wort über das Zettelchen. Was ihn natürlich sehr verdächtig machte. Aber dann, als Frieke das Handy schon weglegen wollte, folgte eine zweite. Nach nicht.

Ist das einer dieser Gedichte-Adventskalender, die du verkaufst? Hübsch!

Nein, das habe ich gerade in einem Wollknäuel von Sonja gefunden. Sie hat mir das Stricken beigebracht.

Du strickst??????

Frieke lachte. *Wollen wir nicht lieber telefonieren?*, schrieb sie zurück. *Zu lang fürs Tippen.*

Morgen. Muss jetzt noch auf einen Absacker an die Bar.

Frieke versuchte, nicht allzu enttäuscht zu sein, weil er keine Zeit für sie hatte. Sie wusste ja, wie wichtig diese Ausflüge in die Welt seines Fachgebiets für ihn waren. Er, der Einsiedler, der das ganze Jahr auf der Insel lebte und arbeitete, brauchte einfach den Input von Kollegen, das fachliche Gespräch mit ihnen und eben auch ein bisschen Pause von der Insel. Dafür würde er bestimmt nach seiner Heimkehr seufzen, wie anstrengend das doch gewesen sei und dass er sich schon darauf gefreut habe, wieder daheim zu sein.

Nun ja. Wenn sie nicht mit Bengt telefonieren musste, blieb Frieke jedenfalls mehr Zeit für Alicia und Will. Sie ging ins Wohnzimmer und startete doch noch eine Folge.

»Du hast die halbe Staffel schon durch?« Emma riss ungläubig die Augen auf. »Das habe ich nicht mal kurz vor der Geburt der Jungs geschafft, und da war mir so langweilig, dass ich fast mit dem Stricken angefangen hätte.«

Frieke kicherte. »Das habe ich bei der Gelegenheit auch gemacht.« Sie zog den Schal aus dem Rucksack. Inzwischen hatte er eine, ihrer Meinung nach, beachtliche Länge erreicht. Heute Nacht hatte sie ausnahmsweise keine Albträume bekommen, in denen sie ihr Baby am

Strand zur Welt brachte oder es bei einem Ausritt verlor. Nein, sie hatte gefühlt die ganze Nacht weitergestrickt. Klar, das passierte, weil sie es übertrieben hatte. Aber zugleich fühlte sie sich entspannt wie schon lange nicht mehr.

Entsprechend gut gelaunt war sie heute früh zu Emma spaziert, die mit ihren Zwillingen und Meike nur eine Straße weiter im Osten des Dorfs wohnte.

Wieso war sie nicht schon vorher auf die Idee gekommen, ein neues Hobby zu lernen? Man konnte seine Hände beschäftigen, während nichts anderes zu tun war. Das fand Frieke, die jede Form von Tatenlosigkeit hasste, einfach ideal.

»Also, kannst du mir die anderen Staffeln auch leihen?«

»Liebes, man kauft heute keine DVDs mehr. Man streamt das.«

Frieke hatte wieder mal das Gefühl, als würde sie mit ihrer Bücherliebe inzwischen hinterm Mond leben.

»Klar, Streamen.«

Emma grinste. »Sag bloß, das sagt dir nichts.«

»Doch, natürlich weiß ich, was Streamen ist.« Frieke schnaufte empört. Früher hatte sie als bekennender Online-Junkie schließlich nachts darauf gewartet, dass die neuen Folgen ihrer Lieblingsserie freigeschaltet wurden. »Puh, ich glaube, ich bin ein schrecklicher Bücherwurm geworden.«

»Das ist keine Krankheit zum Tode, im Gegenteil. Ich bewundere es, wenn sich jemand abends noch in ein Buch vertieft. Mir ist das ja inzwischen abhandengekommen.«

»So ging es mir bis vor zwei Jahren auch. Es war gar nicht so leicht, wieder zur Vielleserin zu werden.«

»Verrätst du mir dein Geheimnis?«

Frieke lachte. »Abends, wenn du so richtig k.o. bist, aber der Kopf nicht zur Ruhe kommen will, musst du das Handy am anderen Ende der Wohnung ablegen und es dir mit einem Buch gemütlich machen. Wenn es neben dir liegt, ist das Handy zu verlockend mit den kleinen Lesehäppchen, dagegen verliert jeder noch so spannende Roman.«

»Das werde ich mal versuchen.«

»Oh, und ich habe noch ein Buch für dich. Falls es dir damit ernst ist. Eigentlich sogar zwei.«

Frieke verschwand in der Ecke für Sachbücher.

»Digitaler Minimalismus?« Emma runzelte die Stirn.

»Versuch es einfach. Mich hat es sehr vorangebracht. Viel besser ist aber noch das hier.« Sie drückte Emma »Mach mal halblang« von Matt Haig in die Hand. »Danach willst du gar nicht mehr versuchen, alles mitzukriegen. Denn das schafft man gar nicht.«

»Aber ich liebe meine allabendliche Tagesschau.«

»Die nimmt dir keiner weg. Aber du musst nicht noch stundenlang durchs Netz irren und dieselben Nachrichten fünfmal lesen. So, und welches Streamingportal bringt mir ›The Good Wife‹ auf unseren antiquierten Fernseher?«

»Am einfachsten geht das mit deinem iPad.«

»Ach krass. Stimmt ja. Man kann im Bett liegen und Serie gucken!«

»Das wusstest du aber schon, oder?«

»Im Ernst, ich habe wohl verdrängt, dass es das gibt«, sagte Frieke leise.

»Du lebst eben für deine Bücher. Und früher hast du eben die Zeit dafür gehabt, wenn du daheim warst. Du warst mit den Einsiedlern dieser Welt beschäftigt, die neue Medien verteufeln, da hätte ich mir auch eine Überdosis gegönnt. Nicht schlimm«, tröstete Emma sie. »Aber ist schon so, dass heute ohne Streaming nichts mehr geht. Serien erzählen ja den großen Bogen, sie sind wie ein Epos in bewegten Bildern.«

»Und ich dachte, E-Books wären schon der neue heiße Scheiß«, murmelte Frieke.

Emma grinste. »Willkommen im 21. Jahrhundert.«

Es war schon merkwürdig. Bis vor zwei Jahren war Frieke immer diejenige gewesen, die sich auskannte. Damals hatte sie doch auch Filme geschaut. Aber dann kam sie auf die Insel, und plötzlich war das alles gar nicht mehr so interessant. Die Bücher eröffneten neue Welten, und mit ihnen auch die Menschen, die ihr Leben teilten. Allen voran Bengt, der nicht viel vom Fernsehen hielt.

»Also, was muss ich machen, damit ich weiß, wie es mit Alicia weitergeht?«

Am Nachmittag war Frieke wieder daheim – allein. Sie kochte eine Kanne Tee, bestrich die beiden letzten Quarkrosinenbrötchen dick mit Butter und Honig und setzte sich im Wohnzimmer vor den Fernseher. Draußen rüttelte ein Herbststurm an den Sprossenfenstern, in dem kleinen Eckchen vom Wohnzimmer, das sie sich als Büro eingerichtet hatte, wartete einiges an Papierkram. Aber Frieke wollte sich einfach nur ausruhen. Ein paar Stunden die Seele baumeln lassen und den Schal fertig stricken.

Es wurde früh dunkel, und als sich ihr Hunger wieder meldete, legte Frieke schweren Herzens das Strickzeug beiseite. Okay, heute würde sie nicht damit fertig werden. Aber die Winter auf der Insel waren ja auch lang...

Sie ging durch den Flur zur Küche. Doch als sie an der Haustür vorbeikam, erschrak Frieke.

Etwas klebte von außen an der Buntglasscheibe.

Etwas Rechteckiges.

Was sie daran so erschreckte, war das Unerwartete. Sie hatte nicht damit gerechnet.

Rasch öffnete sie die Haustür und löste einen völlig nass geregneten Briefumschlag von der Scheibe. Nanu? Schon wieder eine Botschaft, die sie auf eher unkonventionelle Weise erreichte?

Frieke wollte den Briefumschlag schon öffnen, doch dann entdeckte sie auf der Vorderseite den goldenen, runden Aufkleber mit einer 2 in der Mitte – ähnlich wie bei der gestrigen 1. Gestern hatte sie die Nachricht sofort gelesen – aber heute zögerte sie. Denn heute war der 1. Dezember. Es sah ganz danach aus, als wollte ihr jemand mit einem Adventskalender eine besondere Freude machen. Aber wer?

Das beschäftigte sie noch mehr als die Frage, was sich wohl im zweiten Umschlag, also hinter dem zweiten Türchen, verbergen mochte.

Sie legte den Umschlag in der Küche auf den Tisch. Dann meldete sich ihr knurrender Magen deutlich lauter, und als sie in die Untiefen des gut gefüllten Kühlschranks abtauchte, hatte Frieke schon vergessen, dass da ein Umschlag lag. Sie bereitete für sich ein großes Blech Backofengemüse zu, Rote Bete, Süßkartoffeln, rote Zwiebeln, Möhren und Pastinaken, das sie mit Feta und gehackten Haselnüssen verfeinerte. Anschließend schaute sie weiter ihre Serie, bis Bengt anrief. Sie plauderten ein bisschen, er klang so aufgeräumt und bester Stimmung, dass Frieke fast argwöhnte, dass es ihm auf dem Festland besser gefiel als hier bei ihr. Danach spülte sie das Geschirr und ging früh ins Bett.

Der Umschlag blieb auf dem Küchentisch liegen, unangetastet. Erst als Frieke ihn am nächsten Morgen fand, fiel ihr wieder ein, dass irgendjemand ihr offensichtlich damit eine Freude machen wollte.

Aber wer?

Und warum?

KAPITEL 4

Meike konnte nicht schlafen.

Und das lag nicht an den Zwillingen, die unten im Wohnzimmer die Nacht zum Tag machten und ziemlich laut mit ihrer Spielzeugküche und den dazugehörigen Töpfen und Pfannen klapperten oder die Holzeisenbahn aufbauten.

Emma tat ihr schon ein bisschen leid, aber Meike wusste auch, dass sie bei den schlaflosen Zwillingen nicht helfen konnte. War nicht so, dass sie es nicht schon versucht hätte! Aber als sie mal bei einer spätabendlichen Lärmattacke der beiden Rabauken den Kopf durch die Tür gesteckt hatte, war ihr ein zweistimmiges »Weg, weg! Meike soll ins Bett!« entgegengeschallt. Sie hatte Emma lediglich signalisiert, dass der Lärm sie nicht störte und sie jederzeit Bescheid geben könne, wenn sie Hilfe brauchte. Emma hatte abgewinkt; sie hockte mit untergezogenen Knien auf dem Sofa und wartete, dass die Zwillinge sich müde gespielt hatten. »Zu viel Mittagsschlaf«, sagte sie lapidar, als wäre das Erklärung genug.

Meike hatte ihr Handy vor sich und blätterte durch die Fotogalerie. Wunderschöne Sonnenuntergänge auf der Insel, die sie im vergangenen Sommer gesammelt hatte, wie

Glanzbilder fürs Poesiealbum. Jeder einzigartig, alle auf ihre Art spektakulär.

Sie scrollte weiter zurück. Der Zeltplatz, ihr oranges Zelt, in dem sie seit Mai gewohnt hatte, bis im Oktober auch die letzten, hartgesottenen Camper ihr Sommerdomizil aufgegeben hatten. Dieser Sommer war gut zu ihnen gewesen – warm, nicht zu heiß, nur wenige Regentage. Fast schon zu perfekt und jenseits all dessen, was Meike erwartet hatte, als sie auf die Insel kam. Ein verregneter Sommer, bei dem man im Zelt absoff und vor der Zeltklappe im nassen Sand versank, der wäre nach ihrem Geschmack gewesen. Die Insel aber hatte für sie andere Pläne; Meike begriff rasch, dass man sich gar nicht um eigene bemühen musste. Schließlich war ihr hier nicht nur eine Patientin in den Schoß gefallen, die sie über den Herbst betreute, sondern sie hatte auch das Gefühl, dass die Insel sie im Frühjahr nicht so ohne Weiteres wieder loslassen würde.

Aber für eine Hebamme war nun wirklich nicht genug Arbeit auf so einer kleinen Insel mit gerade mal tausend Einwohnern. Klar, es wurden auch Kinder geboren, aber in den allermeisten Fällen geschah dies doch auf dem Festland. Eine Geburt auf der Insel war eher ein Versehen.

Meike scrollte weiter zurück. Es gab einen Ordner auf ihrem Handy, in den hatte sie letztes Frühjahr in einem starken Moment all die Fotos verschoben, die sie an eine Phase ihres Lebens erinnerten, die weit weg schien ... sehr weit weg. Sie hatte damals viel riskiert. Zu viel, wie sie jetzt wusste, denn die Fehler jener kurzen Wochen wirkten jetzt noch auf ihr Leben nach.

Da war sie wieder, die Traurigkeit. Nicht, weil sie nach einer glücklichen Zeit hatte einsehen müssen, dass diese Art von Glück nicht für sie vorgesehen war, sondern vielmehr, weil sie aufgrund dieses Glücks und des daraus beinahe zwangsläufig resultierenden Unglücks den Kontakt zu den Menschen verloren hatte, die sie liebte. Zu ihrer Familie. In der WhatsApp-Gruppe herrschte immer noch ein wildes Hin und Her, wer was zum Weihnachtsfest mitbrachte, und Meike las, was ihre Mutter schrieb, ihre Brüder und ihr Vater einwarfen, immer auf der Suche nach der einen Stimme.

Marie.

Aber Marie war wieder verstummt, so wie Meike nichts schrieb. Nur einmal hatte sie direkt an ihre Mutter eine Nachricht geschickt, als diese noch mal nachfragte, ob Meike zu Weihnachten nach Hause käme.

Ich glaube eher nicht.

Ein Jahr lang wollte sie ihrer Familie fernbleiben. Das Sabbatjahr, bei dem es nicht darum ging, sich von einem Job zu erholen, den sie über alles liebte, sondern in der stillen Hoffnung, dass danach zwischen Marie und ihr alles wieder gut sein würde.

Wenn Meike die Zwillinge im Spiel beobachtete, wurde ihr die Brust eng; die Zwillinge, sie waren wie Marie und sie. Knapp ein Jahr waren sie auseinander, Meike die Ältere; den Unterschied hatten sie beide nie gespürt, als sie erst begriffen, dass es ihn gab. Und danach verschwendeten sie keinen Gedanken daran. Wieso auch? Wie Zwillinge waren sie im Spiel, wie beste Freundinnen. Kein

Konkurrenzgedanke hatte Platz zwischen ihnen. Die eine kannte die Geheimnisse der anderen. Bis Meike ein Geheimnis hatte, das sie nicht mit Marie teilte, bis sie nicht hinsah, ob es ihrer Schwester gut ging. Und danach nahm das Elend seinen Lauf.

Meike fühlte sich schuldig. Sie starrte auf das Foto, das letzte gemeinsame Selfie. Marie mit ihren honigblonden Locken, dem zarten, hellen Gesicht und Augen, so blank und dunkel wie Kiesel im Bach. Wange an Wange mit Meike, gebräunt selbst zum Ende des Winters, als käme sie gerade aus dem Strandurlaub, moosgrüne Augen, die hell strahlten. Damals war sie glücklich gewesen; eine Hochzeit von Freunden, bei der sie miteinander tanzten, als wären sie das Brautpaar.

Danach ... vorbei. Meike sah es vor sich, wie sie flehte, wie sie erklärte, wie sie versuchte, ihre Schwester zu erreichen ... nichts.

Sie legte das Handy beiseite. Zum Glück gab es die Insel, und auf ihr lebten viele wunderbare Frauen, die sie mit offenen Armen in ihrem Kreis aufgenommen hatten. Die ruhige, aber stets beschäftigte Sonja. Frieke mit ihrem Büchertick, die jedes Mal, wenn Meike sie zur Vorsorge besuchte, ein Buch für sie hatte, das sie ihr lieh oder schenkte. Zuletzt eines, das Meike im Buchladen niemals angeschaut hätte – »Mr. Widows Katzenverleih« von Antonia Michaelis. Für Katzen hatte sie nun wirklich nichts übrig, aber es war geschrieben wie ein modernes Märchen, und erstaunlicherweise gefiel ihr das außerordentlich. Vielleicht brauchte jeder Märchen im Leben.

Und dann noch Emma, die so unabhängig war. Zwar hatte sie mit dem Inselarzt Dr. Raik Tossens einen Mann an ihrer Seite, der sie offenbar sehr liebte und ihr seine Welt zu Füßen legen wollte – aber Emma kam aus einer Ehe, in der ihr nichts abgenommen worden war, weshalb sie auch jetzt unabhängig bleiben wollte. Sie hatte gerade ein kleines Unternehmen gegründet, das sogar richtig gut lief. Beneidenswert fand Meike, mit wie viel Kraft manche Frauen ihr Leben meisterten.

Könnte sie das auch? Was sollte sie nach dem Sabbatjahr anfangen? Vorher hatte Meike in einer Klinik gearbeitet, doch schien ihr eine Rückkehr in diesen Job gerade recht unwahrscheinlich. Vermutlich würde man sie sofort wieder einstellen, immerhin gab es trotz steigenden Geburtenraten immer weniger Hebammen. Aber ob diese Art der Arbeit sie auf Dauer glücklich machen würde, wagte sie zu bezweifeln. Der Schichtdienst, die schlechte Bezahlung und die Art, mit der werdende Eltern ihr begegneten, weil sie lieber eine Ärztin an ihrer Seite wünschten – das alles hatte ihr die Lust am Beruf verleidet. Wären die Babys nicht gewesen und diese vielen, vom Zauber gewebten Momente, wenn sie das Neugeborene in die Arme seiner Mutter legte oder wenn eine Geburt wider Erwarten ganz wunderbar verlief – das vermisste sie.

Ihr blieben noch ein paar Monate Zeit, bevor sie sich endgültig entscheiden musste. Das war beruhigend, fand Meike.

Aber so langsam ... ja, so langsam fing sie an, über das Leben nach der Insel nachzudenken.

Doch um entscheiden zu können, wie es weiterging, brauchte sie Marie. Die klugen Einwände ihrer Schwester. Ihre Unterstützung. Das alles hatte Meike immer geholfen, wenn sie im Leben am Scheideweg stand.

Diese Stimme war verstummt.

Und Meike wusste nicht, ob sie sie irgendwann noch mal hören würde.

Der zweite Morgen im neuen Heim hätte ihr wohl ein paar zusätzliche graue Haare eingebracht, wenn sie nicht schon komplett weiß gewesen wären. So stand Johanne nur zunehmend verzweifelt in ihrer Landhausküche, wusste nicht, wo die Töpfe und Pfannen waren, und als sie diese schließlich fand, verzweifelte sie an der Bedienung des Herds. Oder daran, dass es schlicht nicht möglich war, ihn einzuschalten.

»Oltmanns!«, rief sie anklagend.

»Was ist, mein Käsespatz?«

Sie verdrehte die Augen, kicherte aber. Auf seine alten Tage wurde er irgendwie noch … ja, fast romantisch. Da sie ihn nun regelmäßig bekochen konnte und er dies sichtlich genoss, gab er ihr gerne Essensnamen.

»Der Herd funktioniert nicht. Ich wollte uns doch ein Frühstück machen.«

»Wir können auch im Speisesaal frühstücken.« Er kam in die Küche, in seinen seidenen Morgenmantel gehüllt, mit den Filzpantoffeln an den Füßen, die sie ihm zur Hochzeit geschenkt hatte, weil er allzu oft über kalte Füße klagte. Seine Augen hellwach, die Haare bereits sorgfältig gekämmt. Unter dem Arm trug er die Zeitung, ohne die er vor dem Frühstück selten anzutreffen war. Er summte fröhlich vor sich hin, zog die Besteckschublade auf und nahm ein kleines, rundes Metallteil heraus. »Die Kindersicherung.«

»Wofür brauchen wir denn so etwas?«, wollte sie wissen.

»Na, wenn deine Freundin Frieke demnächst mit ihrem Baby zu Besuch kommt? Das ist ein Gucken, dann kann es schon stehen, laufen, auf den Herd greifen!« Oltmanns zeigte ihr, wie man den Herd entsicherte.

»Ach, du bist ein Schatz.«

»Wie geht es der hübschen Buchhändlerin denn?«

»Das weiß ich gar nicht so genau.«

Er blieb in der Küche und raschelte mit seiner Zeitung, während Johanne ihm das Frühstücksei kochte und den Tisch deckte. Sie mochte, wie sie sich als Paar in das gemeinsame Leben einfanden. Zwar war Oltmanns in Haushaltsdingen nicht so bewandert und schien auch nicht gewillt zu sein, dazuzulernen, aber das störte sie nicht. Im Gegenteil – sie stand so gerne in der Küche und »verbreitete Wohlgerüche«, wie Oltmanns es gern nannte.

»Was hast du heute vor, mein Krautwickel?«

»Ich werde meine Weihnachtspost planen. Und die ersten Plätzchen backen.«

»Meinst du nicht, du verwöhnst mich zu sehr?«

Sie stellte den Teller vor ihn auf den Tisch. »Du willst dich schon nach wenigen Tagen Ehe beklagen?«

»Niemals.« Er rieb sich den nicht vorhandenen Bauch.

So war er schon immer gewesen. Dünn, fast dürr. Konnte nicht schaden, wenn er etwas auf die Rippen bekam.

»Die Plätzchen kannst du aber woanders loswerden. Ich bin eher für Deftiges zu haben.«

»Ach, dann überrasche ich vielleicht Frieke und Emma damit.« Nun war es Johanne, die zufrieden vor sich hin summte. Oltmanns stand auf und holte die Kaffeekanne von der Warmhalteplatte.

»Mach das ruhig. Ich habe noch ein paar Dinge zu erledigen.«

»Ach«, sagte Johanne.

»Sagen wir, ich tue jemandem einen Gefallen.«

»Aber du drehst nicht wieder so ein krummes Ding mit dem Inselrat?« Johanne war alarmiert. Oltmanns hatte wohlhabende Freunde, die allesamt nur zu gern groß auf der Insel investieren würden.

»Niemals, meine Liebe. Das hat zukünftig ein Ende.«

Er hat sich wirklich verändert, dachte Johanne, als sie nach dem Frühstück in ihrem alten Backbuch blätterte, das sie seit ihrer Hochzeit mit Ernst besaß. Viele Seiten waren fleckig, kein Rezept kam mit einer handschriftlichen Ergänzung aus. Es war ein ganz besonderer Schatz. Eigentlich müsste mal jemand all diese Rezepte abtippen, damit sie ihren Kindern erhalten blieben.

Was hatte Oltmanns nur vor? Jemandem einen Gefallen tun ... Das klang so gar nicht nach ihm.

Vielleicht tat sie ihm damit bitter unrecht. Er hatte sich verändert. Schon die Küche, die sie ganz nach Johannes Wünschen eingerichtet hatten, war doch mehr als ein Zeichen guten Willens. Er wollte das hier nicht verbocken; sie hatten über fünfzig Jahre aufeinander gewartet.

Sie zog das ebenso alte, zerfledderte Kochbuch aus dem Regal und suchte nach dem Rezept für Königsberger Klopse, denn sie wusste, die mochte Oltmanns besonders gerne. Ein ganz schön großes Essen für einen Wochentag und zwei Personen. Ach, was soll's, dachte sie.

Diese Küche musste genutzt werden.

Frieke trank ihren Morgenkaffee und starrte auf den Briefumschlag mit der goldenen 2.

Sie hatte ihn noch nicht geöffnet, weil sie das alles irgendwie komisch fand. Geradezu albern. Sollte sie sich wirklich auf einen Adventskalender einlassen, bei dem sie nicht wusste, von wem er kam?

So fand Meike sie, als sie um kurz nach neun zur verabredeten Vorsorge kam. Frieke schob den Umschlag unter einen Bücherstapel und goss einen zweiten Becher Kaffee ein. Sie gingen ins Wohnzimmer und setzten sich aufs Sofa, um erst mal ein wenig zu plaudern. Denn das, hatte Frieke bemerkt, gehörte zu den wichtigsten Dingen bei der Vorsorge – sich allen Kummer von der Seele reden, für den bei den Untersuchungen bei der Ärztin mit ihrem straffen Zeitplan wenig Platz war. Sie hatten erst Freitag ausgiebig geplaudert, aber seitdem war auch eine Menge passiert.

»Du siehst müde aus«, sagte Frieke.

Meike lächelte. »Genau das wollte ich dir auch gerade sagen.«

»Von Schlaflosigkeit im dritten Trimester hat mir keiner was gesagt.«

»Alles möchte man vielleicht vorher gar nicht wissen.«

Frieke überlegte. Doch, eigentlich wollte sie schon *alles* wissen, damit sie wenigstens versuchen konnte, Herrin der Lage zu bleiben.

»Geht das auch wieder weg?«

»Ja. Wenn das Baby die Nächte durchschläft«, erwiderte Meike trocken. »Versuch einfach, auch tagsüber ein Schläfchen einzulegen. So langsam darfst du ja auch über deinen Mutterschutz nachdenken, oder?«

Der war ein heikles Thema, denn in Friekes Kopf war kein Platz für Mutterschutz. Wäre sie eine Angestellte in ihrem Buchladen, hätte sie vermutlich schon bald ihren letzten Arbeitstag. So stand sie als Inhaberin mitten im einsetzenden Weihnachtsgeschäft und wusste nicht, ob sie überhaupt schon Anfang Januar kürzertreten konnte, weil dann die Inventur anstand.

»Du hast doch fähige Mitarbeiterinnen«, erinnerte Meike sie sanft. »Emma übernimmt viel, oder? Und was würde es schaden, wenn du im Januar und Februar für ein paar Wochen zusperrst?«

»Und damit meine Insulaner dem großen, bösen Internethandel in die Arme treibe?«, rief Frieke empört. »Nein, das geht gar nicht. Dann kann ich auch gleich aufgeben.«

»Aber du brauchst die Zeit für dich. Und für dein Baby. Du kannst nicht eine Woche nach der Geburt wieder im Buchladen stehen. Das kannst du vergessen.«

Frieke kaute auf der Unterlippe herum. Sie merkte ja selbst, wie sie langsam, aber sicher an die Grenzen ihrer Belastbarkeit geriet, wie sie immer mehr Zeit zur Regeneration brauchte. Oder, wie Meike es gern lapidar formulierte: Brüten kostet Kraft. Schwangersein ist für sich genommen schon ein Vollzeitjob.

»Ich ruhe mich aus«, behauptete sie. Klar. Auf die letzten zwei Tage traf das sicher zu. Weil Wochenende war. Aber ansonsten hatte sie sich bisher nicht geschont.

»Wir passen auf dich auf. Und was die Zeit angeht, wenn du nicht im Buchladen stehst – vielleicht kannst du eine Art Büchertaxi etablieren? Es findet sich bestimmt eine Schülerin, die mit einer Kiste Neuerscheinungen zu deinen Stammkunden fährt, damit sie sich direkt was aussuchen können.«

Das klang gar nicht mal so schlecht. Frieke kannte mindestens eine Stammkundin, die sofort auf dieses Angebot anspringen würde – Johanne Kruse. Langsam hellte sich ihre Stimmung auf, und als Meike ihren Bauch abtastete, hatte auch sie eine richtig gute Nachricht für Frieke.

»Da hat sich jemand wieder gedreht und liegt jetzt mit dem Kopf nach unten«, verkündete sie fröhlich. »Wenn das mal keine gute Nachricht ist…«

Das war tatsächlich eine gute Nachricht. Frieke streichelte über ihren Bauch. »Jetzt schön so liegen bleiben, Knubbel«, flüsterte sie.

Viel zu schnell war das Stündchen mit Meike rum und sie verabschiedete sich. »Nächste Woche können wir uns gern noch mal sehen.«

»Sehr gerne«, sagte Frieke. Sie war froh um jede Ablenkung. Dann fiel ihr etwas ein. »Was machst du eigentlich an Heiligabend?«

Meikes sonst so fröhliches Gesicht verfinsterte sich von einem Moment auf den nächsten. »Ich weiß es nicht«, gab sie ehrlich zu.

»Hast du Lust, mit uns zu feiern? Ich koche was Feines, und wir können singen, reden, es gibt Geschenke, hmmm...« Jetzt, da sie es aussprach, klang das ganz schön verlockend. Dabei war sie nicht die große Gastgeberin – das Feld überließ sie sonst gern Sonja.

»Ja klar! Ich komme gerne. Hast du noch mehr Gäste eingeladen?«

»Vielleicht kommen meine Eltern. Und Bengts Familie eventuell. Emma und die Zwillinge ...« Je länger Frieke darüber nachdachte, umso besser gefiel ihr die Idee, all ihre Freunde und ihre Familie um sich zu versammeln. »Johanne und Oltmanns!« Und wenn Emma kam, würde Raik ebenso mitkommen, dann müsste sie auch Conny und Regina einladen... Puh. Plötzlich war das Wohnzimmer vor Friekes innerem Auge ziemlich voll.

Meike lachte. »Du meinst nicht, das frisch vermählte Paar möchte am Heiligabend lieber allein bleiben? Es ist ihr erstes gemeinsames Weihnachtsfest.«

»Ich frage sie einfach.« Frieke war überzeugt, dass jeder mit ihnen feiern wollte. Bengt konnte backen, sie würde irgendwas Feines kochen, und später würden sie alle beisammensitzen, Plätzchen knabbern und Weihnachtsmusik hören, während ihr Baum im Lichterglanz erstrahlte.

Ein Weihnachtsbaum. Okay ... Wo bekam man denn nur einen Baum her auf der Insel?

Sie winkte Meike, die sich gegen den eisigen Dezemberwind ihren dicken Schal bis zur Nasenspitze um den Hals wickelte. Dann lief Frieke eilig ins Schlafzimmer, wo ihr Handy lag.

Wenn jemand das wusste, dann Sonja.

»Du willst einen Christbaum? Kein Problem, den kannst du bei Tammo bestellen. Kommt dann einige Tage vor Weihnachten und wird direkt mit dem Elektrokarren geliefert.«

Also rief Frieke bei Tammo an und bestellte »die schönste Nordmanntanne, die es dieses Jahr gibt«, zu liefern am 20. Dezember direkt zum alten Kapitänshaus. Und da sie ihn schon mal an der Strippe hatte, gab Frieke auch gleich die Bestellliste für die nächsten Plätzchen durch, die sie in den kommenden Tagen backen wollte.

Danach musste sie sich beeilen, damit sie pünktlich zum Buchladen kam. Unterwegs überholte ein Elektrokarren sie, der mit Bücherkartons beladen war. Offensichtlich hatte sie einiges nachbestellt.

Da Nikolaus vor der Tür stand und offenbar alle Insulaner Bücher verschenkten, war an diesem Tag richtig viel los in ihrem Buchladen, und Frieke kam erst nach drei Stunden zum Durchschnaufen, als sie für die Mittagspause schloss. Ihr schwirrte der Kopf von den Beratungsgesprächen, und heute Nacht würde sie vermutlich nicht vom Stricken, sondern vom Klingeln der Kasse und unendlichen Bahnen weihnachtlichem Geschenkpapier träumen. Die Bücherkartons standen unausgepackt im hinteren Teil des Ladens, dafür war bisher keine Zeit gewesen. Und sie würde auch jetzt nicht dazu kommen, denn eine Nachricht von Sonja hatte ihr Herz ein bisschen zum Hüpfen gebracht.

Mittagessen, kurz nach eins? Es gibt Lasagne!

Und die Lasagne von Sonja durfte man auf gar keinen Fall verpassen. Die war von vorne bis hinten selbst gemacht, mit frischer Hackfleischsoße und Béchamelsoße. Sogar die Lasagneplatten stellte sie selbst her. Es würde Frieke nicht wundern, wenn Sonja irgendwann auch in die Käseproduktion einsteigen würde.

Bin in zehn Minuten bei dir!, schrieb Frieke. Sie schloss ab und machte sich auf den Weg.

Das Lastenrad ließ sie stehen. Inzwischen fühlte sie sich trotz Elektromotor nicht mehr wohl damit, und die kurzen Strecken im Dorf ließen sich auch watschelnd noch ganz gut bewältigen.

»Nanu? Heute nicht auf drei Rädern unterwegs?«, begrüßte Sonja sie.

»Sei bloß still. Meike hat einen Namen für das, was ich noch bekommen habe. Habe ich aber dank Schwangerschaftsdemenz vergessen. Es tut ungefähr hier ziemlich arg weh.« Sie zeigte auf ihren Schritt. »Als ob das Baby sich schon mal durchs Becken bohrt. Mit dem Kopf voran.«

Sonja grinste. »Symphysenlockerung, ja. Hatte ich dreimal. Wenn du willst, schaue ich mal, ob ich noch den Symphysengürtel habe. Der hat mir etwas geholfen.«

Sie gingen ins Haus. Aus der Küche zog bereits der verheißungsvolle Duft nach Lasagne durch die Räume. Sonjas Ältester Robert deckte im Esszimmer den Tisch. Mit seinen zwölf Jahren begann er gerade, in die Höhe zu schießen. Sein zehnjähriger Bruder Malte hockte auf einem Esszimmerstuhl wie ein kleines Äffchen und knurrte, als Robert einen Teller vor ihn stellen wollte, wobei er das Matheheft vom Tisch fegte.

»Ruhe da, ihr zwei!«, rief Sonja, bevor die Auseinandersetzung eskalieren konnte. »Malte, geh in dein Zimmer, wenn du die Hausaufgaben schon machen willst. In zehn Minuten gibt's aber auch Essen.«

Brummelnd verzog sich der Jüngere nach oben. Raphaela kam ihm auf der Treppe entgegen. Das Nesthäkchen hatte wie immer ein Buch unter dem Arm klemmen. Sie winkte Frieke schüchtern zu und verzog sich in die Sofaecke, bis das Essen fertig war.

Frieke folgte Sonja in die Küche.

»Kann ich dir noch helfen?«, bot sie an.

»Bloß nicht. Du setzt dich brav hin.«

Frieke verzog das Gesicht. Sitzen war gerade so ziemlich das Letzte, was sie wollte.

Ihr gequälter Gesichtsausdruck entging Sonja nicht. Sie warf einen Blick auf den Küchenwecker. »Also gut. Wenn's klingelt, holst du die Lasagne aus dem Ofen und kippst das Dressing über den Salat, okay? Das Glas vorher noch mal schütteln. Ich suche derweil den Symphysengürtel. Den habe ich bestimmt gut weggepackt auf dem Dachboden bei den Babysachen ...«

Bevor sie antworten konnte, war Sonja schon aus der Küche gefegt. Robert kam hereingeschlendert und gähnte.

»Was macht die Schule?«, fragte Frieke, weil ihr gerade nichts Besseres einfiel.

»Nervt.«

Und nach dem finsteren Blick unter dem blonden, etwas zu langen Pony, mit dem Robert sie bedachte, traf dasselbe auf sie zu. Er gähnte noch mal demonstrativ und schlenderte wieder ins Esszimmer.

Als der Küchenwecker klingelte, holte Frieke die Lasagne aus dem Ofen. Das Schraubglas mit dem Dressing schüttelte sie, bevor sie es über den knackigen Blattsalat mit Tomate, Paprika und Gurke kippte. Sie trug die Lasagne ins Esszimmer, wo sich bereits drei hungrige Raubtierjunge um den Tisch scharten.

Sie lud gerade den Teller von Robert voll, der sie knapp um »mehr« bat, als Sonja mit einem Karton zurückkam.

»Puh, ich habe alles gefunden. Und noch ein paar Babysachen, die du dir gleich anschauen kannst, wenn du Lust hast.«

»Das ist lieb, danke.« Mit einem Seufzen ließ Frieke sich auf den Stuhl sinken. Sonja übernahm und verteilte die Lasagne. Robert trommelte mit den Fingern auf den Tisch, bis jeder was auf dem Teller hatte. Dann fing er an zu schaufeln. Es schmeckte offenbar.

Malte und Raphaela futterten nicht ganz so rasant wie der große Bruder, doch es dauerte keine zehn Minuten, bis alle drei sowohl einen Nachschlag vertilgt als auch darum gebeten hatten, aufstehen zu dürfen. Sonja schickte sie zum Hausaufgabenmachen und blieb noch entspannt sitzen, bis Frieke aufgegessen hatte. Sie schaffte auch zwei Portionen.

Mit geübten Bewegungen räumte Sonja ab und trug das Geschirr in die Küche.

»Wie schaffst du das?«, fragte Frieke.

Sonja hielt inne. »Was denn?«

»Das alles.« Mit einer weit ausholenden Armbewegung umfasste sie Haus, Kinder, Küche. Und meinte zugleich noch Job, Hobbys, Freundschaften.

»Ich komme mit ziemlich wenig Schlaf aus«, meinte Sonja. »Schau ruhig schon mal in den Karton«, rief sie über die Schulter auf dem Weg in die Küche.

Das Klappern von Geschirr und das Einlaufen des Spülwassers klangen irgendwie gemütlich. Frieke fühlte sich an die Zeit zurückerinnert, als sie daheim bei ihren Eltern mittags am Esszimmertisch ihre Hausaufgaben erledigte.

Jetzt stand sie auf und spähte in den Karton. Obenauf lag etwas, das ein bisschen wie ein Bauchband aussah, nur eben mit Klettverschlüssen. Darunter lagen winzige, schlichte Babysachen.

»Das habe ich alles genäht. Damals, als ich noch Zeit dafür hatte.« Sonja war unbemerkt hinzugetreten. Gemeinsam wühlten sie in dem Karton. Die Sachen waren allesamt so süß und schlicht, dass Frieke ganz verliebt war. Sie wusste nicht, ob sie ein Babymädchen oder einen Babyjungen bekam. »Der Schniepel ist nicht entscheidend«, hatten Bengt und sie schon früh entschieden und bewusst ein

Outing bei der Frauenärztin Dr. Mohr vermieden. Diese hatte sich ihrem Wunsch gebeugt. Leider hatte Frieke zu spät bemerkt, dass sie selbst sich zwar überraschen lassen wollte, offenbar aber die Babykleidungsindustrie nicht so gnädig war mit werdenden Eltern, die das Überraschungsmoment liebten. Außer Rosa und Babyblau in allen Schattierungen gab es eigentlich nur Beige und Grau als Farbe für Säuglingskleidung, denn dieses helle Gelb mit Bärchen konnte Frieke nicht ernst nehmen. Und Grau war in ihren Augen keine Farbe, auch wenn sie die Wickelkommode inzwischen mit einigen grauen Sachen gefüllt hatte, die sie über ein Kleinanzeigenportal bekommen hatte.

Das hier aber war ein Traum in Rot, Dunkelblau, Knallgelb, Grün und Dunkelbraun, kleine Pumphosen, Shirts und Jäckchen. Sogar der eine oder andere Strampler war dabei.

»Das müsste alles die kleinste Größe sein. Kannst du gern mitnehmen, ich habe ja doch keine Verwendung mehr dafür.« Sonja lächelte. »Mich freut es, wenn die Sachen noch mal jemanden glücklich machen.«

Anschließend half sie Frieke, den Symphysengürtel anzulegen. Zum Glück passte er ganz gut, und sie merkte direkt eine Entlastung, weil das Becken zusammengehalten und der Bauch gestützt wurde. »Wenn's schlimmer wird, solltest du dich aber noch mal von deiner Ärztin beraten lassen!«

»Werde ich machen. Und wie bekomme ich die Kiste jetzt heil nach Hause?«

»Gar nicht. Ich schicke nachher Robert damit rüber.«

Da Frieke sich inzwischen angewöhnt hatte, wie alle anderen Insulaner die Haustür nicht abzuschließen, konnte er den Karton einfach im Flur abstellen.

Etwas versöhnt mit sich und der Welt, machte Frieke sich auf den Weg zum Buchladen. Mit dem Gürtel gerüstet, würde sie den Nachmittag schon irgendwie rumkriegen. Morgen kam Bengt nach Hause, darauf freute sie sich schon so sehr. Endlich wieder gemeinsam kuscheln!

Doch als sie sich gerade über die Bücherkartons hermachen wollte, bekam sie eine Nachricht, die ihr den Boden unter den Füßen wegzog.

Spricht was dagegen, wenn ich erst Mittwoch nach Hause komme?

Ja, alles!, wollte sie zurückschreiben.

Eigentlich nicht. Wieso?, schrieb sie stattdessen.

Ach, Fenja möchte, dass ich ihr meine Alma Mater zeige.

Wer war noch mal Fenja…? Sie scrollte durch die letzten Nachrichten. Ach so, die Tochter seiner Kollegin Nina. Wollte auch in Kiel promovieren.

Mach ruhig, schrieb sie zurück. Was übersetzt so viel hieß wie »wage es bloß nicht, mich einen Tag länger als nötig allein zu lassen! Ich habe Sehnsucht, ich brauche dich, bitte komm heim!«

Okay, super!

Sie starrte das Handy wütend an. Klar, natürlich hätte sie schreiben können, dass sie ihn gerne wieder bei sich hätte, statt ihm ihr Okay zu geben. Aber irgendwas stimmte doch auch nicht mit ihm. Wieso las er nicht den Subtext?

Weil es für ihn keinen gibt.

Manchmal bewunderte sie Bengt um diese Arglosigkeit. Es musste leicht sein, wenn man darauf vertraute, dass das Gegenüber aufrichtig war, und zeugte von einem guten Selbstwertgefühl.

Normalerweise hätte sie ja auch was gesagt. Aber im Moment war eben nichts normal. Schlafmangel, diverse Zipperlein und diese Unsicherheit bezüglich ihrer eigenen Zukunft – wie sollte man da bitte schön gelassen bleiben?

Erst mal blieb sie bis übermorgen allein und musste die Zeit irgendwie rumkriegen.

Bei ihrer Heimkehr am Abend erlebte Frieke eine doppelte Überraschung.

Im Flur stand wie versprochen der Karton mit den Babysachen. Das wäre an sich noch keine Überraschung, wenn nicht eine kleine Auflaufform mit den Resten der Lasagne obenauf gestanden hätte. Sonja hatte eine Karte dazu geliefert: *Ich hoffe, die Heuschrecke hat die Auflaufform nicht leer gefuttert.*

Darüber lachte sie.

Die zweite Überraschung war ein weiterer Briefumschlag, der in ihrem Briefkasten mit der Tagespost auf sie wartete. Dieses Mal war die 3 aus einer Zeitungsüberschrift ausgeschnitten.

Wer auch immer sich die Mühe machte, sie mit einem Adventskalender zu überraschen, strengte sich ordentlich an, seine Spuren zu verwischen.

Aber wer betrieb so viel Aufwand? Und warum gab sich der- oder diejenige nicht zu erkennen?

Frieke überlegte. Wer käme denn dafür infrage?

Nachdenklich öffnete sie den Umschlag für den 2. Dezember, denn das hatte sie heute früh vergessen.

Auf dem kleinen Zettel, den sie herauszog, stand nur eine Frage.

Ganz weiß oder lieber bunt?

»Was soll das nun wieder bedeuten?«, murmelte sie. Ehrlich, so eine blöde Frage.

Was denn ganz weiß? Oder bunt? Da gab es so viele Dinge, das ganze Leben … Schaute sie sich im Haus um, würde sie sagen: Möbel weiß, der Rest bunt. Bengt und sie pflegten einen Einrichtungsstil, den sie als friesischen Vintage bezeichnen würde – helle Möbel, zumeist weiß gebeizt, dazu ein paar helle Hölzer, bunte Polster, Kissen und Decken, wobei der Schwerpunkt auf blauen Textilien lag. Aber Frieke liebte einen gelegentlichen Farbtupfer. Zum Beispiel den senfgelben Sessel mit passendem Hocker, den sie durch einen Zufall über ein Kleinanzeigenportal billig hatte bekommen können – kaum gebraucht und ein echtes Schnäppchen.

Das Haus war also weiß *und* bunt. Blickte sie hingegen in ihren Kleiderschrank … Nun, dort dominierten Jeans und Langarmshirts, für den Sommer T-Shirts. Frieke liebte schwarz, allenfalls noch dunkle Farben wie Blau, Grau, Petrol oder Lila. Wenig Abwechslung und keinesfalls so *bunt*, wie sie bunt dachte. Sie besaß das eine oder andere wollweiße Oberteil, auch Teile ihrer Wäsche waren weiß.

Das schien also auch nicht gemeint zu sein. Und was bedeutete diese Frage? Sollte sie darauf irgendwie antworten?

Nur wem? Wer gab sich so viel Mühe, sie mit diesem Adventskalender zu überraschen?

Sonja stand ganz oben auf Friekes Liste der Verdächtigen. Weil es typisch Sonja war – einfach mal etwas Verrücktes tun, mit dem sie ihre Freundin aus dem Alltagsblues holte. Zumal das erste Briefchen in dem Wollknäuel eingewickelt war, aber das konnte genauso gut eine falsche Fährte sein. Nur was bedeutete dann diese Frage? Und wieso gab sie sich nicht zu erkennen, sondern spielte Frieke die Briefchen heimlich zu?

Emma wäre auch so eine Kandidatin für eine Überraschung, aber den Gedanken verwarf Frieke sofort. Warum sollte sie das tun? Emma war mit ihren Seminaren, dem Job im Buchladen, den Zwillingen und ihrem Freund mehr als ausgelastet. Wenn da noch Zeit bliebe, würde sie doch zuerst Lars und Timo, vielleicht auch Raik mit einem Adventskalender überraschen.

Und wer fiel ihr sonst noch ein?

Bengt.

Aber nein, das konnte unmöglich sein. Er war nicht auf der Insel, oder?

Er hätte ja die ersten Briefe von jemand anderem überstellen lassen können. Okay, das war eine Möglichkeit. Dann müsste spätestens übermorgen eine gewisse Verzögerung eintreten, denn er kam ja ungeplant einen Tag später zurück.

Und falls die Briefe weiterhin pünktlich kamen, fiele er schon mal raus aus dem Kreis ihrer Verdächtigen...

Frieke seufzte. Das war irgendwie schon verwirrend, aber sie war bereit, sich auf dieses Spiel einzulassen. Sie, die Überraschungen immer schon hasste, ließ sich darauf ein, weil sie es wohl kaum verhindern konnte.

Und wer wusste schon, wohin das führte?

KAPITEL 5

»Was macht ihr Heiligabend?«, fragte Frieke am nächsten Morgen, während sie mit Emma eine halbe Stunde vor Ladenöffnung die bestellten Bücher einräumte.

»Puh, du stellst Fragen.« Emma, die gerade über einen Karton gebeugt stand und den neuesten Bestseller von Sebastian Fitzek ausräumte, richtete sich auf. »Wir wollen bei mir zu Hause feiern. Aber weil Conny keine Lust auf viele Menschen hat, wird Raik vielleicht erst mit uns feiern und später zu ihr gehen.« Sie runzelte die Stirn.

Raiks Schwester Conny war recht introvertiert. Auch wenn sich das in den letzten Monaten gebessert hatte, seit sie auf dem Isländerhof wieder Gäste aufnahmen, schien sie vor größeren Feierlichkeiten immer noch zurückzuschrecken.

»Und was macht ihr? Ich erkläre dir jetzt nicht, dass es euer letztes Weihnachtsfest zu zweit ist und ihr es genießen sollt.«

Frieke grinste. »Dafür bin ich dir auch sehr dankbar, das habe ich nämlich bisher von so ziemlich jedem gehört.«

»Denk ich mir. Also? Was habt ihr vor?«

»Wir machen was Besonderes. Und wenn ihr mögt, seid ihr eingeladen, egal, wann ihr dazukommen möchtet.

Ich plane ein Menü …« Frieke zog aus der Gesäßtasche einen mehrfach gefalteten Zettel, den sie nun vor Emma auf dem Kassentresen ausbreitete. »Schau mal. Meinst du, das trifft den Geschmack aller?«

»Wer sind denn alle?«, fragte Emma und beugte sich über Friekes Liste.

»Ach, nur ein paar. Ihr, Bengts Familie, meine Eltern, Johanne und Oltmanns, Sonja und ihre drei Kinder, Meike …«

»Das sind ja schon fast zwanzig Personen. Wie willst du die im Kapitänshaus unterbringen? Oder wird in Schichten gegessen?«

Auch darüber hatte Frieke sich bereits Gedanken gemacht – sie ließ sich nicht beirren. »Die Kinder kommen in die Küche. Die Erwachsenen an den Esszimmertisch. Den können wir ausziehen, dann bietet er Platz für zehn. Wir müssen halt etwas zusammenrücken.«

»Wenn alle kommen, sind wir aber mindestens dreizehn. Plus Raik und eventuell Conny, falls sie doch gern Menschen um sich haben möchte.«

»Ja, darum wollte ich noch einen zweiten Tisch dazustellen. Man könnte einfach das Sofa an die Wand schieben, dann reicht der Platz.«

»Wird ganz schön … gemütlich.«

Frieke hörte nur »gemütlich«, nicht die Zweifel in Emmas Stimme. »Ja, nicht wahr? Und sieh mal, das möchte ich kochen …«

Das Menü klang jedenfalls lecker: Als Vorspeise Blattsalate mit Hirseküchlein und Orangenvinaigrette, eventuell Räucherlachs. Hauptgang: Rouladen mit Rotkohl und Rosenkohl und Kroketten, außerdem Maronenpüree. Nachtisch: rote Grütze mit Vanilleeis. Frieke hatte sogar ein paar Weine notiert, obwohl sie da gerne noch mal Rücksprache mit Oltmanns halten wollte, der kannte sich bei dem Thema schließlich aus, und sie selbst würde die Weinflaschen höchstens von der Küche ins Wohnzimmer tragen.

»Und wann möchtest du das alles kochen?«, erkundigte sich Emma.

»An Heiligabend.«

Emma sagte nichts. Frieke wusste, was sie dachte. Immerhin war auch auf der Insel immer ein bisschen Weihnachtsgeschäft zu spüren. Sicher nicht so extrem wie in den Städten, denn die Kundschaft war mehr oder weniger auf die rund tausend Insulaner begrenzt. Trotzdem wäre es ein Fehler, wenn sie an Heiligabend früher zusperrte oder gar nicht erst öffnete. Das wussten sie beide.

»Kannst du vielleicht an Heiligabend…?« Frieke traute sich eigentlich nicht zu fragen. Emma war bestimmt lieber zu Hause an so einem Tag, kümmerte sich um ihre aufgeregten Jungs und schmückte den Baum.

»Hm, könnte ich sicher einrichten.« Emma wirkte unentschlossen. »Aber hör mal, wird dir das alles nicht zu viel? Vor ein paar Tagen hast du noch schlapp im Sessel gehangen, weil du Übungswehen hattest.«

»Ach die.« Frieke winkte ab. Inzwischen ging es ihr wieder blendend, was sie auch dem wenig kleidsamen Symphysengürtel zu verdanken hatte, den sie nun Tag und

Nacht trug. »Die halte ich mit Magnesium in Schach. Ich möchte es uns allein einfach richtig schön machen an Weihnachten.«

»Okay, ich kann das sicher einrichten. Weiß Bengt schon von deinen ehrgeizigen Plänen?«

Emma sagte es nur so dahin, aber Frieke schnaufte empört. »Der kann sich gern zu Wort melden, wenn er wieder hier ist.« Dass er sich um einen Tag verspätete, nahm sie ihm nämlich immer noch übel.

»Ich habe nichts gesagt!« Emma schnappte sich den Stapel Thriller und verschwand in der Krimi-Ecke. »Aber du solltest es ihm vor Heiligabend mitteilen. Nur für den Fall, dass er andere Pläne hat!«

»Das werde ich ganz sicher nicht tun«, murmelte Frieke. Sie würde sich von ihrem Plan nicht abbringen lassen – weder von Bengt noch von sonst jemandem. Und wenn sie ihren Freund dafür vor vollendete Tatsachen stellen musste – um nicht zu sagen, dass sie ihn damit überraschte –, dann war das eben so. Es war ihr letztes Weihnachtsfest vor der Geburt des Babys. Ein bisschen Exzentrik sei ihr da ja wohl gestattet.

Nach dem Tag im Laden radelte Frieke am Abend – mit tatkräftiger Unterstützung durch den Elektromotor ihres Lastenrads – noch zu Tammos Frischemarkt. Sie musste eine Vorbestellung für Weihnachten aufgeben. Die Liste war lang und aufgeteilt – die eine Hälfte brauchte sie bereits eine Woche vor dem Fest, weil sie plante, Rotkohl und Rouladen schon vorzukochen und bis Heiligabend einzufrieren. Den Tipp hatte Emma ihr gegeben. Und Frieke war für jeden Tipp dankbar. Denn auch wenn das, was sie sich überlegt hatte, durchaus machbar war, hatte sie Respekt vor dieser Aufgabe. Rouladen hatte sie noch nie gekocht. Ähnlich sah es beim Rotkohl aus. Da hoffte sie, dass ihre Mama das alte Familienrezept herausrückte.

Tammo war hinten bei den Getränken und Zeitschriften. Als sie ihm die Liste aushändigte, gab er ihr im Austausch die Backzutaten, die sie vorbestellt hatte.

Die hatte sie fast vergessen. Aber so hatte sie heute und morgen wenigstens was zu tun, wenn Bengt länger fortblieb als geplant.

Sie radelte also mit den Einkäufen heim, machte sich ein Abendessen und sank danach aufs Sofa. Nur mal kurz ausruhen, redete sie sich ein.

Als sie die Augen wieder aufschlug, klingelte ihr Handy, das sie in der Küche liegen gelassen hatte. Frieke hievte sich vom Sofa hoch. Im Haus war es kalt, und ein Blick auf die Uhr am Backofen verriet ihr, dass es schon kurz nach elf war.

»Guten Abend. Ich wollte doch nur hören, wie es meinen zwei Lieblingsmenschen geht.«

Bengts Stimme klang warm und zärtlich. Frieke lief ein wohliger Schauer über den Rücken.

»Wir vermissen dich«, sagte sie leise. »Hey.« Wie um ihre Worte zu unterstreichen, spürte sie die sanften Tritte vom Baby unter ihrem Rippenbogen.

»Ich vermisse euch auch. Sag mal, hast du versucht, meine Eltern zu erreichen? Sie riefen mich vorhin an, ob mit dir denn auch alles in Ordnung sei, weil sie deine Nummer auf dem Display hatten.«

»Ja, ach…« Herrje, das war ja jetzt auch wieder typisch für sie. In ihrer Euphorie wegen Weihnachten hatte sie nachmittags in einer ruhigen Minute versucht, alle potenziellen Gäste telefonisch zu erreichen. Bevor Bengts Mutter eine Weihnachtsgans bestellte oder Ute und Martin spontan einen Urlaub buchten. Ihre Mutter und Bengts Eltern hatte sie nicht erreicht. Offenbar hatte sie ein Stadium der Schwangerschaft erreicht, in dem jeder Anruf mit einem Blasensprung und Geburtswehen gleichgesetzt wurde.

»Alles prima«, versicherte sie Bengt. »Es ging um Weihnachten.«

»Ach so. Haben wir da schon Pläne?«, erkundigte er sich vorsichtig.

»Hmmm, keine Ahnung. Haben wir?«

»Noch nicht wirklich.«

Sie wollte ihm ihre Pläne lieber erst übermorgen mitteilen, persönlich. Das schien ihr klüger; immerhin würde das Haus an Weihnachten *ziemlich* voll werden.

Oder sie behielt das Weihnachtsessen bis zum Schluss für sich und überraschte ihn damit. Obwohl er da natürlich ein bisschen wie sie war und Überraschungen hasste…

Da fiel ihr ein, dass sie unbedingt Sonja fragen musste, ob sie für Ute und Martin über die Feiertage eine freie Ferienwohnung hatte. Friekes Wohnung über der Buchhandlung wäre für Bengts Familie gerade groß genug.

Sie machte sich allerdings wenig Hoffnung – anders als sie vermietete Sonjas Vater rund ums Jahr, und gerade zu Weihnachten und über den Jahreswechsel war oft alles ausgebucht.

Frieke zog ihren Kalender aus der Umhängetasche, die zusammen mit dem Karton mit Backzutaten unberührt auf dem Küchentisch lag. Sie schlug eine neue Seite auf und machte sich Notizen, weil ihr gerade noch eingefallen war, dass sie unbedingt noch Stoffservietten brauchte. Klar, Papierservietten waren leichter zu bekommen, aber vielleicht hatte Sonja oder ihre Mama noch ein paar herumliegen, die sie mitbringen konnten. Bengt erzählte gerade von irgendeinem Angebot, das er bekommen hatte.

»Aber das mache ich wirklich nur, wenn es für dich okay ist«, betonte er. »Wenn du sagst, ich soll lieber auf der Insel bleiben dieses Jahr, bin ich bei euch.«

»Hm«, machte Frieke. Worum ging es gerade? »Darüber können wir reden, wenn du wieder hier bist.«

»Es ist nur ... Sie brauchen sofort meine Zusage. Wenn ich den Job nicht will, kriegt ihn ein anderer.«

Sie hielt inne. Was denn für einen Job?

»Worüber genau reden wir gerade?«, erkundigte sie sich.

»Du hast mir nicht zugehört.« Er klang etwas beleidigt.

Frieke antwortete nicht.

»Also noch mal – es geht um die Mauersegler. Sie werden in Südschweden und auf Gotland erforscht. Vor allem ihr Schlafverhalten, das ist nämlich sehr außergewöhnlich. Wusstest du, dass ...«

Ihr fiel ein, dass zumindest Meike Vegetarierin war. Sie notierte *Vegetarier?* auf ihrer Liste.

»Darum haben sie mich gefragt.«

»Okay«, sagte Frieke.

»Okay?«

Irgendwas entging ihr hier gerade. Frieke riss sich zusammen. Was wollte Bengt von ihr? Sie kratzte das zusammen, was sie mit halbem Ohr mitgekriegt hatte. *Zwei Monate… Südschweden… nächstes Jahr im Mai und Juni…*

»Du weißt, dass wir dann ein Baby haben?«, erkundigte sie sich behutsam.

»Ja.« Er klang etwas bedröppelt. »Du hast ja recht, ich werde denen absagen.«

Als sie sich voneinander verabschiedeten, hatte Frieke das Gefühl, sie müsste noch irgendwas Tröstendes sagen. »Vielleicht klappt es ja im Jahr darauf.«

»Vielleicht.« So richtig überzeugt klang er nicht.

Früher wäre sie auch wie Bengt gewesen. Ein neues Thema, ein neues Arbeitsfeld, andere Menschen, Kollegen sogar – das klang vermutlich reizvoll. Aber zwei Monate auf Gotland, um das Schlafverhalten von Mauerseglern zu erforschen, während sie allein im Kapitänshaus saß und vermutlich mit dem Baby auch ein von der Norm abweichendes Schlafverhalten hatte? Wie sollte das gehen?

Er arbeitete nun schon seit so vielen Jahren mit seinen Brandseeschwalben, dass sie verstand, wenn ihn mal ein anderes Thema reizte. Aber musste es denn sofort Südschweden sein? Ausgerechnet in dem Jahr, in dem sie ihr Baby bekamen?

Nein, sie wollte sich diesmal nicht reinreden lassen, dass sie ihm das nicht verbieten durfte. Sie waren Partner, das hieß aber auch, dass der eine sagen konnte, wenn ihm etwas zu viel wurde.

»Warum wolltest du denn meine Eltern sprechen? Oder sind das Weihnachtsheimlichkeiten, von denen ich nichts wissen darf?«

Frieke überlegte. Bengt war wie sie, und sie hasste Überraschungen...

Aber es war auch gut möglich, dass Bengt derjenige war, der sie gerade mit einem Adventskalender *überraschte*. Sollte er ruhig ein bisschen ins Schwitzen geraten.

»Sozusagen«, sagte sie geheimnisvoll.

»Du planst doch nichts zu Heiligabend?« Er klang leicht panisch.

»Nein, nein«, behauptete Frieke. »Gar nicht.«

Sie verabschiedeten sich. Als Frieke auflegte, blickte sie sich in der Küche um. Sie hatte zwar in der Buchhandlung schon reichlich geschmückt, aber hier zu Hause war ihr bisher gar nicht weihnachtlich zumute gewesen. Und nachdem sie drei Stunden auf dem Sofa geschlafen hatte, würde sie vermutlich bis nachts um zwei wach bleiben. Also war jetzt der richtige Moment, um noch ein bisschen zu werkeln.

Zwei Stunden später erstrahlte das Kapitänshaus in weihnachtlichem Glanz. Der Glitzerhirsch hatte in der Nische unter der Treppe Platz gefunden, eine Lichterkette kunstvoll um sein Geweih geschlungen. Im Wohnzimmer brannte die erste Kerze am Adventsgesteck, es duftete nach Orangenschalen und Zimt. In der Küche buk ein Blech mit Schneeflockenkeksen – dieses simple Rezept hatte Sonja ihr verraten. Und um die weihnachtliche Stimmung zu vollenden, hatte Frieke ein paar neue Bücher aus dem Laden mitgebracht. Darunter ein wunderschönes Bilderbuch, das sie nun aufschlug und in aller Ruhe las. »Die wunderbare Weihnachtsreise« erzählte davon, wie ein kleines Mädchen sich auf die Suche nach dem Weihnachtsmann machte, um ihm als Weihnachtself zu helfen. Begleitet von verschiedenen Tieren reiste sie in den hohen Norden und fand dort auch den Weihnachtsmann.

Frieke seufzte zufrieden, als sie das Buch zuklappte. Das würde sie in den kommenden Jahren sicher immer wieder dem Knubbelchen vorlesen ... Sie streichelte den Bauch, und als wollte es mit ihr kommunizieren, drückte das Baby seinen Popo nach oben gegen ihre Hand. Verzückt starrte Frieke auf die Beule. »Hallo Knubbelchen«, flüsterte sie. »Ich freu mich schon so auf dich, weißt du?«

Zum ersten Mal an diesem Tag war ihr alles andere egal. Dieses Gefühl war unbezahlbar – die pure Freude spät in der Nacht auf ihr Baby. Darauf, ihm die Welt zu zeigen und all die Bücher. Die Bücher vor allem! Ihr Kind würde all das erst noch entdecken, was Frieke schon so vertraut war. Nicht nur die Weihnachtsreise, auch so viele andere Kinderbücher, teilweise auch Titel, die sie selbst als Kind gelesen und geliebt hatte. Die Bilderbücher. Raupe Nimmersatt. Der Gewittergeschichtenhund. Ach, es gab so viele, die auch Frieke wiederentdecken konnte.

Ob ihre Eltern daheim auf dem Dachboden ihre Kinder-bücher aufgehoben hatten? Das konnte sie ja morgen früh fragen – jetzt war es dafür deutlich zu spät.

Bevor sie ins Bett ging, kam ihr eine Idee. Sie nahm noch einmal das Buch zur Hand, schlug es auf und be-gann es vorzulesen. Dabei ruhte ihre Hand auf der Beule, wo der Po vom Knubbelchen sich gegen die Bauchdecke drückte. Es war so ein wundervolles, inniges Gefühl, dass ihr fast die Tränen kamen. »Gute Nacht«, flüsterte sie, als sie mit dem Buch fertig war.

KAPITEL 6

»Weihnachten auf der Insel? Puh, ich weiß ja nicht …
Wird dir das denn nicht zu viel, Frieke?«

»Mama. Ich würde nicht fragen, wenn ich das nicht
will.«

Frieke stand im Buchladen und blickte nach draußen.
Dunkelheit und Nebelsuppe wollten an diesem Morgen
nicht weichen. Draußen hüpfte Meike auf und ab; sie wartete auf den Elektrokarren, der hoffentlich neue Bücher
brachte. Einige Bestseller wurden schon wieder beängs-
tigend knapp.

»Aber das ist ganz schön viel Arbeit, so ein Weihnachtsfest. Ich weiß das, ich habe all die Jahre für euch in der Küche gestanden. Ich habe das gerne gemacht, keine Frage.«

»Und jetzt möchte ich es gern machen«, sagte Frieke
leise. »Bitte. Wir bekommen bald unser Baby, und ich
möchte, dass wir neue Traditionen finden.«

»Aber du musst sicher bis mittags in der Buchhandlung
stehen.«

»Lass das nur meine Sorge sein.« Frieke hörte nur mit
einem Ohr zu, während ihre Mutter Argumente gegen ein
gemeinsames Weihnachtsfest suchte. Was war nur mit ihr
los? Es war ja nicht so, als verlangte Frieke von ihren El-

tern, dass sie gemeinsam auf ein Schiff stiegen, um in der Antarktis Weihnachten zu feiern. Da könnte sie den Widerstand noch halbwegs verstehen.

»Ich will nur nicht, dass du dir zu viel Stress machst.«

»Ach was. Die Rouladen und den Rotkohl bereite ich vor. Dazu gibt es Knödel, die übe ich vorher mal. Und selbst gemachte Spätzle.« Sie hatte das Menü gestern Abend spontan umgeplant, weil Kroketten und Maronenpüree ihr zu simpel erschienen. »Als Vorspeise habe ich an Salat mit Hirseplätzchen und Räucherlachs gedacht. Was meinst du?«

»Wenn du das gern hättest...«

Mist, den Lachs durfte sie selbst ja nicht essen. Egal. Sie hatte sich das nun mal in den Kopf gesetzt.

»Du kannst mir gern etwas Arbeit abgeben. Wenn du möchtest, reisen wir ein paar Tage früher an.«

»Ihr könnt frühestens Sonntag kommen. Dann hat Sonja eine Ferienwohnung für euch. Bis Neujahr, wenn ihr mögt.«

Die Insel war klein, aber auch wieder groß genug, dass man sich zwischen den Jahren ein bisschen aus dem Weg gehen konnte. Und Frieke kannte ihre Eltern – sie würden nicht darauf bestehen, dass man sich täglich sah, nur weil sie gerade auf der Insel weilten.

»Was wünscht ihr euch eigentlich zu Weihnachten?«

Vor dieser Frage hatte sie sich schon gefürchtet.

»Nichts fürs Baby«, sagte sie hastig. »Das bringt Unglück.«

»Keine Sorge. Fürs Baby haben wir schon was. Das gibt

es aber erst zur Geburt. Aber was wünschst du dir? Und was ist mit Bengt?«

Ihre Mutter klang leicht gestresst. Dass Bengt sehr bewusst konsumierte, schien sie in ziemlich große Bedrängnis zu bringen. Was schenkte man jemanden, der keinen Besitz anhäufen wollte?

Doch zumindest was Bengt betraf, war Frieke auf die Frage vorbereitet. »Er braucht eine neue Jacke«, sagte sie. »Seine alte geht schon auseinander, und noch mal kann ich die nicht reparieren.« Das gute Stück war bestimmt zwölf Jahre alt. Freiwillig würde er die wohl kaum ersetzen, aber Frieke wusste, dass er sich über eine neue freuen würde.

Bengt und sie hatten vereinbart, dass sie sich dieses Jahr nichts schenken würden. Die Renovierung des Kinderzimmers hatten sie sich gegönnt – mit einem wunderschönen Dielenboden, neuen Tapeten und gebrauchten Möbeln. Die restaurierte Wiege mit dem zarten Segeltuchhimmel wartete darauf, dass sie ihr Baby nachts dort in den Schlaf wiegten …

Frieke seufzte. Hach, das würde schon bald passieren. Und sie freute sich so sehr!

Seit sie gestern Abend dem Knubbelchen vorgelesen hatte, war ihre Vorfreude auf diesen neuen Lebensabschnitt ungebrochen. Schon bald würde sie für ein paar Wochen den Laden schließen und sich ganz auf das konzentrieren, was vor ihr lag. Die Insulaner würden Verständnis haben, und nach der Geburt ging es natürlich weiter!

»Du strahlst heute aber!« Meike schleppte die Bücherkartons in den Buchladen. »Uff! Ist das immer so viel? Wo sollen wir das nur alles unterbringen?«

»Das schaffen wir schon.«

»Aber du machst in einer halben Stunde auf. Das ist... viel Arbeit.«

Frieke hatte schon den Cutter in der Hand und schnitt die Kartons auf. Sie reichte Meike die Bücherstapel und wies sie an, wo diese hingehörten. Sie räumten emsig, bis alle Kartons leer, zusammengefaltet und im Papplager weggeräumt waren. Einmal in der Woche kam ein Elektrokarren und holte die Kartons ab, die dann zum Müllhof gefahren wurden.

»Kaffee?«, fragte Meike.

»Gerne!«

Während Meike ihnen frischen Milchkaffee kochte, überlegte Frieke, wie sie das Gespräch auf ein Thema bringen konnte, das ihr keine Ruhe ließ.

Denn sie hatte gestern Abend eine Entscheidung getroffen, als sie nicht einschlafen konnte. Was sie übrigens für eine Laune der Natur hielt – alle sagten der Schwangeren, sie solle noch so viel schlafen wie möglich, und dann kam das dritte Trimester der Schwangerschaft und rief: »Tada! Ich bringe Schlaflosigkeit mit! Lass uns doch mal schauen, was für absurde Gedanken sich nachts in deinem Gehirn tummeln ...«

Während sie also wach lag und noch mal auf Bewegungen des Babys lauerte, beschloss sie, dass Emma recht hatte. Sie würde den Laden zumindest während ihrer Mutterschutzfrist schließen. Sie würde kaum zur Ruhe kommen, wenn sie sich ständig darum sorgte, ob die Personalkosten durch die Verkäufe wieder eingespielt wurden. Der Buchladen funktionierte nur, wenn sie sich auch in Vollzeit engagierte.

Für die besonders Lesehungrigen würde sie ein Büchermobil anbieten. Das konnte Emma einmal die Woche oder alle vierzehn Tage abwickeln – auch für die Bestellungen, die in der Zwischenzeit aufliefen. So verprellte sie wenigstens nicht die Insulaner. Und die wenigen Inselgäste würden sich auch damit arrangieren, dass sie nicht täglich ihren Lesehunger stillen konnten. Viele brachten ja auch Lesestoff mit auf die Insel.

Und ab April oder spätestens Anfang Mai konnte sie dann wieder im Laden stehen – nur eben dann nicht allein, sondern mit einem Baby auf dem Arm. Denn dass sie bis dahin eine Mary Poppins fand, die auch bezahlbar war – von dieser Idealvorstellung hatte sie sich früh verabschiedet.

Es würde auch so gehen. Irgendwie.

Trotzdem wäre ihr wohler, wenn sie schon jetzt wüsste, *wie* das sein soll.

»Brauchst du mich heute noch?«, fragte Meike und servierte ihr einen perfekten Milchkaffee. Der Milchschaum war auf den Punkt, der Espresso schön stark. Frieke genoss den ersten Schluck, bevor sie das Wort ergriff.

»Ich brauche dich, ja.« Sie lächelte. »Hast du Zeit?«

»Heute? Oder auch an anderen Tagen?«

Sie war erleichtert. Meike schien sie ohne viele Worte zu verstehen.

»Hättest du denn Lust darauf?«, fragte sie vorsichtshalber nach. »Also auf den Buchladen mit der ganzen Arbeit.«

Meike zuckte mit den Schultern. »Klar, wieso nicht? Ehrlich gesagt habe ich schon drauf gehofft, dass du mir ein Angebot machst. Seit ich nicht mehr im Zelt wohne, ist mir langweilig. Außer gelegentlich die Zwillinge hüten, fällt ja nicht viel an. Das bisschen Haushalt, das ich bei Emma übernehme, erledigt sich ja im Vorbeilaufen.«

»Oh, du kannst gern auch mal im Kapitänshaus vorbeilaufen.«

Jetzt lachte Meike. »Danke, aber nein. Bücher verkaufen, könnte mir schon eher liegen.«

Sie wurde wieder ernst. »Wer weiß, wohin der Wind mich treibt, wenn mein Jahr hier zu Ende ist.«

»Du meinst, du willst nicht zurück in den Job?«

Wieder Schulterzucken. »Keine Ahnung.«

Die sonst so fröhliche Meike wirkte plötzlich gedämpft. Ganz ruhig und … ja, fast ein bisschen grüblerisch. Der Moment verflog aber genauso schnell, wie er gekommen war.

»Also, was brauchst du? Meine Arbeitskraft? Wie viele Tage in der Woche? Wie viele Stunden?«

Sie einigten sich erst mal auf zwanzig Stunden, vor allem die Nachmittage, denn vormittags war es trotz der vorweihnachtlichen Zeit noch ruhig. Aber Frieke war erleichtert – mit einer festen Aushilfe und Emma als Springerin würde sie das Weihnachtsgeschäft hoffentlich auch mit ihrem Babybauch meistern.

Als sie nach Hause radelte, pfiff sie fröhlich vor sich hin. Sogar die Sonne blinzelte hinter dem Hochnebel hervor, es war also ein ganz und gar wundervoller Tag! Und da weder gestern noch heute bisher das Adventskalenderbriefchen für den vierten Dezember aufgetaucht war, wusste sie nun, wer sich hinter dieser *Überraschung* verbarg.

»Na warte, Bengt«, murmelte sie, als sie in die Zufahrt zum Kapitänshaus einbog. Sie stellte das Lastenrad ab und ging zur Haustür.

Gestern hatte das Adventskalenderbriefchen nur ein kleines Gedicht enthalten. Soweit also alles ganz normal. Heute aber kam nichts. Oder sie bekäme das Briefchen verspätet, weil…

Frieke blieb stehen. Die Haustür war alt und verwittert, bisher waren sie nicht dazugekommen, sie gegen ein neueres Modell auszutauschen. Bengt nahm sich immer wieder vor, die weiße Farbe abzuschleifen und sie zu lackieren, dann, meinte er, hielte sie noch ein paar Jahre. Frieke liebte diese Tür, die kleinen Buntglasscheiben bildeten eine Kogge auf stürmischer See, ähnlich dem Wappen der Insel, und der Türknauf war geformt wie ein Seilknoten, den sie nicht benennen konnte, der ihr aber gefiel.

Unter dem Griff klemmte ein Briefchen, es sah so ähnlich aus wie die anderen drei, die sie bisher gefunden hatte. Außerdem hing ein Zweig an einem Bindfaden vom Türgriff.

»Verflixt!« Sie balancierte ihre Tasche, das Briefchen und den Zweig, der eher einem ausgewachsenen Ast glich, ins Haus. Dort riss sie den Umschlag auf.

Heute ist Barbaratag. Du weißt, was du zu tun hast? PS:
Welche Blumen lassen dein Herz höher schlagen?

»Tränendes Herz«, flüsterte sie. Diese Fragen kamen ihr merkwürdig vor. Weiß oder bunt? Welche Blumen lassen dein Herz höher schlagen?

Und wem sollte sie die Antworten auf diese Fragen geben?

Sie blickte den Zweig an. Apfel, vermutete sie, geschnitten in ihrem Garten. Den Barbarazweig sollte man am vierten Dezember ins Wasser stellen, und wenn er bis Heiligabend blühte, verhieß das Glück fürs kommende Jahr. Einen Versuch war's wert. Sie suchte eine Vase und stellte den Apfelzweig ins Wasser. Dann holte sie die anderen drei Kalenderbriefchen und breitete sie vor sich auf dem Küchentisch aus. Während sie Kekse knabberte und einen koffeinfreien Cappuccino trank, grübelte sie über den Briefchen.

Die Handschrift kam ihr seltsam vertraut vor, aber so, als habe jemand sie verstellt. Sie wirkte auch eher weiblich rund. Definitiv nicht Bengts Handschrift. Wenn er dahintersteckte, hatte er eine Verbündete.

Trotzdem vermutete sie nicht mehr ihn dahinter. Die Fragen waren es, die sie verwirrten. Das war nicht Bengts Art, es wirkte irgendwie... *weiblich?*

So ein Quatsch. Aber wer außer ihren Freundinnen könnte hinter so einem Adventskalender stecken? Es war ein Rätsel, und die einzige Möglichkeit, die ihr blieb, war vermutlich, weiterhin Tag für Tag auf ihr Kalenderbriefchen zu warten und die einzelnen Hinweise zusammenzusetzen, bis sie wusste, wer sich da diesen Spaß mit ihr erlaubte.

Sie seufzte. Das Problem daran war einfach, dass sie Überraschungen wirklich hasste. Das Unberechenbare daran. Sie wurde ja schon nervös, wenn ihre Eltern anriefen und verkündeten, sie kämen in zwei Tagen zu Besuch. Und nun das hier? Irgendwie wurde sie das Gefühl nicht los, dass diese Briefchen auf etwas ganz Bestimmtes zusteuerten.

Klar. Auf Weihnachten, du Schlauberger.

Frieke runzelte die Stirn. Nein, nicht nur. Sie konnte es nicht genau benennen, aber irgendwie ...

Und dann kam ihr die Erleuchtung. Sie schlug beide Hände vor den Mund.

Nein, nein, nein! Das wagen sie nicht!!!

Was, wenn ihre Freundinnen sich zusammengetan hatten und heimlich für Frieke etwas planten? Etwas, das sie so schrecklich fand, dass sie fast mal etwas dazu gesagt hätte, damit es sie nie ereilte?

Bitte nicht! Bitte, ihr dürft für mich keine Babyparty organisieren!

Himmel. Sie musste das auf jeden Fall verhindern! Aber wie? Wie konnte sie ihre Freundinnen daran hindern, ihr etwas Gutes zu tun?

* * *

Mit der späten Fähre kam Bengt heim. Er stand an der Reling, draußen im Wind, der die Regentropfen schräg über das Wasser trieb. Die Gischt schäumte, der Dieselmotor der Fähre kämpfte gegen die Dünung, die selbst in der ruhigen Fahrrinne an Kraft gewann.

Er war froh, weil diese Fähre noch fuhr. Morgen würde der Betrieb wegen Sturm weitgehend eingestellt werden, hieß es. Hätte er noch einen Tag länger in Kiel verweilt, hätte er von der Insel fortbleiben müssen, bis der Sturm nachließ und der Fährbetrieb wieder aufgenommen wurde.

Vor allem aber: fern von Frieke.

Dieser Gedanke gefiel ihm noch viel weniger. Früher hätte er gesagt, die Insel sei ihm Heimat geworden. Aber das hatte sich geändert.

Frieke war es. Sie hatte ihm ihr Herz geöffnet, und er hatte sich ihr geöffnet. Dabei geschah etwas Erstaunliches; hatte er bisher immer geglaubt, die ganze Welt stünde ihm offen, was ihm ein Gefühl grenzenloser Freiheit verlieh, erkannte er damals, dass es nicht die ganze Welt brauchte, um sich frei zu fühlen. Dafür genügte auch ein kleines Kapitänshaus im Osten des Inseldorfs, umstanden von Kirschbäumen und Apfelbäumen.

Aber nichts war so beständig wie der Wandel, und seit Frieke schwanger war, spürte er diesen Wandel. Hatte er deshalb das Angebot für das Mauersegler-Projekt in Südschweden nicht sofort ausgeschlagen, sondern ihr davon erzählt? Gerade so, als wäre es eine gute Idee, eine junge Mutter mit einem drei Monate alten Säugling und einem florierenden Buchladen während der Hauptsaison allein zu lassen ... Als er es ansprach, spürte Bengt bereits Friekes Widerstand, und er verkniff sich jedes Nachfragen. Am nächsten Tag sagte er das Projekt schweren Herzens ab. Sie hatte ja recht. Spätestens im Februar begann ein neuer, spannender Lebensabschnitt.

Vielleicht lag es daran, dass er sich das so schwer vorstellen konnte. Er als Vater? Nun ja, als Onkel taugte er ganz gut, zumindest sagte seine Schwester Kerstin das gelegentlich. Ob es ausreichte, wenn man zum Geburtstag und zu Weihnachten die richtigen Geschenke machte? Wohl kaum. Als Vater würden andere Erwartungen an ihn gestellt werden.

Und das war doch zum Haareraufen verrückt! Denn Frieke erwartete nichts von ihm. Gar nichts! Sie ließ ihn im Dezember sogar zu einer Tagung fahren, obwohl es da im Buchladen noch mal turbulent wurde und er genau sah, wie sehr die Schwangerschaft sie anstrengte. Wer von ihnen wollte eigentlich frei sein? Wer fühlte sich eingeengt? Verlangte er zu viel von ihr?

War es das? Entfernte sie sich von ihm? Wollte sie ihn nicht länger bei sich haben? Oder hatte sie Angst, wenn sie ihn zu sehr einengte, könnte ihm dieses *Familiending* zu viel werden?

Sein Handy piepste, und da er für sie einen bestimmten Signalton eingestellt hatte, wusste er, die Nachricht kam von Frieke.

Kann dich leider nicht von der Fähre abholen, viel zu tun! Zu Hause wartet eine Überraschung auf dich!

Er lächelte gequält. Eine Überraschung also. Er hatte ja geahnt, dass sie ihm die Sache mit den Mauerseglern übel

nehmen würde, aber dass sie ihm gleich mit einer Überraschung drohte, war wirklich zu viel.

»Moin.« Tammo stellte sich neben ihn an die Reling.
Die Fähre drehte schon bei und näherte sich seitlich der
Hafenmauer. Am Ufer war es bis auf die Lichter des Im-
bisswagens und der Hafenmeisterei dunkel. Heute würde
kein Schiff mehr ablegen, darum standen auch keine Ur-
lauber am Pier.

»Moin.«

»Schlechte Nachrichten?« Tammo nickte auf Bengts
Handy, und als Bengt nicht sofort antwortete, fügte er
hinzu: »Bei Frieke alles okay?«

»Was? Ja, natürlich ist alles okay.«

»Gut. Ist schon ganz schön im Nestbautrieb angelangt,
die Arme.« Tammo haute ihm freundschaftlich auf die
Schulter. »Mach dir nix draus, das ist eben so. Da hättest
du Sonja mal erleben sollen. Meine Schwester ist ja eh
schon ein Pingel, aber kurz vor der Geburt hat sie es immer übertrieben. Ich habe nicht gewusst, dass man Flie-
senfugen mit einer Zahnbürste schrubben kann, bis ich sie
dabei erwischt habe, wie sie mit dickem Bauch durch ihr
Gästeklo kroch. Ich wünsch dir Glück, Mann.«

Für Tammos Verhältnisse, der zwar zu den eher ge-
schwätzigen Ostfriesen gehörte, wie es seine Arbeit im
Frischemarkt mit sich brachte, war das schon eine große
Rede, doch als er sich jetzt entfernte, fuhr Bengt herum.
»Wie meinst du das?« In ihm keimte ein böser Verdacht.

»Ach, na ja! Freu dich einfach auf zu Hause. Bin sicher,
es wird dir gefallen.« Tammo grinste.

Er wusste also mehr als Bengt, wollte es ihm aber nicht verraten. Okay, das musste er wohl akzeptieren.

Das unangenehme Gefühl verstärkte sich. Irgendwas war hier ganz und gar nicht in Ordnung, dachte Bengt.

Eine halbe Stunde später wusste er, was Tammo gemeint hatte.

Man sah es schon von Weitem – das Kapitänshaus strahlte. Es war hell erleuchtet von einer Lichterkette, die rings um die Dachtraufen und den Giebel gezogen worden war. Und während Bengt sich noch fragte, wie Frieke diese Lichterkette befestigt hatte – er wollte sich lieber nicht vorstellen, wie seine Freundin hochschwanger auf der schmalen Obstbaumleiter am Giebel herumturnte und mit einer Nagelpistole das Kabel zwischen jedem einzelnen Lämpchen an die morschen Holzbretter tackerte –, blinzelte ihm durch die Buntglaskogge der Haustür ein Hirsch mit Glitzergeweih zu.

Es war also schlimmer als befürchtet, und dabei hatte Bengt doch schon wirklich mit dem Schlimmsten gerechnet.

Er öffnete die Tür und stand im Hausflur. Er blickte nach oben. Über seinem Kopf baumelte ein Mistelzweig an einer rotweiß karierten Schleife von der Decke.

»Ach Frieke...«, murmelte er.

Noch wusste er nicht genau, was passiert war, weshalb er zuerst alle Räume im Erdgeschoss abschritt, um sich ein Bild von der Lage zu machen.

Der Glitzerhirsch im Flur war noch nicht der Gipfel der

Abscheulichkeiten. Auf dem Kaminsims saßen Räucher-
männchen aus dem Erzgebirge, und daneben wartete eine
dreigeschossige Weihnachtspyramide darauf, dass jemand
die sechs Kerzen anzündete. Die sah immerhin noch ganz
hübsch aus, fand er. Aber der Gipfel der Abscheulichkeit
war nun wirklich dieser Adventskranz – kein Gebinde
aus Tannenzweigen, sondern aus kleinen Christbaum-
kugeln in den absonderlichsten Farben – Rostrot, Jagd-
grün, Curry, Türkis und Lila. Die vier silbernen Kerzen
schrien förmlich »Wir sind aus Schadstoffen gemacht!«,
und er war froh, weil Frieke sie offenbar noch nicht allzu
oft angezündet hatte. Er musste sich erst mal setzen, aber
irgendwie fühlte sich nicht mal die geliebte, alte Couch
richtig an, und als er unter seinem Po tastete, zog er ein
Kissen darunter hervor, auf das jemand in Kreuzstich
»Merry Christmas« und einen Elch gestickt hatte, um dessen Geweih Tannengirlanden mit roten Schleifchen ge-
wunden waren.

Das reichte. Nein, es war mehr als er ertrug. Bengt
wollte gar nicht wissen, wie die anderen Räume aus-
sahen – das hier war schon mehr als genug. Er konnte
unmöglich in den kommenden Wochen in diesem Weih-
nachtsmuseum der Abscheulichkeiten leben. Wie sollte er
da denn in Weihnachtsstimmung kommen?

Er hatte bereits sein Handy in der Hand, steckte es dann
aber wieder ein. Das war etwas, das er lieber persönlich
sagte. Er kannte Frieke; in ihrem Zustand war sie im Moment alles andere als zurechnungsfähig.

Warum hatte sie das hier gemacht? Klar, um Weihnachtsstimmung zu verbreiten, so viel verstand er. Aber wieso würfelte sie die unterschiedlichsten Stile zusammen, hängte uralte Lichterketten auf, bei deren Anblick schon sein innerer Stromzähler ans Rattern kam? Hatte sie denn wirklich gedacht, er kommt nach Hause und *freut* sich über solche Veränderungen? Hatten sie es vorher nicht schön gehabt?

Er knallte die Haustür hinter sich zu und lief über den Pfad zum Norderloog. Die Hände tief in den Taschen vergraben, den Kopf zwischen die Schultern gezogen, stapfte er über die Straße. Ein Elektrokarren näherte sich von hinten und rumpelte an ihm vorbei.

Wir müssen definitiv mehr miteinander reden.

* * *

Frieke hatte ja schon geahnt, dass Bengt mit der Deko daheim nicht einverstanden sein würde, aber dass er deshalb kurz nach Ankunft der Fähre in den brechend vollen Laden stürmte und ungeduldig von einem Fuß auf den anderen trat, während sie die letzten Kunden des Tages bediente – nun, das überraschte sie dann doch.

Nachdem sie die letzte Kundin mit einem Winken verabschiedet, die Ladentür abgeschlossen und das Schild im Fenster auf »geschlossen« umgedreht hatte, wandte sie sich ihm zu. »Du warst zu Hause«, sagte sie nur.

»Hallo erst mal.« Er trat zu ihr und umarmte sie behutsam. In seinen Armen wurde Frieke ganz weich, und als spürte das Baby die Anwesenheit seines Papas – oder hörte es seine Stimme und freute sich darüber? –, spürte sie seine Tritte.

»Hallo«, sagte sie leise.

»Ich war tatsächlich zu Hause, und ich kann nicht behaupten, dass mir gefällt, was ich gesehen habe.«

»Hm«, machte Frieke. Wenn sie ehrlich war, gefiel ihr die Deko auch nicht so richtig. Der Hirsch mit der Lichterkette war stark, und bei der zweiten draußen um den Giebel hatte sie sich von Sonja helfen lassen. Mit dem dicken Bauch wollte sie dann doch nicht mehr auf der schmalen Obstleiter herumkraxeln.

»Was ist denn mit dir los?«, fragte er behutsam.

Sie blickte zu Bengt auf, dann kuschelte sie sich an seine breite Brust, atmete tief durch (er roch irgendwie das ganze Jahr über nach Kokos, ganz leicht nur, als hätte er gerade einen Kirschkokosstreuselkuchen aus dem Ofen gezogen) und erklärte: »Ich war nicht gut drauf, da hat mir die Weihnachtsstimmung geholfen. Aber du hast recht. Wenn du das alles blöd findest, muss es wieder weg.«

Sie schluckte. Warum musste sie denn jetzt gegen die Tränen ankämpfen? War ihr dieser Kram wirklich so wichtig?

Offensichtlich.

»Hey, Liebes.« Sanft legte Bengt zwei Finger unter ihr Kinn und hob es an. Ihre Unterlippe bebte, und bevor sie etwas sagen konnte, küsste er sie sanft. »Ich hätte dich nicht allein lassen dürfen.«

»Das ist es nicht.« Jetzt heulte sie tatsächlich. Oh Mann!

Auf nichts war so sehr Verlass wie auf die Schwangerschaftshormone. Es musste nur etwas Schönes oder Blödes passieren, zack, gingen alle Schleusen auf. Betroffen musterte Bengt sie, während Frieke sich losmachte und hinter dem Kassentisch abtauchte, wo sie eine Packung Taschentücher vermutete.

»Hier.« Er gab ihr eins seiner Stofftaschentücher. Rieb er ihr wieder mal unter die Nase, im wahrsten Sinne des Wortes, was für ein guter Mensch er doch war, weil er seine Taschentücher wiederverwendete, weil er Verschwendung (die ganze Deko! Papiertaschentücher!) kritisch gegenüberstand und sie offenbar immer wieder in alte Muster verfiel und unnötige Dinge konsumierte.

Sie schnäuzte sich, während Bengt sie mit schief gelegtem Kopf beobachtete. Damit erinnerte er sie an einen Hund. Mindestens ein Labrador, so treuherzig und ein bisschen unwissend (um nicht doof zu sagen). Frieke trat hinter den Tresen und meldete die Kasse ab. Sie musste noch die Tageseinnahmen zählen und ein bisschen aufräumen, bevor sie Feierabend machen konnte. Ihre Füße schmerzten. Gerade war ihr alles zu viel.

»Also, was ist los? Du hättest auch Bescheid sagen können. Dann wäre ich früher zurückgekommen.« Seine Miene verfinsterte sich. »Verdammt. Es ging dir ohnehin schon nicht gut, und dann bin ich noch einen Tag länger geblieben. Ist es das?«

Sie schüttelte den Kopf. »Nein«, sagte sie leise. »Oder doch, schon. Ich habe einfach nicht damit gerechnet, wie sehr du mir fehlen wirst.«

Sie blickten einander über den Kassentisch an. Es knisterte, die Luft war aufgeladen von ihren Gefühlen füreinander, von denen sie zuletzt gedacht hatte, sie wären unter zu viel Arbeit, Babykram, Winterblues und viel zu wenig gemeinsamer Zeit verschüttet worden.

Bengt räusperte sich. »Okay, dann machen wir jetzt Folgendes. Du erledigst das Nötigste, was hier noch zu erledigen ist. Und ich laufe rüber zur Pizzeria am Bahnhof und hole uns zwei Pizzen.«

»Und Pizzabrötchen«, warf sie ein. »Und diese leckere Pannacotta, wenn sie die noch haben.«

Er grinste. »Okay, der Hunger ist dir schon mal nicht vergangen. Das ist gut. Und dann setzen wir uns aufs Sofa und reden. Ja? Vielleicht sind wir beide etwas zu kurz gekommen in der letzten Zeit.«

»Okay.« Sie nickte bekräftigend. Das klang nach einem guten Plan.

»Und dann schauen wir uns noch mal alles genau an. Ich meine die Deko. Vielleicht können wir das eine oder andere aussortieren und durch ein paar Stücke von unseren Eltern ersetzen? Ich weiß, dass meine Mutter immer noch viel zu viel Weihnachtsschmuck auf dem Dachboden hortet.«

»Vielleicht.« Der Geschmack von Bengts Mutter war für Frieke etwas zu übertrieben, aber das wollte sie ihm nicht direkt auf die Nase binden. Vermutlich war alles besser als der Christbaumkugeladventskranz mit den silbernen Kerzen.

»Danach kümmere ich mich um den Haushalt. Also den

ganzen Haushalt. Du hast doch mehr als genug zu tun mit dem hier.« Er machte eine umfassende Armbewegung, mit der er es schaffte, ihren runden Bauch und den Buchladen einzuschließen. »Zu Hause brauchst du nichts zu machen. Das ist ab sofort meine Domäne.«

»Ab sofort bis…?«

»Bis das Baby da ist. Und dann noch ein bisschen länger, weil du dich erholen sollst. Ich habe in den kommenden Monaten viel Zeit. Und das, was noch zu tun bleibt, kann ich abends machen, wenn du schläfst.«

Seine Worte taten Frieke gut. Die Müdigkeit, die sie sich in den letzten Tagen erfolgreich ausgeredet hatte, machte sich wieder deutlich bemerkbar. Sie sank kurz auf den kleinen Hocker, den sie inzwischen immer hinter dem Tresen parkte, falls die Müdigkeit sie plötzlich überkam oder um einfach auszuruhen, wenn gerade nichts los war im Laden.

»Danke«, flüsterte sie.

»Hey.« Bengt umrundete den Tresen und hockte sich vor sie. »Ich bin doch jetzt wieder da. Und entschuldige, dass ich einen Tag länger weggeblieben bin. Das war gedankenlos von mir.«

Ihre Augen wurden nass, die Tränen sprudelten nur so hervor und sie schlug die Hände vors Gesicht. Sie wollte gar nicht weinen, aber in diesem Moment wurde Frieke einfach nur von ihren Gefühlen überwältigt.

Bengt tat das einzig Richtige. Er zog sie in seine Arme und hielt sie einfach fest. »Liebes«, sagte er. Mehr nicht. Er ließ sie weinen, bis sie sich ausgeweint hatte, und dann hielt er sie noch ein bisschen länger fest, bis sie sich von ihm losmachte und in sein Stofftaschentuch schnäuzte.

»Also, in einer Dreiviertelstunde mit Pizza auf dem Sofa, versprochen!« Bengt küsste sie sanft auf den Mund. Einen Moment sah er sie an, seine Augen wirkten dunkler, und er flüsterte: »Ich liebe dich.«

Dann war er schon aus dem Laden raus, und alles, was von ihm blieb, war eine Erinnerung, diese Worte, die in der Luft hingen, als hätte er sie tatsächlich gesagt. Als wären sie nicht ihrer Einbildung entsprungen.

Aber er hatte ihr noch nie gesagt, dass er sie liebt. Und warum sollte er ausgerechnet heute damit anfangen?

KAPITEL 7

Am darauffolgenden Samstag war Frieke mit ihren Freundinnen zu einem Filmabend bei Sonja verabredet. Es sollte kleine Knabbereien und alkoholfreie Cocktails geben, und Sonja hatte bereits angekündigt, dass sie ein paar richtig gute Schnulzen ausgesucht hatte.

»Ich habe überhaupt keine Lust auf den Abend«, bemerkte Frieke noch am Nachmittag, als sie mit Bengt auf dem Sofa lümmelte und sie gemeinsam weiter »The Good Wife« schauten. Bengt hatte sein Versprechen eingelöst – er kümmerte sich. Da seine Forschungsarbeit im Moment ruhte und er im Herbst bereits die meisten Ergebnisse des vergangenen Jahres eingearbeitet hatte, blieb ihm genug Zeit für den Haushalt und die allerletzten Vorbereitungen im Kinderzimmer. Er hatte sogar die zwei Kartons mit Babykleidung, die Sonja ihnen überlassen hatte, mehrmals durchgewaschen, nach Größen sortiert und in die Wickelkommode geräumt. Dabei war ihm ein Paket Wegwerfwindeln in die Hand gefallen, und er wollte schon eine Diskussion darüber anfangen, ob Stoffwindeln nicht viel besser wären. Aber Frieke hatte ihm das Wort abgeschnitten. »Denk nicht mal daran«, hatte sie ihn ermahnt. »Ich möchte bitte erst mal das Baby bekommen, mit ihm im

Alltag *ankommen* – und dann denken wir darüber nach, ob wir jeden Tag noch mehr Dreckwäsche bewältigen können und uns *dann* mit der Frage befassen wollen, ob Stoffwindeln für uns passen oder nicht.«

Er hatte es akzeptiert, was sie rückblickend am meisten überraschte. Irgendwie war Bengt beinahe *zahm* geworden.

Im Buchladen lief es auch erstaunlich gut – obwohl sie relativ viele Kunden hatten, kam Frieke auch zu der langen Liste an Dingen, die sie vor Jahresende erledigt haben wollte. Bevor sie den Laden dann wirklich für ein paar Monate zumachte.

Ihre Kundinnen reagierten darauf zumeist verständnisvoll, wenn sie darüber sprachen. »Natürlich musst du dich um das Baby kümmern! Die erste Zeit ist so zauberhaft, und sie kommt nie wieder«, bekräftigte Johanne. Sie stand allerdings etwas verloren vorn am Kassentisch und schien zu überlegen, ob sie nicht noch ein paar Bücher mehr mitnehmen sollte, nur als eiserne Reserve für die Monate, in denen ihre Quelle versiegte. Aber Frieke tröstete sie mit dem geplanten Büchermobil. Außerdem wusste sie, dass Johannes Mann Oltmanns einen großen Karton mit Schmökern als Geschenk bei ihr bestellt hatte – zehn dicke Bücher, die bereits in Weihnachtspapier gewickelt und mit kleinen Papierschleifchen hinten im Lager darauf warteten, dass einer seiner Mitarbeiter sie abholte.

Alles würde sich schon irgendwie regeln. Sie beschloss, weniger zu grübeln und mehr zu genießen.

Aber eine Sache ließ ihr keine Ruhe. »Hast du heute

bei Tammo alles bekommen?«, erkundigte sie sich und kuschelte sich wieder an Bengts Brust.

»Was denn alles?«, fragte er und hielt den Blick starr auf den Fernseher gerichtet und futterte Erdnüsse. Insgeheim vermutete sie, dass er es genoss, wie prall gefüllt die Vorratsschränke im Moment waren, damit für jedes von ihren Schwangerschaftsgelüsten direkt das richtige Nahrungsmittel zur Verfügung stand. Da sich ihre Gelüste zumeist in Grenzen hielten und besonders die Lust nach Erdnussflips, Chips und Nüsschen merklich abgeflaut war, kümmerte Bengt sich hingebungsvoll um diese Vorräte. Verkommen musste das Zeug ja nun nicht, wenn es schon mal da war.

»Ich habe dir doch die Liste mitgegeben.«

»Hmhmm.«

»Heißt das ja?«

»Sag ich doch. Aber du musst das nicht alles kochen, Frieke.« Er sah sie ernst an. »Was wird das? Rouladen mit Serviettenknödeln und Rotkohl? Wirst du jetzt wie meine Mutter, die jeden Sonntag einen Braten auf den Tisch bringen will?«

»Nein, das wird das Probekochen!«

»Das... Probekochen?«

Endlich schien er sich vom Fernsehen losreißen zu können. Bengt drückte die Pausetaste und wandte sich Frieke zu. »Wofür denn?«

»Für Weihnachten!«

»Du meinst, für Heiligabend?« Eine steile Falte erschien zwischen seinen Brauen. »Aber ich dachte...«

»Ja, genau, für Heiligabend«, unterbrach Frieke ihn ungeduldig. »Ich habe deine Eltern eingeladen. Sie kommen am 22., und Kerstin mit ihrer Familie am 23. Sie können alle in der Wohnung über dem Buchladen wohnen, und meine Eltern kommen auch. Für die hat Sonja schon eine Ferienwohnung reserviert. Du brauchst dich um nichts zu kümmern.«

»Äh ...« Bengt richtete sich auf. »Und was machen die dann alle hier?«

Herrje.

»Weihnachten feiern?«, schlug Frieke vor.

»Ach so!« Er wirkte erleichtert. »Ich dachte schon ...«

Da er nicht weitersprach, sondern Play drückte, richtete sie sich auf und legte die Hand auf seine mit der Fernbedienung. »Was dachtest du?«, fragte sie.

»Nichts. Ich möchte nur nicht, dass du dir zu viel zumutest. Es wird ja nicht einfacher mit dem Baby, bis Weihnachten sind immerhin noch gut zwei Wochen. Und du hast selbst gesagt, dass du schnell müde wirst.«

»Aber so ein kleines Abendessen kriege ich doch hin.«

»Wenn du meinst.« Er küsste sie auf die Wange. Schweigend schauten sie die Folge zu Ende, aber Frieke war nicht bei der Sache. Immer wieder schweiften ihre Gedanken ab.

Auf sie machte Bengt den Eindruck, als hätte er für Heiligabend und die Feiertage andere Pläne. Wollte er denn allen Ernstes drei Tage lang nur zu Hause sitzen, Kekse knabbern und ... ja, was? Einen »The Good Wife«-Marathon machen? Wenn sie in diesem Tempo weiterguckten, war von den sieben Staffeln dann nicht mehr viel übrig.

Sie hievte sich vom Sofa hoch. »Ich muss langsam los«, sagte sie.

Bengt schaltete den Fernseher aus und blieb sitzen, während sie ins Bad ging. Als sie aus dem Schlafzimmer kam, in ihre Jacke schlüpfte und dann auf ihre Winterstiefel schaute, die zum Glück großzügig geschnitten und mit einem Reißverschluss leicht zu verschließen waren, hörte sie ihn in der Küche rumoren.

»Hey.« Sie lehnte sich in die Küchentür. »Ist alles okay?«

»Klar, was sollte nicht stimmen?« Bengt stopfte die leere Tüte von den Erdnüssen in den Mülleimer.

»Du machst auf mich den Eindruck, als würde dich irgendwas nerven. Ist es wegen Weihnachten?«

Er hielt kurz inne, richtete sich dann aber auf. »Ehrlich gesagt, ja«, sagte er. »Ich dachte, wir machen es uns an Weihnachten gemütlich. Immerhin ist es ...«

»... unser letztes Weihnachten ohne Kind. Ja, ich weiß.« Frieke verdrehte die Augen, denn das hatte sie nun oft genug gehört, dass es sie allmählich nervte.

»Ich will nur nicht, dass du dich übernimmst.« Er kam zu ihr und nahm ihre Hände. Warm waren seine, und ihre so eisig kalt. »Ich mache mir Sorgen, Frieke.«

»Mir geht's super. Solange niemand irgendwelche Überraschungen für mich plant ...«

Er grinste. Kam es ihr nur so vor, oder war seine Reaktion etwas verzögert? »Sprach's und überraschte ihren Freund mit einem vollen Haus zu Weihnachten.« Sanft küsste er ihre Nasenspitze. »Wir machen alles so, wie du es

gerne haben möchtest. Aber übernimm dich nicht. Und –
versprichst du mir etwas?«

»Was denn?«, fragte sie misstrauisch.

»Wenn es dir aller Wahrscheinlichkeit zum Trotz zu viel
wird – sagst du es dann ehrlich?«

»Es wird mir nicht zu viel«, beharrte sie.

Bengt drückte sanft ihre Hände. »Bitte. Ich helfe dann.«

»Du kannst den Nachtisch machen ...«

Er grinste. »Das klingt doch schon besser.«

Sie umarmten sich zum Abschied, dann lief Frieke los.
Draußen schlug ihr der kalte Wind ins Gesicht, und sie zog
den Wintermantel enger um ihren Oberkörper. Für einen
Umstandsmantel wollte sie kein Geld ausgeben. Konnte
es da nicht eine Lösung geben, die nicht so unfassbar viel
Geld kostete? Selbst gebraucht waren die schier unbezahlbar. Außerdem liebte sie ihren Mantel so sehr, es wider-
strebte ihr, ihn so lange in den Schrank zu hängen.

Bald, dachte sie. Bald ist das Baby auf der Welt. Und bis
dahin soll's einfach nicht mehr so kalt werden.

Oder sie igelte sich einfach daheim ein, mit einem großen Stapel Büchern und ihrer Vorfreude auf Baby Wallgren. Dann brauchte sie gar nicht vor die Tür. Das würde
sie auch vor irgendwelchen *Überraschungen* bewahren, die
sie fürchtete.

Auf dem Weg zu Sonja grübelte Frieke über die Babyparty
nach. Wäre es so schlimm, wenn ihre Freundinnen für sie
eine solche Party ausrichteten?

Einerseits schon. Es war immer noch so, auch wenn sie

sich daran gewöhnt hatte, dass das Leben Überraschungen bereithielt. Ein Baby zum Beispiel, oder einen Mann, mit dem sie alt werden konnte. Aber eine Party? Bloß nicht.

Der Filmabend bei Sonja bot ihr die perfekte Gelegenheit, ihnen allen auf einmal gehörig die Leviten zu lesen. Keine! Überraschungen! Keine! Partys! Nichts! Dergleichen!

Gerade hatten sie sich auf der riesigen Sofalandschaft versammelt, die beiden Couchtische bogen sich unter den Getränken und Schüsselchen mit süßen, salzigen und gesunden Leckereien, die Sonja vorbereitet hatte. Sonja hielt drei DVDs in die Luft, die zur Auswahl standen: »Jenseits von Afrika«, »Notting Hill« und »Tatsächlich ... Liebe«.

»Man könnte meinen, du hast ein Hugh-Grant-Problem«, witzelte Emma.

»Wieso? Ich habe eher eins ohne ihn. Also, welchen Film wollt ihr gucken? Jede hat zwei Stimmen.«

Recht schnell entschieden sie sich für »Tatsächlich ... Liebe«. Auch weil es, wie Sonja betonte, der traurigste und schönste Weihnachtsfilm war, den sie kannte.

Frieke war da anderer Meinung. Doch bevor sie sich darüber mit ihren Freundinnen stritt, holte sie kurz tief Luft.

»Ich möchte noch was sagen.«

»Schieß los.« Sonja verteilte die Getränke.

»Ich möchte das nicht.« Frieke hielt die Umschläge hoch. Heute war der 7. Dezember, und sie hatte wie jeden Morgen eines dieser Briefchen gefunden. Vorgestern war darin ein Rezept gewesen (für Beruhigungstee, warum das denn, zum Teufel?), danach ein romantisches Gedicht.

Und einmal waren nur rosa und hellblaue Blütenblätter im Umschlag gewesen.

»Was ist das?«, fragte Emma.

»Das wisst ihr doch genau. Ich bekomme seit einer Woche jeden Tag einen Brief.«

»Ohhh, ein Adventskalender!«, quietschte Sonja.

»Du!« Frieke zeigte mit den Umschlägen auf ihre Freundin. »Dich habe ich ohnehin am ehesten im Verdacht. Der erste war nämlich im Wollknäuel für den Schal.«

»Ich weiß nicht, wovon du sprichst.«

Wurde Sonja etwa rot? Da sie ohnehin vermutete, dass es sich um ein Gemeinschaftsprojekt der Freundinnen handelte, ignorierte Frieke diese recht deutliche »Spur«.

»Okay, dann sage ich euch in aller Deutlichkeit, egal, was ihr plant: Ich will das nicht. Ich hasse Überraschungen. Und am meisten hasse ich es, wenn ich Füße wie Feuerquallen habe und nicht an den Strand darf, weil dann sofort die ganzen Naturschützer angerannt kommen und den Wal zurück ins Meer schieben wollen.«

Meike, die sich nur mühsam ein Grinsen verkniff, als wüsste sie auch Bescheid – klar, sie wussten alle Bescheid, schließlich planten sie dieses Babypartyding gemeinsam! –, stand plötzlich auf. »Komme sofort wieder«, sagte sie. Im Hinausgehen zog sie das Handy aus der Gesäßtasche und ging nach kurzem Blick aufs Display ran.

»Dass du bei dieser Sache mitmachst, kann ich ja verstehen«, fuhr Frieke an Sonja gewandt fort. »Oder Emma, unser Partymädchen. Aber Conny? Du magst es doch auch nicht, im Mittelpunkt zu stehen.« Anklagend wies Frieke auf Raiks Schwester, die sich in ihrem dicken Isländerpulli und einer abgewetzten Cordhose in der Sofaecke eingemummelt hatte und aus einer Schüssel die kleinen Kracker mit Rosmarin und Olivenöl knabberte.

»Ich weiß nicht, worum es hier geht«, sagte Conny. »Klärt mich mal jemand auf?«

Emma stand auf. »Ich weiß es auch nicht so genau«, sagte sie vorsichtig. »Wollen wir uns mal unterhalten, Liebes?«

Frieke schaute von einer Freundin zur anderen. »Aber das müsst ihr doch gemeinsam geplant haben«, sagte sie leise. Die Standhaftigkeit ihrer Freundinnen nahm ihr den Wind aus den Segeln. »Also ... die Briefe. Die kommen doch von euch. Und ihr plant ... eine Babyparty?«

Plötzlich klang das selbst in ihren Ohren absurd und bescheuert. Klar, gerade Sonja und Emma war mit ihrem geballten Organisationstalent so eine Überraschung zuzutrauen. Aber sie kannten auch Frieke.

»Ihr plant keine ... Babyparty?«

Sonja und Emma schüttelten den Kopf. Conny in der Sofaecke richtete sich auf, stellte die halb leere Schüssel auf den Couchtisch und rieb die Hände an ihrer Cordhose ab.

»Siehst du, wir konspirieren nicht«, sagte sie zufrieden. »Hättest du denn gerne eine?«

Das Vibrieren ihres Handys schreckte Meike hoch und trieb sie aus dem Wohnzimmer.

Ein Anruf. Nach über sieben Monaten Schweigen rief

jemand am Samstagabend bei ihr an. Das konnte nichts Gutes heißen, oder?

Sie nahm im Gehen den Anruf an, warf noch einen flüchtigen Blick aufs Display, und ihr Herz schlug bis zum Hals. *Marie.*

»Hallo?«

Ein Moment Stille, dann ein Rascheln und nur noch das leise Tuten der unterbrochenen Verbindung. Meike starrte ihr Handy an, als könnte es ihr verraten, was da los war, als könnte Marie noch einmal anrufen.

Ihre Finger zitterten, als sie die Nummer anklickte und zurückrief. Doch bereits nach dem zweiten Klingeln wurde aufgelegt.

»Was soll das, verdammt...«, murmelte sie.

Im Flur war es kühler als im Wohnzimmer. Meike hockte sich auf die Holztreppe. Oben hörte sie das Murmeln der Kinder, untermalt von den Geräuschen eines Autorennspiels, das die Jungs auf der Konsole zockten.

Sie zuckte zusammen, als ihr Handy wieder vibrierte. Wieder Marie. Was sollte das?

Ihr Daumen schwebte bereits über dem grünen Telefonhörer, doch sie nahm den Anruf nicht an.

Sie erinnerte sich an ein Gespräch, das Marie und sie mal geführt hatten. Darüber, wie die ständige Erreichbarkeit manches verhinderte.

»Man kann sich nicht mehr auf dem Anrufbeantworter entschuldigen«, hatte Marie damals gesagt. »Sofort ist jemand dran, nie kriegt man die Mailbox. Das ist doch nervig.«

Ging es darum? Wollte Marie sich bei ihr entschuldigen?

Meike hielt die Luft an. Nach dem vierten Klingeln sprang die Mailbox an. Sie wartete. Eine Minute. Zwei. Dann kam die SMS – Sie haben eine neue Nachricht erhalten.

Sie schloss die Augen und konnte nicht verhindern, dass sie leise seufzte. Fast hätte sie geheult vor Erleichterung.

Marie wollte ihr etwas sagen. Wollte sie sich entschuldigen für diesen dummen, überflüssigen Streit im Frühling? Wollte sie, dass Meike endlich heimkam?

Sie nahm allen Mut zusammen und hörte die Nachricht ab.

»Hey Meike, hier ist Marie ... na ja, das weißt du ja schon. Mama nervt mich, also bringen wir es hinter uns. Sie will, dass ich dich noch mal frage, ob du nicht zu Weihnachten nach Hause kommst.« Eine längere Pause trat ein, und diese Pause ließ Platz für Meikes Gedanken.

Nur Mama will das. Du nicht.

»Ich möchte dich nicht sehen. Also, wenn du zu Weihnachten kommst, sag bitte vorher Bescheid, damit ich mir was anderes vornehmen kann, okay? Danke.«

Klick.

Meike saß wie erstarrt auf der Stufe. Erst als von oben Füße trappelten und sich die drei Kinder von Sonja an ihr vorbeischoben und im Wohnzimmer verschwanden, vermutlich um die Leckereien zu räubern, die dort aufgebaut waren, wachte sie aus der Erstarrung auf.

Sie nahm ihren Mantel vom Garderobenhaken, schlang

den roten Schal dreimal um den Hals und zog sich die Mütze tief in die Stirn. Dann verließ sie das Haus, ohne sich von ihren Freundinnen zu verabschieden.

Sie musste jetzt allein sein. Dieser Schmerz tief in ihrer Brust, den konnte sie niemandem erklären, sie fand keine Worte dafür.

Zum zweiten Mal hatte Marie sie von sich gestoßen. Und dieses Mal war es mit einer Absolutheit geschehen, die ihr den Atem raubte. Beim ersten Mal hatte sie noch denken können, dass es der Situation geschuldet war. Aber diesmal wusste sie – es geschah mit voller Absicht, nach längerem Nachdenken. Ganz bewusst hatte Marie die Mailbox gewählt und nicht das offene Gespräch gesucht.

Was fürchtete ihre Schwester? Dass Meike sie umstimmen könnte?

Wohl kaum. Marie hatte immer gewusst, was sie wollte. Und das eine Mal, als Meike auch wusste, was sie wollte – nein, wen! –, hatte sie erst diesen Mann verloren, und danach ihre Schwester.

Die Insel war ihr Exil, und an diesem frühen Abend verfluchte sie zum ersten Mal, dass sie hier gestrandet war. Am liebsten wäre sie sofort zu Marie gefahren und hätte sie zur Rede gestellt. So wie damals, als sie sich das letzte Mal sahen.

So blieb Meike nur, den Kragen ihrer Jacke hochzuklappen und die Hände tief in den Taschen zu vergraben. Sie lief durchs Dorf, erklomm die Wittdün und lief zum Meer. Sie hoffte, dort draußen könnten ihr endlich diese vielen düsteren Gedanken aus dem Kopf gepustet werden.

Acht Monate zuvor hatte sie keine düsteren Gedanken gehegt. Sie hatte das Leben geliebt. Es genossen, wenn morgens die ersten Sonnenstrahlen den Mann neben ihr wach kitzelten, mit dem sie den Rest ihres Lebens verbringen wollte.

Marcel Castorp war ihr einfach eines Tages in die Arme gelaufen, als sie noch völlig beseelt von einem Nachtdienst mit zwei wunderschönen Geburten aus der Klinik trat und ihr Fahrrad aufschloss. Er tauchte neben ihr auf, einen Strauß Blumen in der Hand, als hätte er sie beobachtet und nur auf diese Gelegenheit gewartet.

Später fiel ihr ein, dass er vielleicht eine Tante besuchen wollte oder eine Freundin, aber sie fragte nie nach.

Viel später, als sie die Wahrheit kannte, schalt sie sich eine Idiotin, dass sie da nicht selbst darauf gekommen war.

»Sie sehen aus, als ob heute der glücklichste Tag Ihres Lebens ist.«

Daran dachte Meike oft. Wie er vor ihr aufgetaucht war. In der einen Hand den Blumenstrauß, die andere lässig in der Hosentasche seiner Jeans. Später waren es diese winzigen Details, anhand derer sie ein Bild zusammensetzte, das schon im ersten Moment so deutlich vor ihrem inneren Auge hätte stehen müssen.

Aber die Liebe traf sie wie der sprichwörtliche Blitz, und geblendet stürzte Meike sich in etwas, für das sie bis heute kein passendes Wort fand. Eine Affäre? Das war es wohl, denn wie sich herausstellte, gab es in seinem Leben nicht nur sie, sondern auch seine Ehefrau und zwei Kinder. Das zweite war an jenem Morgen gerade zur Welt gekommen, Meike hatte die Mutter begleitet. Sie hatte nicht gefragt, wo denn der Vater sei; es kam immer öfter vor, dass Frauen allein in den Kreißsaal kamen, ob nun gerade frisch getrennt oder nie mit dem Partner zusammen gewesen, was zählte das schon. Wichtig waren für Meike in diesen Stunden im Kreißsaal nur Mutter und Kind. Dass sie beiden half, eine gute Geburtserfahrung zu machen, soweit die Umstände es zuließen.

Aber für Meike war es eben mehr als eine Affäre. Sie war verliebt. Sie stellte sich vor, mit Marcel eine Zukunft zu gestalten, Seite an Seite. Mit ihm wollte sie etwas wagen. Ihren Job kündigen. Woanders ganz von vorne anfangen. Ja, vielleicht war es nicht zu spät, dass sie über eine eigene Familie nachdachte. Sie war doch ein Familienmensch, zugleich liebte sie ihren Beruf aber zu sehr, um ihn jahrelang nicht ausüben zu können. Mit Marcel schien auf einmal alles möglich.

Und dann kam dieser Tag im April. Keine vier Wochen waren sie zusammen, als seine Frau vor ihm stand. Elli. Im Arm hielt sie das Neugeborene, an der Hand den dreijährigen Sohn. Elli sagte nicht viel. Sie sah Meike nur lange an, sie weinte dabei und flüsterte dann: »Er wird Sie auch verlassen. Wie die andere.«

Und da verstand Meike.

Es gab Männer, die wünschten sich die heile Welt einer eigenen Familie. Die bekamen mit ihrer Frau Kinder. Doch wenn ein Kind geboren wurde, zogen sie sich erst mal aus der Familie zurück. Wochenlang, vielleicht auch monatelang. Mit der Geburt eines Kindes wurde das

Gefüge der Familie durchgerüttelt, und manche Männer hielten das nur schwer aus, dass sie zurücktreten mussten, weil da ein winziges Wesen war, das von seiner Partnerin all ihre Fürsorge, all ihre Aufmerksamkeit brauchte. Dass für ihn nicht genug blieb, gab ihm das Gefühl von Ausgeschlossenheit.

Oft genug zerbrachen die Beziehungen in dieser fragilen Zeit, während die Frau noch damit beschäftigt war, ihre eigene Rolle neu zu definieren. Für den Egoismus eines Partners, der nur an sein eigenes Vergnügen dachte und keine Verantwortung übernahm, war da kein Platz.

Elli war anders. Sie hielt Marcel seinen Platz warm, bis er zurückkam. Sie hatte das alles schon einmal erlebt, als der gemeinsame Sohn geboren wurde. Sie war darauf vorbereitet gewesen, dass es ein zweites Mal geschah. Marcel aber hatte ihr versichert, dass er da sein würde. Während der Geburt blieb er zu Hause beim Sohn, und als das Baby auf der Welt war, brachte er den Kleinen zu einer Nachbarin und fuhr so schnell wie möglich in die Klinik. Dieses Mal sollte ihn nichts von seiner Familie ablenken.

Und dann kam Meike. Er war doch schon so nah dran…

An diesem Morgen wartete Elli vergeblich auf Marcel. Sie wusste, dass er es wieder nicht geschafft hatte, und als er am Nachmittag auftauchte, war es schon zu spät. Er würde eine Weile diese Affäre genießen, bevor er reumütig zu ihr zurückkehrte.

Aber das tat er nicht. Und darum handelte Elli. Sie forderte ihren Mann zurück.

Meike war am Boden zerstört. Dies war ein Kampf, den sie nicht führen konnte. Auch gar nicht führen *wollte*, denn ein Mann, der betrog, den wollte sie nicht. Sie fuhr zu Marie, weil sie sich bei ihrer Schwester ausheulen wollte.

Marie hörte gar nicht richtig zu, als Meike ihre Geschichte erzählte. In Gedanken ganz fern, sie machte nur »hm« und »aha« an den vermeintlich richtigen Stellen. Meike fragte sie, ob irgendwas los sei. Nein, alles in bester Ordnung, versicherte Marie ihr. Sie sei nur etwas müde. Rückblickend gab es einen Moment, in dem Meike glaubte, ihre Schwester wolle irgendwas erzählen, fragen, irgendwie ihre eigenen Probleme offenbaren. Aber der Moment verging, und dann erzählte Meike schon wieder, was für ein Arschloch Marcel gewesen war.

Und das war's dann.

Als Meike am nächsten Tag Marie anrief, ging ihre Schwester nicht dran. Auf Nachfrage erzählte ihre Mutter, Marie sei für ein paar Tage weggefahren. Mehr nicht. Kein Ziel, kein Wort darüber, wie lange Marie fortblieb.

Sie war verletzt. Hätte Marie denn nicht gestern davon erzählen können? Oder hatte Marie es versucht, und sie hatte einfach nicht zuhören wollen?

Inzwischen hatte Meike den Strand erreicht. Der Wind pfiff scharf von Westen über die vorgelagerte Sandbank, das Meer war aufgepeitscht und brandete gegen die Insel. Eine stürmische Nacht. Damit hatte sie nicht gerechnet.

Lange blieb sie oben auf der Düne stehen und schaute hinab, dorthin, wo Insel und Meer aufeinanderprallten.

Wo sonst im Sommer kleine Kinder tobten und in den Prielen Krebse fingen, war jetzt nichts außer Gischt und Dunkelheit.

Marie stellte sie vor die Wahl. Entweder du oder ich. Wem gehört unsere Familie? Entscheide selbst, ich ziehe mich dann zurück.

Das war unfair. Und entsprach so gar nicht Maries Art, weshalb Meike sich fragte, was wirklich an jenem Abend vor acht Monaten passiert war, nach dem ihre Schwester einfach nicht mehr für sie erreichbar war.

Was habe ich nur falsch gemacht?, fragte sich Meike.

Habe ich denn etwas falsch gemacht?

Gibt es einen Weg zurück zu uns, Marie und Meike, die unzertrennlichen Schwestern, die besten Freundinnen?

Es fühlte sich nicht so an. Und der alte Schmerz war wieder da.

Dass Marcel und sie auseinandergegangen waren – nein, dass sie ihn fortgeschickt hatte, denn von »ihn verlassen« konnte kaum die Rede sein, sie waren doch nicht zusammen gewesen, solange er mit seiner Frau zusammen war – da konnte Marcel noch so sehr von polyamoren Beziehungen schwafeln, für Meike würde das niemals funktionieren, wenn das nicht alle wollten. Und seine Frau wollte ihn für sich allein, sie war zuerst da gewesen, sie hatten zusammen zwei wundervolle, kleine Kinder, verdammt noch mal! Wieso konnte ihm das nicht mehr bedeuten?

Ihr bedeutete es was. Darum hatte sie nach ihrem Gespräch mit Elli seine Kontaktdaten gelöscht, sie hatte ihn, als er sie noch einmal anrief, darauf hingewiesen, dass er eine Verantwortung trug und sich gefälligst kümmern sollte, und er sollte sie zukünftig in Ruhe lassen. Ob er sich daran hielt, wusste sie nicht. Sie sperrte seine Nummern in ihrem Handy, und danach tauchte er nicht mehr bei ihr auf.

Aber ihr Leben war bereits ins Trudeln geraten. Sie hatte seinetwegen Job und Wohnung gekündigt. Klar, das war leichtsinnig, mehr als das. Vier Wochen genügten doch nicht, um zu wissen, ob es für immer hielt. Aber bei manchen reichten dafür nicht mal vier Jahre, hatte sie gedacht. Sie hatte sich bereits auf ein neues Leben eingestellt, das nun nicht kommen würde.

Ohne Job und Wohnung fühlte sie sich aber auch merkwürdig frei – denn jetzt konnte sie tun, was sie wollte. Sie konnte sich Zeit geben. Ersparnisse waren da, die würden sie schon über das kommende Jahr bringen, zusammen mit ein paar Gelegenheitsjobs. So kam sie auf die Insel, und bisher hatte sie so sparsam gelebt, dass sie ihr Geld fast nicht angerührt hatte. Da ihre Freundinnen sie auch bei jeder Gelegenheit mit kleinen Jobs versorgten – Kinderbetreuung für Emma, Ställe ausmisten bei Conny und nun auch die Stunden in Friekes Buchladen –, würde sich daran bis zum Ende ihres Sabbaticals nichts ändern.

Aber sie sehnte sich nach ihrem Zuhause, und ihr Zuhause, das waren Marie, ihre Eltern und Brüder.

Sie könnte auch überraschend zu Weihnachten auftauchen. Marie damit die Pistole auf die Brust setzen.

In ihrer Manteltasche vibrierte das Handy. Sie zog es heraus.

Frieke.

»Was ist los?«, rief sie gegen den Sturmwind an.

»Das frage ich dich. Wo steckst du?«

»Am Meer.«

Einen Moment war es still, als müsste Frieke darüber erst nachdenken, an welchem Meer, warum, wie lange …

»Kommst du zurück? Wir warten.«

Sie blickte noch mal aufs Meer, und der Wind zerrte an ihr. Aber dann drehte sie sich um und begann langsam den Abstieg. »Ich komme«, versprach sie und legte auf.

KAPITEL 8

Es dauerte, bis ihnen auffiel, dass Meike fehlte.

Emma und Sonja stritten erbittert über die Wahl des Films. Als Emma einwandte, dass Meike, die auch für »Tatsächlich... Liebe« gestimmt hatte, doch gar nicht mehr da sei und damit auch ihre Stimme verfiel, sahen die Freundinnen einander fragend an.

»Genau, wo steckt sie überhaupt?«, fragte Emma.

»Vermutlich ging ihr euer Streit auf die Nerven.«

»Wir streiten nicht«, behauptete Sonja. »Wir setzen uns nur mit dem unsäglichen Filmgeschmack unseres Gegenübers kritisch auseinander.«

»Hmhm«, machte Frieke. »Macht mal. Bis Meike zurückkommt, habt ihr euch vielleicht geeinigt.«

Aber sie verstand nicht, warum Meike einfach so verschwunden war, ohne ihnen zu sagen, wo sie hinwollte.

»Du bist nur froh, dass sie das Babypartydings vergessen haben«, murmelte Conny in ihrer Sofaecke so laut, dass Sonja und Emma es hörten.

»Babyparty!«, riefen beide. Die Auseinandersetzung über den richtigen Film war vergessen.

Frieke verdrehte die Augen. »Ehrlich, Conny?«, flüsterte sie.

Conny grinste nur und hielt auffordernd ihr leeres Glas in Sonjas Richtung.

»Ich mag Hugh Grant ja«, lenkte Frieke die Diskussion wieder auf den Filmabend.

Emmas Blick durchbohrte sie. »Aber doch nicht als Premierminister. Eher als Buchhändler, das müsste dir doch viel näher sein.«

In dem Moment bemerkte sie, dass Meike verschwunden war, denn sie wollte gerade die Expertise ihrer Hebamme einholen, dass eine Babyparty erstens Quatsch und zweitens zu viel Aufregung für sie war. Neulich hatte sie doch leichte Wehen gehabt, oder nicht? So etwas könnte sich leicht wiederholen, und das war bestimmt *gefährlich*!

Aber Meike war verschwunden, und ihr Mantel hing auch nicht mehr an der Garderobe.

»Sie ist weg.« Ratlos kehrte Frieke ins Wohnzimmer zurück. Sie wusste auch gar nicht, wie lange Meike schon weg war. Den Film hatten sie für den Moment vergessen, die Snacks allerdings nicht; die Schüsselchen leerten sich recht schnell. Vor allem Conny entwickelte einen gesunden Appetit auf die kleinen Leckereien und ließ sich auch vom alkoholfreien Bellini schon das zweite Gläschen nachschenken. Frieke hielt sich an die schokolierten Rosinen. Aber jetzt musste sie erst mal Meike finden.

»Wo ist sie?«

»Hat sie was vergessen?«, vermutete Sonja.

»Was denn – meinst du, sie hat in ihrem Seesack eine Kollektion mit Hugh-Grant-Filmen, die sie jetzt für dich holt?«, witzelte Emma.

Sonja verdrehte die Augen. »Lass mir doch Hugh Grant! Für dich ist immerhin Robert Redford dabei.« Sie hielt die passende DVD hoch. »Ich kann auch nichts dafür, dass keine deine Vorliebe für kitschige Afrikafilme teilt.«

»›Jenseits von Afrika‹ ist nicht kitschig. Das ist Weltliteratur.« Emma drehte sich zu Frieke um. »Los, sag es ihr.«

»Was denn? Dass der Roman so gänzlich anders ist als der Film?«

Emma schnaubte.

Das Geplänkel ging weiter. Irgendwann reichte es Frieke; sie ging in den kühlen Flur und rief Meike an. Als sie zurückkam, war sie genauso schlau wie zuvor.

»Sie ist ans Meer gegangen.«

»Ans Meer? Was ist das für eine Art? Noch dazu bei diesem Wetter.« Emma runzelte die Stirn. Über ihren blonden Kopf hinweg wechselten Frieke und Sonja stumm Blicke.

Emma war die Einzige, die das Meer nur im Sommer liebte. Kein Wunder; sie fürchtete viel zu sehr, ihre Zwillinge könnten ihm zu nahe kommen, das Meer könnte die Kinder verschlingen und nie mehr herausrücken.

Vielleicht werde ich das in ein paar Monaten ähnlich sehen, dachte Frieke. Aber bis dahin war ihr das stürmische Wintermeer immer noch das liebste.

Meikes Augen glänzten verräterisch, ihre Wangen waren fleckig und ihr Mund verkniffen, als hielte sie mühsam etwas zurück. Frieke stand auf und legte ihr den Arm um die

Schultern. Das scherzhafte Geplänkel mit ihren Freundinnen war vergessen.

»Alles okay?«, erkundigte sie sich.

Meike wollte schon nicken, doch dann schüttelte sie den Kopf. »Nichts ist okay«, murmelte sie, drehte auf dem Absatz um und verließ das Wohnzimmer.

Die anderen drei Frauen standen ebenfalls auf. »Soll ich ... ?«, fragte Emma.

»Ich mache das schon. Fangt mit dem Film an, wir kommen gleich dazu.«

»Quatsch, wir warten«, erklärte Conny und genehmigte sich noch ein Gläschen Bellini.

Frieke schlich in den Flur. Die Küchentür war angelehnt, dahinter hörte sie Meikes Stimme.

»Marie? Ich bin's.«

Frieke runzelte die Stirn. Das klang so gar nicht nach Meike. Ihre Stimme hatte etwas Hartes, beinahe Feindseliges. Ziemlich steif.

»Ich habe deine Nachricht erhalten. Wenn die Familie mich an Weihnachten nicht dabeihaben will, muss ich mich natürlich deinem Wunsch beugen. Aber ich verstehe es nicht. Marie, was ist los? Was habe ich dir getan?«

Danach blieb es still. Frieke wartete zwei Minuten. Dann ging sie zur Wohnzimmertür, warf diese fröhlich ins Schloss und watschelte leise vor sich hin fluchend zur Küche. Sie machte das Licht an und blinzelte überrascht.

»Ach, hier bist du. Wir haben uns schon gefragt, was los ist.«

Meike saß auf einem der mit Hussen bezogenen Küchenstühle, die Ellbogen auf die Knie gestützt, den Oberkörper weit nach vorne gebeugt. In den Händen hielt sie ihr Smartphone. Sie sprang auf, wischte sich mit dem Handrücken über die Wangen und erklärte: »Alles bestens. Ich musste nur was erledigen.«

»Dann kannst du mir ja jetzt helfen.« Frieke setzte ihren mitleidheischenden Dackelblick auf. »Die drei wollen für mich eine Babyparty organisieren.«

»Was denn, für dich?« Meike lachte. »Da haben sie sich aber die Richtige ausgesucht, hm?«

»Du lachst!« Frieke war ehrlich beleidigt. »Ich finde das so schrecklich! Vor allem, weil ich mir das selbst eingebrockt habe mit diesem geheimnisvollen Adventskalender.«

Meike zog die Stirn kraus. »Der ist tatsächlich merkwürdig. Du hast keine Ahnung, von wem der sonst sein könnte?«

Sie schüttelte den Kopf. Außer ihre Freundinnen oder Bengt wüsste sie niemanden. Wobei Bengt ja rausfiel, weil er länger als geplant fortgeblieben war und die Briefe trotzdem pünktlich eintrudelten.

»Ist dieser Adventskalender denn sehr ... unangenehm?«

»Nein. Es ist eigentlich ganz nett. Ich wüsste nur gern, wohin das führt.«

»Vielleicht führt es ja nirgendwo hin und ist einfach genau das, was es ist – eine liebe Aufmerksamkeit von jemandem, der dich sehr mag.«

»Hm«, machte Frieke. So richtig passte das nicht zusammen, denn in den Briefen wurden ja auch Fragen gestellt – Fragen, die sich irgendwie so anhörten, als versuchte jemand, ihre Vorlieben zu ergründen. Eben für eine Party. Aber da es das offenbar nicht war...

»Also eine Babyparty.« Meike hatte sich wieder gefasst. Sie hakte sich bei Frieke unter und sie gingen zurück ins Wohnzimmer. »So schlecht finde ich die Idee gar nicht. Wann hättest du denn mal Zeit?«

* * *

»Ich mache mir Sorgen um Meike.« Frieke lehnte sich gegen den Türrahmen. Mit beiden Händen hielt sie den Kaffeebecher umfasst.

Sie war seit halb sechs wach, hatte bereits ein halbes Buch gelesen – okay, ein *dünnes* halbes Buch – und konnte beim besten Willen nicht länger im Bett liegen. Bengt aber war gar nicht wachzukriegen.

»Mh?« Sie konnte nur seinen Fuß sehen, der unter der Bettdecke hervorblitzte. Vor den Fenstern des Kapitänshauses rüttelte ein Sturm an den Ästen der Kirsche, die wie dürre Finger gegen die Scheibe trommelten. Regen prasselte von Westen in Böen gegen das Haus.

»Meike. Du weißt schon, wer Meike ist?«

»Ich bin es nur nicht gewohnt, dass du vor dem ersten Kaffee am Morgen so gesprächig bist.«

Sie lachte und kitzelte ihn am Fuß. Bengt knurrte, zog den Fuß zurück und setzte sich auf. Seine Arme umschlossen ihre Körpermitte, und ehe sie wusste, wie ihr geschah, hatte er sie zu sich aufs Bett gezogen und kitzelte sie durch. Den halb leeren Kaffeebecher hielt sie dabei in die Höhe, und etwas vom Inhalt schwappte auf das Bettzeug.

»Hilfe!«, japste sie.

»Hier kann dir keiner helfen.«

Sie lachten. Bengt nahm ihr den Becher ab, und dann kugelten beide ein bisschen hin und her, bis sie auf dem Rücken lag und Bengt über ihr war. Er lächelte sie an. In diesem Lächeln lag so viel Liebe, so viel Zuneigung und Glück, dass sie spürte, wie ihr die Tränen in die Augen stiegen.

»Bengt«, flüsterte sie heiser.

»Ja.« Er beugte sich etwas weiter herunter, sodass sich ihre Lippen fast berührten. »Ja.«

Sie lachte. »Dein Ja klingt, als hätte ich dir gerade einen Heiratsantrag gemacht. So... ernsthaft.«

Er richtete sich auf. Und tatsächlich, auf einmal wirkte er sehr ernst. »Wie meinst du das?«, fragte er.

Verflixt. Sie setzte sich ebenfalls auf und legte die Hand auf den Bauch, denn das Baby kickte um sich. Dieser sportliche Überschwang zwischen den Kissen war es von seinen Eltern gar nicht mehr gewohnt, denn meist fühlte sie sich ja zu träge, zu müde, zu behäbig, um noch durch die Betten zu toben. Betten waren im dritten Trimester vor allem zum Kuscheln und Schlafen da, fand sie.

»So wie ich es sage.«

Sie saßen schweigend voreinander, jeder forschte im Gesicht des anderen nach der Antwort auf eine unausgesprochene Frage.

Wollen wir vielleicht heiraten, Bengt?

Es wäre ihr blöd vorgekommen, wenn sie ihm die Frage gestellt hätte. Obwohl – sie lebten in modernen Zeiten, da sollte es doch auch möglich sein, dass die Frau den Mann fragte. Und bis zu diesem Moment hätte Frieke sich selbst auch für eine moderne Frau gehalten. Wenn nur nicht …

»Lass uns heiraten«, stieß sie hervor.

»Was?«, quiekte Bengt.

Anders konnte man es nicht beschreiben – ein entsetzter Laut, etwas zu schrill und atemlos.

»Heiraten! Andere tun es auch. Emma hat mir gestern erzählt, sie und Raik …« Sie überlegte. »Und was ist so schlimm daran, wenn wir es machen?«

»Nein«, sagte Bengt.

Er stand auf und verließ fluchtartig das Schlafzimmer. Sie hörte ihn kurz im angrenzenden Bad rascheln, wo er sich anzog.

Nein? Mehr hatte er dazu nicht zu sagen?

Einen Moment später hörte sie, wie die Haustür ins Schloss knallte. Völlig erstarrt hockte sie auf der Bettkante, während das Baby sich offenbar durch die Bauchdecke wühlen wollte. Instinktiv legte sie die Hand auf den Bauch. »Schhh«, machte sie. Und weil sie sich nicht anders zu helfen wusste, fing sie an zu singen.

Somewhere over the rainbow
Way up high,
And the dreams that you dare to
Why, oh why can't I?

Das Lied sang sie dem Knubbelchen immer vor, wenn sie selbst in Aufruhr geriet. Aber dieses Mal verfehlte es seine heilsame Wirkung. Frieke brach in Tränen aus.

Warum hatte sie auch gefragt? Sie hatte die Antwort doch schon vorher gekannt.

KAPITEL 9

Bengt blieb den ganzen Sonntag verschwunden. Frieke redete sich ein, dass das nicht schlimm war. Dass er zurückkommen würde, wenn er sich von dem Schock erholt hatte.

Zur Sicherheit schrieb sie ihm aber eine Nachricht.

Wir müssen nicht heiraten. Wo steckst du?

Er antwortete so prompt, als ob er nur darauf gewartet hatte, dass sie ihm schrieb.

Muss ein paar Dinge erledigen.

Mehr nicht. Kein Wort darüber, *wann* er diese ominösen Dinge erledigt haben würde oder was genau er noch erledigen wollte. Er kam erst zurück, als es schon dunkel war. Frieke saß im Wohnzimmer und knüpfte Fransen an ihren Schal, während auf dem kleinen Fernseher wieder ihre Serie lief. Sie hatte den ganzen Tag nichts anderes gemacht. Sich in eine fremde Welt geflohen, die Füße hochgelegt, in sich hineingehorcht, aber keine neuerlichen Wehen, alles blieb ruhig. Nur in ihrem Kopf herrschte ein wildes Durcheinander, und mehr als einmal musste sie die Serie anhalten, weil sie gerade zu sehr mit sich selbst beschäftigt war.

Hatten Bengt und sie sich jetzt ernsthaft verkracht? Würden sie darüber sprechen, wenn er dann endlich nach

Hause kam? Oder würden sie weitermachen wie bisher und die eine Frage zukünftig weiträumig umschiffen?

Die letzte Frage beantwortete sich von selbst, als Bengt schließlich kurz vor sechs heimkam. Er hatte sich um das Abendessen gekümmert.

»Pannfisch mit Bratkartoffeln und Salat!« Frieke fiel ihm um den Hals. »Das ist jetzt genau das Richtige für mich. Woher hast du das?«

»Bei der Combüse erbettelt. Ich habe der Chefin erzählt, du lässt mich nicht ins Haus, wenn ich ohne Essen komme. Also hat sie mir was eingepackt.« Bengt packte aus. Offenbar hatte die Chefin der Combüse auch Rücksicht auf seine Abneigung gegen Einwegverpackungen genommen, denn die Speisen steckten in Tupperdosen. »Und als Nachtisch gibt es das hier.« Er hielt zwei Töpfchen hoch. »Schokoladenmousse mit Birnen und Vanille.«

»Ich bin im Himmel.« Sie seufzte wohlig.

»Dann setz dich wieder ins Wohnzimmer. Essen kommt sofort.« Er schob sie aus der Küchentür.

»Bengt?« Sie konnte es nicht auf sich beruhen lassen.

»Ja, Liebes?«

Ihr Herz wurde weit. Wie er da stand, in seinem uralten Pulli, den sie schon letzten Winter geflickt hatte und der doch wieder neue Löcher bekam, über die beiden Teller gebeugt, auf die er nun die Bratkartoffeln häufte, die wie durch ein Wunder noch heiß dampften – da wusste sie, dass kein Trauschein der Welt etwas daran ändern würde, was sie beide waren. Sie gehörten zusammen.

»Das mit heute Morgen tut mir leid«, murmelte sie.

»Was denn?«

Er blickte flüchtig auf.

»Na, das mit dem Heiratsantrag…«

»Ach so, das. Ja, Schwamm drüber. Ich verzeih dir noch mal.«

Er pfiff fröhlich vor sich hin, stellte die Teller auf ein Tablett und goss für jeden ein Glas Apfelschorle ein. »Und nun lass uns essen. Ich habe einen Bärenhunger!«

Du verzeihst mir noch mal? Na, vielen Dank auch!

Einen Augenblick lang war sie sprachlos. Dann drehte sie auf dem Absatz um und stapfte ins Wohnzimmer. Vorbei am glitzernden Hirsch. Eines der Lämpchen von der Lichterkette blinkte, und sie riss im Vorbeigehen den Stecker aus der Steckdose. Scheiß Weihnachten! Scheiß Besinnlichkeit! Er *verzieh* ihr, dass sie in einem schwachen Moment angedeutet hatte, sie könnte sich auch ein Leben mit Trauschein und für immer vorstellen? Und verbreitete danach eine Laune, als wäre er dem Tod noch mal von der Schippe gesprungen…

Du willst mich nicht heiraten. Darum warst du heute den ganzen Tag da draußen unterwegs: Du hast darüber nachgedacht und bist zu dem Schluss gekommen, dass Heiraten so ziemlich das Letzte ist, was du mit mir machen willst.

Und das verletzte sie so sehr, dass sie keine Worte dafür fand. Der Appetit war ihr gründlich vergangen, die versöhnliche Stimmung verdorben. Sie konnte nicht so tun, als wäre alles in bester Ordnung. Sie wollte sich gegen dieses Gefühl auflehnen. Nichts war in Ordnung. Sein Kind durfte sie zur Welt bringen, aber dass er sich zu ihr bekannte, dass er wirklich und wahrhaftig Ja zu ihr sagte – darauf konnte sie vermutlich warten, bis sie so alt war wie Johanne. Wenn überhaupt. Vielleicht wollte er ja gar nicht mit ihr alt werden?

Sie atmete tief durch. Bengt stellte Teller und Gläser auf den Esstisch im Wohnzimmer und verschwand noch mal in der Küche, um den Nachtisch zu holen. Frieke zündete die Kerzen am Adventskranz an. Zwei inzwischen. Sollte er doch an den giftigen Dämpfen von den Silberkerzen ersticken, war ihr jetzt auch egal.

Bengt schien von ihrer düsteren Stimmung gänzlich unbeeindruckt zu sein. Oder er hatte sich einfach schon daran gewöhnt, dass sie im Dezember schlechte Laune verbreitete. Oder schwanger war. Oder hungrig. Oder im Dezember schwanger und hungrig.

Immerhin war der Pannfisch ganz vorzüglich, glaubte sie. Denn so richtig schmeckte sie nicht, was sie da aß, während sie ihren düsteren Gedanken nachhing.

Sie vermisste es, offen auszusprechen, was sie wirklich dachte. Es war eine Vorsicht eingetreten, die sie heute früh kurz über Bord geworfen hatte, als sie Bengt einen Antrag machte. Und jetzt bereute sie, dass sie überhaupt darüber nachdachte.

»Du bist so schweigsam.«

Aha, merkte er das also auch mal.

»Ja, schon.« Sie spießte ein Stück Fisch auf. Normalerweise war der Pannfisch mit Bratkartoffeln das Beste, was die Combüse zu bieten hatte auf einer an Köstlichkeiten reichen Speisekarte. Aber heute schmeckte alles wie alter Teppichboden mit Joghurt.

»Habe ich was falsch gemacht?«

»Nein.« Na ja, wie man's nimmt. Sie hoffte, er verstand den Subtext ihres Neins. *Doch, natürlich hast du was falsch gemacht! Aber wenn ich dir das jetzt sage, verschwindest du wieder, und wer weiß, wie lange du diesmal wegbleibst.*

Er hatte sich heute wie ein bockiges, kleines Kind benommen, das nicht auf sie hören wollte.

Andererseits: sie waren zu zweit in dieser Beziehung, und es brachte nichts, wenn sie dieses Thema länger mit sich herumschleppte.

»Ich hätte es schön gefunden«, sagte sie leise. Ihre Gabel kratzte über den Teller, sie türmte Bratkartoffelberge links und rechts vom Fisch auf. »Wenn wir geheiratet hätten.« Und als sie aufblickte, sah sie Bengt trotzig an. »Bevor das Baby auf die Welt kommt.«

»Frieke …« Er nahm ihre Hand, und sie ließ es zu. Sie zitterte leicht, die Anspannung ließ nach. Da, sie hatte ausgesprochen, was so sehr an ihr zerrte.

»Ich verstehe mich da selbst nicht mehr«, gab sie zu. »Bisher dachten wir beide, dass es gut ist, wie es ist. Aber …«

»Aber es stört dich doch?«

Sie nickte stumm.

»Können wir etwas daran ändern? Also, außer direkt zum Standesamt laufen.«

Sie merkte erst daran, dass die Tränen liefen, als Bengt ihr wortlos eines seiner Stofftaschentücher reichte.

»Ist das denn so einfach?«, flüsterte sie. »Du musst das doch auch wollen, dieses Heiraten.«

Bengt sah sie einen Moment lang nachdenklich an. »Nein, ganz so einfach ist es nicht«, meinte er dann. »Du hast im Buchladen im Moment mehr als genug zu tun, und ich, na ja ...« Er grinste lausbubenhaft. »Ich müsste mich an den Gedanken erst gewöhnen. So ein paar Tage. Wochen. Jahre.«

Sie hätte gelacht, wenn es ihr mit dem Thema nicht so ernst gewesen wäre.

»Ich hätte einfach gern eine schöne Feier.«

»Das geht auch nicht von heute auf morgen.«

»Hm.« Sie blickte auf den Pannfisch. Na ja, andere Leute organisierten auch von heute auf morgen oder zumindest in wenigen Wochen eine Hochzeit... Bei Johanne und Oltmanns war's jedenfalls recht fix gegangen. Und diese Feier war schön gewesen, ganz so, wie Frieke sich ihre eigene Hochzeit vorgestellt hätte, seit sie sich in Gedanken immer häufiger damit beschäftigte – klein, fein, ganz entspannt.

Seit dieser Hochzeit ging ihr der Gedanke einfach nicht mehr aus dem Kopf, und nachdem sie ihn nun ausgesprochen hatte, wollte sie auch nicht einsehen, warum sie noch länger darauf warten sollte.

»Aber lass uns bitte darüber nachdenken, wenn es im Buchladen nicht mehr so stressig für dich ist. Okay?«

Und wann sollte das sein? Im Frühjahr, wenn das Baby da war? Im Sommer, wenn sie genauso wenig Zeit zum Heiraten hätte wie jetzt, da das Weihnachtsgeschäft und die Vorbereitungen für die Schließung ab Jahresanfang ihren Tagesrhythmus bestimmten?

Nein, nicht jetzt darüber nachdenken. Frieke stand auf und trug ihren leeren Teller in die Küche. Sie hatte noch zu tun.

»Was hältst du davon?« Bengt folgte ihr. Während sie Wasser ins Spülbecken einließ und das Geschirr einweichte, lehnte er neben ihr, das Geschirrtuch bereits in der Hand. Dampf stieg vom heißen Wasser auf, ihre wie immer kühlen Hände schmerzten, als sie anfing zu spülen.

»Du meinst, wenn wir heiraten, weil ich das so will und es dich nicht sonderlich stören würde? Irgendwann, sobald nicht mehr so viel zu tun ist?«

Er nickte. Nicht hoffnungsvoll, sondern ... ja, schicksalsergeben? Als fügte er sich, weil sie es inzwischen zu oft zur Sprache gebracht hatte?

Frieke atmete tief durch. »Unter diesen Umständen wohl gar nicht«, sagte sie bestimmt. Und obwohl alles in ihr zitterte, war das etwas, wo sie nicht mit sich verhandeln ließ.

Wenn Bengt diese Hochzeit nicht selbst wollte, konnten sie es gleich bleiben lassen.

Frieke wusste nur zu gut, was es mit einem Paar anrichtete, wenn es heiraten »musste«.

Sie selbst war ein halbes Jahr nach der Hochzeit ihrer Eltern Ole und Ute zur Welt gekommen. Damals war das eben so – ein Kind war unterwegs, man heiratete, ohne darüber groß nachzudenken, ob man wirklich für den Rest des Lebens zusammenbleiben wollte. Dass Ole direkt nach der Hochzeitsfeier wieder aufbrach, um auf einem Containerschiff die Weltmeere zu bereisen und nur sporadisch daheim war, hatte den beiden ebenfalls nicht gutgetan. Und es hätte Frieke eine Warnung sein sollen, damit sie nicht in dieselbe Situation geriet.

Genau das war aber geschehen.

Zu viele Gedanken waren in ihrem Kopf, die wehtaten. Frieke ging ins Bett. Sie hatte keine Lust mehr. Nicht auf Diskussionen, nicht auf Kompromisse, schon gar nicht aufs Schwangersein.

Liebes Baby, du hast noch etwas Zeit, aber komm bitte raus, sobald du fertig bist, okay? Nicht allzu lange über Termin in meinem Bauch herumhängen, ja? Ich habe hier draußen viel zu tun, auch ohne dich den ganzen Tag mit mir herumschleppen zu müssen.

Okay, sie ahnte, dass ein Teil dieser Argumentationskette fehlerhaft war; wenn das Baby erst auf der Welt war, würde es vermutlich nicht den ganzen Tag brav in seinem Segelschiffbettchen liegen, während sie den Buchladen führte oder den Haushalt schmiss. Dann musste sie es auch hin und wieder herumtragen, wiegen, stillen, wickeln ...

Aber ach – sie hatte es einfach satt, schwanger zu sein. So war das nämlich.

Was darüber hinaus blieb, war Friekes Sorge um Meike. Die hatte sie im Gespräch mit Bengt nicht auflösen können, weil sofort anderes in den Vordergrund rückte.

Zum Glück hatte sie ja nachts Zeit, sich über diese Dinge den Kopf zu zerbrechen. Die Schlaflosigkeit gönnte ihr auch diesmal nur wenige erholsame Stunden. Als sie das erste Mal auf den Wecker blickte, war es kurz nach drei. Sie versuchte zu lesen, aber in Gedanken war sie doch immer wieder bei Meike.

Sie hat geweint. Sie wollte nicht, dass ich es bemerke, aber da waren Tränen. Warum?

Am nächsten Morgen schrieb sie Emma, noch im Bett liegend. Allein übrigens; Bengt war schon aufgestanden und kümmerte sich freiwillig ums Frühstück.

Was war denn Samstag mit Meike los?

Emma antwortete prompt. *Was auch immer es war, ist heute immer noch da. Sie hat eine echt miese Laune.*

Frieke überlegte. Dann schrieb sie: *Weißt du, wer Marie ist?*

Ihre Schwester. Wieso?

Aha, hm. Als sie Meike erst zufällig und dann doch absichtlich belauscht hatte, klang es so, als hätte sie sich mit ihrer Schwester überworfen. Und sie wirkte so, als hätte dieser Streit sie belastet.

Ohne eigene Geschwister konnte Frieke sich schwer vorstellen, wie das war. Ihre Freundinnen waren wie Wahlverwandte, die sie sich in Ermangelung an Schwestern zugelegt hatte – inklusive Meinungsverschiedenheiten und Geschwisterplüsch. Sie liebte ihre Freundinnen, und Meike gehörte dazu. Darum nahm sie Marie diesen Streit unbekannterweise übel und hätte ihn gern aus der Welt geschafft.

Aber vielleicht konnte sie das ja auf ihre Art.

Hast du zufällig eine Adresse von Meikes Familie? Für Notfälle?;-)

Denn das hier war eindeutig ein Notfall. Einer, mit dem sie sich vortrefflich von ihren eigenen Problemen ablenken konnte.

Klar. Aber mal was anderes: Johanne hat gefragt, ob wir mit ihr eine Plätzchenbackparty machen wollen.

Eine Plätzchenbackparty? Das klang verführerisch. Frieke wählte Emmas Nummer.

»Was ist denn eine Plätzchenbackparty?«

Emma lachte. »Na ja! Jeder bereitet zwei Teige vor, dann trifft man sich, backt, und jeder geht mit sechs Kekssorten heim.«

»Klingt verführerisch. Kommen die Zwillinge mit?«

»Glaubst du denn, ich kann die beiden von Zuckerstreuseln und Ausstechern fernhalten? Aber wir machen es bei Johanne. Sie muss nach dem Gematsche ihre Küche wieder putzen.«

Frieke lachte. Irgendwie klang das alles richtig schön. Sie konnte sich gut vorstellen, dass das ein Spaß werden würde. »Wann denn?«

»Wann wir Zeit haben.«

Sie verabredeten sich für das Ende der Woche, bis dahin hätte Meike sich im Buchladen schon eingearbeitet und konnte auch mal einen Nachmittag allein bestreiten. Und wenn nicht, wäre Frieke in fünf Minuten da.

»Sonst alles friedlich im alten Kapitänshaus?«

»Ach …« Frieke zögerte. Aber was sollte sie schon sagen, außer dass Bengt und sie sich nicht einig waren, ob heiraten eine gute Idee war oder nicht?

Je länger sie darüber nachdachte, umso mehr ärgerte sie das ganze Thema. Erst seine Weigerung, dann dieses lapidare »wenn du unbedingt willst, gewöhne ich mich halt an den Gedanken«, gerade so, als könnte sie sich glücklich schätzen, wenn er sie heiratete, als würde er ihr damit einen riesigen Gefallen tun.

»Dicke Luft?«

»Bisschen.«

»In den letzten Wochen vor der Geburt hätte ich Torben damals regelmäßig den Kopf abbeißen können. Er war wirklich so ein Blödmann.«

»Nicht hilfreich!«, rief Frieke.

Emma lachte, und Frieke stimmte ein. »Doch. Es ist bei allen so. Wirklich. Die Männer müssen sich auch umgewöhnen, aber sie können sich das alle so schwer vorstellen, weil sie außer den angeblich so sanften Tritten unter der Bauchdecke nichts davon spüren, während dir selbst die Eingeweide weich getrampelt werden. Er seufzt verzückt, du stöhnst verhalten, um den Moment nicht zu stören, in dem Vater und Kind die erste Bindung aufbauen. Ist halt so. Männer kriegen in der Schwangerschaft keine Hämorrhoiden, kein Sodbrennen und keine Wassereinlagerungen. Das Schlimmste, was ihnen passiert, sind ein paar zusätzliche Kilos, weil sie gerne bei den Heißhungerattacken ihrer Frau mitmachen.«

Das ist es ja. Ich bin nicht seine Frau. Seine Freundin. Mehr nicht, wenn es nach ihm geht.

»Ich glaube, ich geh wieder ins Bett«, sagte Frieke niedergeschlagen. »Ich bin müde.«

»Ruh dich aus. Wir schaffen das alles auch ohne dich. Oh, und überleg dir, was du backen willst. Johanne hat was von Linzer Plätzchen und Spritzgebäck erzählt. Ich mache Liebesgrübchen und Lebkuchen.«

Bengt zog den Kopf ein, als er an diesem Abend nach Hause kam. Tagsüber hatte er ein paar Besorgungen gemacht. Dinge, die erledigt werden mussten. Frieke dachte vermutlich, dass er den ganzen Tag nur Däumchen drehte. Dabei hatte er am Vormittag im Buchladen vorbeigeschaut und ein paar Kartons mit Büchern mitgenommen, die ausgeliefert werden mussten. Ein Karton ging an das Jugendgästehaus am Westend, eines an das Internat, das östlich vom Inseldorf lag. Er hatte also einige Kilometer mit dem Lastenrad absolviert, hatte einen Wocheneinkauf gestemmt und war danach vor dem Kühlschrank verzweifelt, weil darin irgendwelche Zutaten ihr Dasein fristeten, die Frieke fürs Probeessen eingekauft hatte, das sie dann gestern nach ihrem Streit doch nicht wie geplant gekocht hatte. Er fuhr anschließend noch mal los, weil er Unterlagen benötigte, die er im Bauwagen vermutete. Dieser war auf dem Isländerhof bei Conny untergestellt, und als er dort nicht fand, wonach er suchte, kehrte er ziemlich nachdenklich nach Hause zurück.

»Wir haben zu viel Kram«, begrüßte er Frieke etwas kleinlaut.

Sie stand in der Küche über den Tisch gebeugt und be

strich die Rouladen mit Senf und belegte sie mit Gürkchen und Zwiebelwürfeln.

»Wie meinst du das?«, fragte sie und runzelte die Stirn.

»Der Kühlschrank quillt über, die Bücherregale auch. Und der Kleiderschrank? Ständig kaufst du neue Klamotten.«

Frieke richtete sich auf, eine Hand ins Kreuz gestützt. Sie drehte sich so, dass er ihr Profil sah. Den Bauch, über dem sich der Stoff eines Umstandspullis wölbte. »Das tut mir furchtbar leid«, sagte sie. »Ich werde alles verkaufen, sobald mir meine normalen Sachen wieder passen, okay?«

Das Eis war an diesem Abend also immer noch verdammt dünn. Bengt seufzte. »Sag Bescheid, wenn es Abendbrot gibt.«

»Du kannst dir jederzeit was machen. Ich muss kochen.«

Sie beugte sich wieder über die Rouladen. Ihre Hände zitterten, als sie versuchte, die Fleischstücke aufzurollen und festzustecken. Bengt schob sich neben sie. »Darf ich?«

»Nein!«, fauchte Frieke. »Darfst du nicht! Ich will einmal etwas allein schaffen.«

Er hob abwehrend die Hände.

»Du hilfst mir auch nicht, wenn du die ganze Zeit hinter mir stehst.«

Er trat den Rückzug an. Offensichtlich war nach ihrer gestrigen Auseinandersetzung alles, was er tat, falsch. Genauso wie alles, was er unterließ. Gekränkt zog er sich in sein kleines Arbeitszimmer zurück, das nicht mehr als eine schmale Kammer war, an deren Stirnseite gerade mal der Schreibtisch passte. Da die Unterlagen fehlten, die er ursprünglich an Fenja hatte schicken wollen, begnügte er sich jetzt damit, wenigstens dieses Eckchen des Kapitänshauses aufzuräumen, wenn Frieke ihn schon sonst nichts aufräumen lassen wollte.

Gab es nicht so etwas wie Nestbautrieb? Bengt erinnerte sich, dass seine Schwester Kerstin davon erzählt hatte – kurz vor der Geburt ihrer drei Kinder bekam sie regelmäßig einen Rappel und putzte das Haus noch mal komplett durch, inklusive Steckdosen entstauben, Heizungen wienern und die ganze Kühltruhe mit vorgekochtem Essen befüllen.

Darauf setzte er nun all seine Hoffnung. Wenn er früh genug ein paar Müllsäcke bereitstellte, kam Frieke vielleicht von selbst drauf, dass sie wieder zu viel angehäuft hatte.

Aber wie sich kurz darauf herausstellte, war das noch sein geringstes Problem.

Aus der Küche hörte er jetzt das Brutzeln und die auf höchster Stufe laufende Dunstabzugshaube, während Frieke die Rouladen anbriet. Dann ging die Küchentür auf, er hörte Friekes Stimme. Telefonierte sie etwa?

Offenbar ging sie nach oben. Bengt stand auf. Hoffentlich hatte sie die Hitze reduziert, bevor sie die Küche verließ. Sonst wären die Rouladen bald verkohlt und ungenießbar.

Er schlich in die Küche. Falls sie mitbekam, dass er

ihr half – und sei es nur, dass er eine Katastrophe verhinderte –, fürchtete er, erneut ihren Zorn auf sich zu ziehen.

Tatsächlich. Die Rouladen brieten auf höchster Stufe an, im Topf daneben kochten Kartoffeln, die sie vermutlich für ihre Klöße oder selbst gemachte Kroketten brauchte. Er konnte gerade noch verhindern, dass das Wasser überkochte. Er reduzierte die Hitze und legte den Deckel schräg auf. Die Rouladen müssten auch dringend gewendet werden … Er spähte in den gusseisernen Topf. Trat an die Küchentür und lauschte. Friekes Stimme kam von oben, aus dem Gästezimmer.

Er griff nach dem Besteck. Wendete die Rouladen, kontrollierte die Hitze. Während er das Braten überwachte, räumte er die Küche auf, es waren ja nur ein paar Handgriffe, die Frieke aber jedes Mal vergaß oder erst anging, wenn alle Arbeitsflächen hoffnungslos vollgeräumt waren. Sie wusste selbst, dass sie keine gute Köchin war. Aber mit dem Weihnachtsessen hatte sie sich etwas in den Kopf gesetzt, das sie schon beim Probekochen heillos überforderte, und Bengt ahnte, sie würde sich davon nicht so leicht abbringen lassen. Also blieb ihm nichts anderes übrig, als ihr so lange zu helfen, bis sie die Vergeblichkeit ihres Unterfangens einsah. Oder wie durch ein Wunder doch noch kochen lernte.

Als Frieke eine Viertelstunde später zurück in die Küche kam, blieb sie in der Tür stehen. Bengt saß am Küchentisch und las eine Fachzeitschrift für Ornithologen auf dem iPad.

»Wo sind meine Rouladen?«, fragte sie misstrauisch.

Er zeigte nur auf den Backofen, in dem ihr Schmortopf mit den Rouladen vor sich hin schmurgelte. »Ich habe mal kurz übernommen. Sonst wäre das schiefgegangen.«

»Danke.« Sie legte das Handy auf den Tisch. Auf ihn machte sie einen angespannten Eindruck, als hätte sie gerade etwas erfahren, was sie gar nicht wissen wollte.

»Alles in Ordnung?«

Sie wollte erst nicken, schüttelte dann aber den Kopf. »Du hast doch eine Schwester. Wie ist das, wenn ihr euch streitet?«

»Komische Fragen hast du. Wir streiten einfach nicht.«

»Niemals?«

Bengt grinste. Er stand auf und nahm die Flasche mit Apfelsaft aus dem Kühlschrank und mischte für beide eine Apfelschorle. Ein Glas reichte er Frieke, die es schweigend nahm. »Also schon hin und wieder. Als wir noch Kinder waren. Weil sie mein Playmobil-Piratenschiff in den Sandkasten mitgenommen hat. Oder mit meinem Feldstecher spielen wollte. Wieso fragst du?«

»Ich habe ja keine, und ich frage mich ... na ja. Wie das ist, wenn man sich erwachsen streitet. Als Geschwister.«

»Nicht anders als mit Freunden, würde ich mal vermuten. Geschwister sind eben Freunde, die man sich nicht aussuchen kann. Mit den einen ist man enger, mit den anderen nicht so eng.«

»Und wenn man seinen Geschwistern sehr nahe steht und dann etwas passiert ... Verzeiht man das dann?«

»Du stellst Fragen ...« Aber er spürte, wie ernst ihr

diese Fragen waren. Dass sie nach Antworten suchte auf Fragen, die sie nicht ihretwegen stellte.

»Vielleicht solltest du mit Sonja reden«, schlug er vor.

»Ich glaube, du suchst eher die weibliche Perspektive. Männer sind da ja manchmal...« Er zögerte.

»Eher grob veranlagt?«

Sie lächelte ihn an.

»So ungefähr. Nein, ich meine, dass Frauen manchmal diese Zwischentöne besser draufhaben, im Guten wie im Schlechten.«

Ihr Lächeln verschwand.

Wieder nicht richtig. Aber klar; sie bezog seine Aussage natürlich sofort wieder auf diesen dummen Streit, von dem er immer noch nicht wusste, warum sie ihn überhaupt führten.

»Soll ich dir beim Rotkohl helfen?«, versuchte er die Wogen zu glätten.

»Nein; wenigstens das will ich allein hinkriegen.«

»Du wirst noch Stunden in der Küche stehen. Wird dir das nicht zu anstrengend?«

In dieser Nacht hielt sie nicht die Schwangerschaft wach, sondern das Telefonat mit Meikes Schwester. Wie sie es auch drehte und wendete, irgendwie wurde Frieke das Gefühl nicht los, dass ihr irgendwas entging.

Emma hatte ihr die Nummer von Meikes Mutter gegeben, die wiederum überrascht war, als sie anrief und sich als eine Freundin von Meike vorstellte und nach Marie erkundigte.

»Ist mit Meike alles in Ordnung?«, fragte ihre Mutter besorgt.

»Ja, alles bestens«, versicherte Frieke ihr. Sie verriet nicht, dass auch sie sich Sorgen um Meike machte. »Es geht um Weihnachten.«

»Ach, Sie wollen sicher einen Tipp, was man Meike schenken kann. Warten Sie, die Nummer von Marie habe ich im Handy gespeichert. Heutzutage merkt man sich keine Telefonnummern mehr, nicht wahr?« Sie lachte. Dann nannte sie Frieke die Nummer. »Grüßen Sie sie.«

»Wen, Marie?«, fragte Frieke etwas belämmert.

»Nein.« Wieder das Lachen. Aber dahinter lauerte eine Traurigkeit. »Meike. Meine Große hat sich lange nicht gemeldet. Wir vermissen sie.«

»Ich richte es aus«, log Frieke.

Sie wählte mit klopfendem Herzen Maries Nummer. Kurz bevor sie aufgeben wollte, weil ihr die schmurgelnden Rouladen einfielen, ging Marie dran.

»Marie Gerdes?«

Sie hatte eine warme, dunkle Stimme. Angenehm.

»Hi, hier spricht Frieke Wallgren. Ich bin eine Freundin Ihrer Schwester Meike, und… also…«

Sie verstummte und hoffte, Marie würde ihr ins Wort fallen und sich nach Meike erkundigen.

Aber Marie sagte nichts.

»Also, ich…«

Verflixt. Sie hätte sich vorher ein paar Sätze zurechtlegen sollen. Jetzt stand sie irgendwie auf dem Schlauch. Wie unangenehm!

»Ja?«

»Entschuldigen Sie. Darf ich Sie Marie nennen?«

»Dürfen Sie. Was ist mit meiner Schwester?«

»Ja, das wollte ich Sie fragen. Ich habe mitbekommen, dass Sie beide … also, Sie haben sich gestritten, ist das richtig?«

»Nicht ganz.« Das Freundliche, Warme machte einer gewissen Kühle Platz. »Ich wüsste auch nicht, was es Sie angeht.«

Gar nichts, fuhr es ihr durch den Kopf. Aber da sie schon mal angerufen hatte …

»Sie kümmert sich um mich, und ich kümmere mich um sie. Darum geht es mich schon was an, denn ich sehe, dass es Meike gerade nicht gut geht.« Frieke holte tief Luft. »Ich habe nicht viel Familie. Meike ist für mich ein Teil meiner Wahlfamilie, darum …«

Sie verstummte. Ja, was darum? Reichte das schon, dass sie sich einmischte? Denn nichts anderes tat sie gerade. Sie versuchte hinter Meikes Rücken zu vermitteln, weil sie spürte, dass ihre Freundin mit der Situation überfordert war. Unglücklich.

»Sie ist so ein fröhlicher, offener Mensch, sie tut uns allen so gut! Aber seit sie neulich bei Ihnen auf die Mailbox gesprochen hat, ist sie wie ausgewechselt. Ganz still und traurig. Irgendwas belastet sie so sehr, und ich will doch nur, dass das aufhört.«

»Woher wissen Sie davon?« Marie war ruhig geworden. Still. Ihre Stimme klang heiser, als kämpfte sie mit ihren Gefühlen.

»Ich habe Meike belauscht. Heimlich. Sie klang so ...
Ich weiß ja nicht, was da zwischen Ihnen passiert ist, aber
ich weiß, dass Meike ein guter Mensch ist. Sie hat doch
immer ein offenes Ohr, offene Arme für jeden... Ohne sie
wäre ich gerade echt aufgeschmissen, in mehr als einer
Hinsicht. Als ich schwanger wurde, war sie da. Sie hat
mir die Angst genommen vor dem, was da auf mich zu-
kommt.«

Erschöpft verstummte sie. So viel hatte sie gar nicht
sagen wollen. Von unten zog der köstliche Duft von an-
gebratenem Fleisch herauf. Ihr lief das Wasser im Mund
zusammen. Herrje, das Telefonat schien länger zu dauern
als ursprünglich beabsichtigt; längst müsste sie die Rouladen wenden.

Egal. Das hier war auch wichtig. Sollte Bengt doch me-
ckern, weil sie die Lebensmittel verschwendete. Hatte er
wenigstens wieder einen Grund, warum er maulte, dachte
sie trotzig.

»Sie haben keine Ahnung, wovon Sie reden, kann das
sein?«, fragte Marie ganz leise. »Sie hat Ihnen nicht erzählt, was damals los war. Und selbst wenn – Sie kennen
nur Meikes Version der Geschichte und wissen nicht, was
ich durchgemacht habe. Also versuchen Sie bitte nicht zu
vermitteln. Sie haben keine Ahnung.«

Frieke seufzte. Sie blickte sich in dem kleinen Mansar-
denzimmer um. Weil das Gästezimmer unten inzwischen
zum Kinderzimmer umfunktioniert war, würde zukünftig im Sommer hier oben die Aushilfe für den Buchladen
wohnen. Jetzt im Winter wurde nicht geheizt, die Tages-

decke über dem Bett fühlte sich unter ihrem Hintern recht kühl an. Der gelbe Lichtkreis der Nachttischlampe erreichte sie nicht.

»Hören Sie, wenn ich Sie irgendwie verletze ...«

»Nein, Sie verletzen mich nicht. Meike hat mir wehgetan. Sie hat mich im Stich gelassen, als ich sie am meisten brauchte. Sie hat mir nicht zugehört, und dann ist sie einfach verschwunden, verstehen Sie? Nie habe ich meine Schwester so sehr gebraucht, und sie? Geht einfach auf so eine einsame Insel, ohne uns zu sagen, warum sie das tut. Wieso sie ihre Wohnung und ihren Job kündigt. Es geht darum, ob ich ihr vertrauen kann. Und nein, im Moment kann ich das nicht.«

»Aber Sie könnten mit ihr reden«, schlug Frieke vor. »Was Sie mir erzählt haben – ich glaube, das weiß Meike gar nicht. Dass Sie sie gebraucht haben, meine ich.« Zumindest konnte Frieke sich das nicht vorstellen.

Aber was wusste sie schon über andere Menschen. Vielleicht war Meike ja ihrer Familie gegenüber ganz anders.

Der Mut, den sie für diesen Anruf so mühsam zusammengesammelt hatte, verließ sie wieder.

»Das ist jetzt auch egal«, erklärte Marie bestimmt. »Es ist zu spät. Und falls Sie mit Meike reden, können Sie ihr das genau so sagen.«

Das werde ich sicher nicht, dachte Frieke bockig.

»Tschüs.«

Bevor Frieke noch etwas sagen konnte, legte Marie auf. So eine Frechheit! Am liebsten hätte Frieke noch mal angerufen und Meikes Schwester gehörig die Meinung gesagt.

Aber dann spürte sie etwas anderes, das über ihren Ärger hinausging.

Wenn es ihr nicht gut ging, half ihr meist ein Buch, mit dem sie ihre Gedanken sortieren konnte. Ebba, die ihr damals den Buchladen angeboten hatte, nannte die Fähigkeit, immer das richtige Buch zu finden, eine »Gabe«. Frieke selbst würde allenfalls von einem Talent sprechen, einem Gespür für ganz subtile Schwingungen und Gefühlsregungen. Aber wie man es auch nannte, es blieb ihre Fähigkeit, dass sie wusste, welches Buch jemandem guttat. Und Marie brauchte ein Buch.

Nur welches? Darüber grübelte Frieke, während Bengt neben ihr schnarchte. Sie roch den köstlichen Duft von Rouladen, Rotkohl und Klößen, die sie gestern spätabends noch fertig gekocht hatte. Das Kochen hatte ihr gutgetan, dabei hatte sie ihre Gedanken ein bisschen sortieren können. Fast so entspannend wie im Buchladen die Regale einzuräumen und die Romane alphabetisch nach Autoren zu sortieren.

In Gedanken ging sie die Regalreihen in ihrem Buchladen durch. Lebenshilfe? Nein. Meike wirkte auf sie, als stünde sie mit beiden Beinen im Leben. Bodenständig. Angekommen. Und so war auch Marie. Beide bräuchten etwas, damit sie sich wieder öffnen konnten. Für die Schwester, die sie verloren hatten.

Es gab doch sicher ein Buch, das sie wieder zueinanderbrachte... Jodi Picoults »Beim Leben meiner Schwester«? Zu einfach. Oder Jeffrey Eugenides' »Die Selbstmordschwestern«? Vielleicht etwas zu düster.

Es müsste ein Buch sein, das nicht mit dem Holzhammer eines schwesterlichen Schicksals auf beide einhämmerte, damit sie wieder zueinanderfanden.

Und dann hatte Frieke eine Idee.

KAPITEL 10

»Was machst du denn hier?«, erkundigte Emma sich, als Frieke am nächsten Morgen kurz nach Ladenöffnung hinter den Kassentresen drängte. »Ich dachte, du wolltest jetzt ein bisschen kürzertreten und dich mehr auf Baby Wallgren bebrüten und das Weihnachtsessen konzentrieren?«

»Ja, Moment! Ich hatte eine Idee, die muss ich sofort umsetzen.« Frieke beugte sich über den PC und tippte etwas ein. Emma schaute ihr über die Schulter. »›Nichts weniger als ein Wunder‹? Das hast du doch schon gelesen. Du hast es in den letzten Monaten jedem in die Hand gedrückt, bei dem deine Gabe versagt hat.«

»Und ausnahmslos alle kamen danach wieder und haben sich bedankt, weil es zu den besten Büchern gehört, die sie je gelesen haben.« Sie runzelte die Stirn. Verflixt, laut Warenwirtschaft war schon wieder kein Exemplar vorrätig. »Außerdem will ich es verschenken.«

Frieke bestellte drei Exemplare, zwei zum Verschenken und eines, damit es wieder vorrätig war. Dann hielt sie inne, denn ihr fiel etwas ein. »Bücher! Herrgott, ich vergesse wirklich die Hälfte.« Sie verschwand hinter dem Rondell und begann scheinbar wahllos Bücher aus den Regalen zu ziehen. Emma folgte ihr und lehnte eher belustigt an einer Säule. Zum Glück waren gerade keine Kundinnen im Laden, die Zeuginnen wurden, wie die Besitzerin die Regale ausräumte.

»Was genau treibst du da?«, erkundigte Emma sich.

»Ich besorge die Weihnachtsgeschenke«, erklärte Frieke lapidar, als wäre das nun wirklich offensichtlich.

»Für…?«

»Alle!« Frieke schnaufte durch und legte zwei dicke Wälzer auf den Stapel, den sie bereits hervorgekramt hatte. Dann begann sie aufzuzählen. »Meine Eltern, Bengt, du, Raik, die Zwillinge, Sonja und ihre Kinder, Meike, Bengts Familie…«

»Meine Güte. Du beschenkst jeden, der Weihnachten zu euch kommt?«

»Ja, warum denn nicht?« Sie zog die Stirn kraus, ging den Stapel durch, murmelte die Namen derer, die sie zu Weihnachten erwartete. Verflixt, warum hatte die Natur auch noch die Schwangerschaftsdemenz erfunden? Irgendwen hatte sie vergessen, oder nicht?

»Das hat auch bis morgen Zeit. Was machen deine Rouladen?«

Frieke schnaubte empört. »Das sind jetzt Bengts Rouladen. Während ich telefoniert habe, hat er einfach alles an sich gerissen.«

Er hatte verhindert, dass die Rouladen den Boden ihres Schmortopfs durchbrannten, weil sie zu sehr mit dem Telefonieren beschäftigt war, aber das verschwieg Frieke lieber. Es war ihr auch so schon peinlich genug, dass sie

offenbar nicht mal in der Lage war, vier Rouladen anzu-
braten.

»Du hast sie vergessen und er hat Schlimmeres verhindert.«

Leider kannte Emma sie zu gut.

»Ja, vielleicht.«

»Und derweil hast du … telefoniert. Mit wem hast du
dich denn so heillos verquatscht?«

Sie wussten beide, dass Frieke nur ungern telefonierte.
Wenn es sich im Buchladen einrichten ließ, musste immer
Emma ans Telefon gehen.

»Ach, das war was … Privates.« Sie war noch nicht bereit, der Freundin von ihrem Versuch zu berichten, Meike
mit ihrer Schwester zu versöhnen. Erst wenn sie Erfolg
hatte.

Emma kicherte. »Und Bengt hat die Rouladen gerettet?
Er kümmert sich bestimmt gerne auch ums Weihnachtsmenü.«

»Das wagt er nicht«, murmelte Frieke. Das Weihnachtsmenü würde sie sich auf keinen Fall nehmen lassen.

»Und nun ab mit dir.« Emma scheuchte sie zur Tür.
»Diese Woche will ich dich nicht mehr hier sehen.«

»Aber meine Bücher!«

»Kann Bengt holen, sobald ich sie eingepackt habe.
Ich stecke Zettelchen rein, was in den Päckchen drin ist.
Husch, husch! Ich schaffe das auch ohne dich, verspro-
chen. Sonst hilft Meike mir. Du musst dich langsam mal
an den Mutterschutz herantasten, meine Liebe. Zum
Schluss wird es nämlich nicht leichter.«

Sie spürte wieder Tränen, sie brannten in ihren Augen, aber sie sagte nichts, weil sie fürchtete, ihre Stimme könnte kippen, und dann würde Emma sie in den Arm nehmen. Das war gerade das Letzte, was Frieke brauchte. Dann würde sie die Tränen auf keinen Fall zurückhalten können!

»Bin ich eine gute Freundin?«, fragte sie leise.

»Die beste.« Emma umarmte sie nun doch, und sie ließ es über sich ergehen. Während sie ihr Gesicht an Emmas Schulter legte, fiel ihr ein, dass sie ausgerechnet für sie, ihre beste Freundin, noch kein Buchgeschenk gefunden hatte.

Rasch löste Frieke sich, bevor sie gänzlich überwältigt wurde. Sie schniefte und tastete in der Jackentasche nach Taschentüchern.

»Blöde Schwangerschaftshormone, hm?« Emma streichelte mitfühlend ihren Arm. »Bald ist das auch überstanden. Dann heulst du nur noch, weil dein Baby so schnell wächst. Oder weil es so süße Dinge macht oder weil es schläft und du so glücklich bist, dass es schläft. Ehrlich gesagt hört man nach der Geburt gar nicht mehr auf zu heulen.«

»Du machst mir wirklich Mut«, sagte Frieke und versuchte unter Tränen zu lachen.

»Aber sicher. Denn es wird die intensivste Zeit deines Lebens, das größte Abenteuer, das schönste, das ermüdendste. Du wirst nie so glücklich sein wie mit deinem Kind. Das wünsche ich dir jedenfalls. Und dass du trotz aller Erschöpfung und Überforderung, falls sie dich ereilt, immer auch siehst, was für eine wundervolle Mutter du bist. Denn das wirst du sein.«

»Danke«, flüsterte Frieke.

Manchmal vergaß sie, dass sie nicht nur Partnerin, Freundin, Buchhändlerin, Tochter war. Sie war jetzt schon – irgendwie und bald ganz und gar richtig – Mama für das Knubbelchen.

»Wann kapiert man eigentlich, dass man wirklich gerade Mutter wird?«

»Das habe ich bis heute nicht verstanden«, sagte Emma. »Manchmal sehe ich die beiden, wie sie schlafen, spielen, sich gegenseitig Joghurt in die Haare schmieren ... Es ist ein Wunder. Und das wird es immer bleiben.«

Nicht unbedingt die Antwort, die Frieke erwartet hatte. Aber eine, mit der sie etwas anfangen konnte. Dieses Gefühl würde also bleiben, dass ihr Leben eine unfassbare Wendung genommen hatte.

Dass sie so verdammt unausgeglichen war, ging ihr allerdings langsam auf die Nerven. Irgendwann sollte sie sich doch daran gewöhnt haben, dass sie zumindest für den Moment der personifizierte Ausnahmezustand war.

Frieke trat hinaus in den Dezembermorgen. Der Wind trieb alte Blätter vor sich her. Ein sanfter Nieselregen setzte ein. Sie zog die Kapuze ihres Mantels tief ins Gesicht und stapfte den Norderloog entlang Richtung Zuhause.

Ich bin nicht gerne schwanger.

Da hatte sie es. Mochte ja sein, dass das Ergebnis nach diesen neun Monaten Schinderei einen bezauberte, wenn man das Kotzen, die Müdigkeit, die dicken Füße und Finger, die gelockerte Symphyse und all diese anderen Wehwehchen, über die Mütter einem vorher nie etwas verrieten, weil sich dann bestimmt kaum mehr jemand fand, die sich auf das Abenteuer Kinderkriegen einließ, überstanden hatte. Sie war sogar davon überzeugt, dass es sich lohnte, weil sie in wenigen Wochen ihr Baby im Arm halten würde und dann vielleicht auch die ganzen Schmerzen und Unannehmlichkeiten nach einer Weile verblassten. Vermutlich vergaß man sie einfach mit jeder schlaflosen Nacht, und zwar so gründlich, dass manche Frauen sogar eine zweite, dritte, vierte Schwangerschaft in Erwägung zogen. Nach der Schwangerschaftsdemenz kam ja die Stilldemenz. Seliges Vergessen.

Nun ja. Erst mal diese Schwangerschaft überstehen.

Hätte sie das vorher gewusst – es hätte nichts geändert. Aber sie hätte es gern vorher gewusst. Denn so eine Schwangerschaft war wie eine Wundertüte, und Wundertüten waren vollgestopft mit Überraschungen. Und dagegen hegte sie immer noch eine gewisse Abneigung.

Schlimm genug, dass ihr vermutlich früher oder später eine Babyparty drohte.

Obwohl: Inzwischen fand Frieke das mit den Überraschungen gar nicht mehr so schlimm. Es war manchmal doch ganz nett. Als Bengt ihr vor seiner Abreise zur Tagung Quarkrosinenbrötchen gebacken hatte, war das ja streng genommen auch eine Überraschung gewesen. Okay, dass er einen Tag länger fernblieb, war auch überraschend gekommen, aber sie hatte sich doch recht schnell an diese neue Situation gewöhnt und dann das Beste daraus gemacht.

Reagiere sie gar nicht mehr so allergisch auf Überraschungen? Hm! Ein interessanter Gedanke ...

Fünf Minuten später betrat sie das alte Kapitänshaus. Jemand hatte dem Glitzerhirsch wieder die Lichterkette ums Geweih gewickelt und das blinkende Lämpchen repariert. Aber das war es nicht, was sie im ersten Moment innehalten ließ. Sie atmete tief durch. Es duftete herrlich nach den Rouladen, nach Rotkohl und Klößen. Bengt hatte ihre Kochversuche von gestern Abend als frühes Mittagessen aufgewärmt, wie lieb war das denn?

Sie schlüpfte aus den Stiefeln, hängte den Mantel auf und betrat leise auf Socken die Küche. Bengt saß mit dem Rücken zu ihr am Küchentisch, seinen Laptop vor sich.

Er chattete mit einer Frau über Skype oder Facetime. Die Dunstabzugshaube lief leise, weshalb er nicht hörte, dass Frieke hereinkam.

»Du kommst also am Montag mit der frühen Fähre? Ich weiß leider noch nicht, ob ich dich abhole oder jemand anderes.«

»Ich kann auch allein zum Hotel laufen. Mach dir um mich keine Sorgen. Wichtiger ist, dass deine Liebste nichts mitbekommt«, sagte die Frau.

Frieke verharrte in der Tür. Sie starrte auf Bengts Rücken, der immer noch nicht bemerkt hatte, dass sie hinter ihm stand. Sie sah auch die Frau. Jung. Zumindest in Bengts Alter, vielleicht ein paar Jahre jünger. Ziemlich blond und, so weit sie das erkennen konnte, schlank. Vor allem aber hübsch mit dem ebenmäßigen Gesicht, mit dem kantigen Kinn und der zarten Nase. Dunkle, große Augen, die Ponyfransen etwas zu lang.

Sie wich in den Schatten des Flurs zurück, zog die Tür hinter sich zu. Drinnen hörte sie leise Stimmen. Ein Lachen von Bengt.

Vorsichtig schlüpfte sie wieder in Jacke und Stiefel, verließ das Haus und stand vor der Tür, sie ging wieder hinein, warf die Tür ins Schloss und rief »bin wieder da!«.

Keine zehn Sekunden später riss Bengt die Küchentür auf. »Hey!« Er strahlte sie an, als hätte er nicht gerade mit einer anderen Frau verabredet, dass sie ihn auf der Insel besuchte. Und zwar so, dass Frieke nichts davon mitbekam, das schien ja essenziell wichtig zu sein ...

Sie zwang sich zu einem Lächeln, das aber, spürte sie selbst, verrutschte leicht. »Hi«, sagte sie. Hängte noch mal den Mantel auf, quälte sich wieder aus den Stiefeln und umarmte Bengt. Sie drückte den Kopf an seine Brust, lauschte seinem Herzschlag, etwas schneller als sonst. Fühlte er sich ertappt?

»Was hast du gemacht?«

Er lachte, wiegte sie in den Armen, küsste sie sanft auf die Nasenspitze. »Dies und das. Organisatorisches. Und deine Rouladen und den Rotkohl bewacht. Und du?«

»Weihnachtsheimlichkeiten.« Sie machte sich los. Organisatorisches, aha. Musste ja organisatorisch ein Albtraum sein, wenn man eine andere Frau auf die Insel holen wollte, um ... ja, was?

Herrgott, beruhige dich. Bengt hat keine Affäre. Er ist kein

Mann, der sich so billig aus der Verantwortung stiehlt, indem er was mit einer anderen Frau anfängt.

Sie gab es auf, sich den Anschein der zufriedenen Freundin zu geben, die gerade erst heimgekommen war.

»Ich hab dich gesehen. Wie du mit der Blonden telefoniert hast.«

Er fuhr zur Küchentür herum, als wollte er schnell kontrollieren, ob er wirklich den Laptop zugeklappt hatte. Die Tür war zu.

Dann drehte er sich zu ihr um, und sein Blick suchte in ihren Augen. Antworten, dachte sie. Er will wissen, ob ich irgendwas gehört oder gesehen habe, das von Bedeutung ist. Das ihn verrät.

»Wenn ich jetzt sage, es ist nicht das, wonach es aussieht ...«

»Du weißt ja nicht mal, wonach es aussieht.«

»Frieke.« Seine Hand suchte ihre, und sie ließ es zu. Weil sie nicht streiten wollte. Weil sie sich verletzlich fühlte und so sehr hoffte, dass er ihr irgendeine Erklärung liefern würde. Irgendeine, und sei sie noch so verrückt.

»Hat es was mit der Babyparty zu tun, die Sonja und Emma für mich organisieren wollen?«, erkundigte sie sich. Baute ihm eine Brücke, hoffte im Stillen, dass er sie einfach beschritt. Es wäre so leicht.

»Nicht direkt«, gab er unglücklich zu.

Aufrichtiger Bengt. Selbst wenn sie ihm die Chance bot, sich geschickt aus der Situation zu winden, blieb er ehrlich.

»Was dann?«, wollte sie wissen.

Er wollte sie in die Arme ziehen, aber darauf hatte Frieke keine Lust, sie verschränkte die Arme vor der Brust. Sie fröstelte. Mit Socken auf den kalten Fliesen im ungeheizten Flur merkte sie wieder, dass es in diesem Häuschen an jeder Ecke zog und der Wind durch alle Ritzen pfiff.

»Ich kann es dir nicht sagen.« Er ließ den Kopf hängen.

»Warum nicht?«, wollte sie wissen.

»Weil…« Er seufzte, blickte an ihr vorbei, dann auf ihren Bauch, Frieke ließ die Arme fallen und umarmte jetzt ihre Kugel, das Baby trat sie fröhlich in den Magen. »Weil ich es nicht kann.«

Sie blickten einander an. Schweigend. Dann nickte Frieke. »Okay«, flüsterte sie.

Er wollte Geheimnisse vor ihr haben? Schön.

»Geht es um Weihnachten?«

Er schüttelte unglücklich den Kopf. Zuckte dann mit den Schultern. Nein. Vielleicht, irgendwie.

»Herrgott noch mal, Bengt«, murmelte sie. »Du wirst mir schon mehr geben müssen.«

»Das kann ich nicht«, behauptete er.

Schweigen, das sich so lang dehnte, bis sie glaubte, er würde nachgeben. Aber das tat er nicht. Schließlich gab sie auf. »Versprich mir nur, dass du mir nicht wehtust.«

»Es ist wirklich nicht so, wie du denkst«, versprach er ihr. »Glaubst du allen Ernstes, ich könnte dich betrügen?«

»Nein«, gab sie zu. »Aber…«

»Kein Aber. Ich verspreche dir hiermit, dass ich immer aufrichtig sein werde. Wenn ich mich trennen wollte,

hätte es doch schon oft genug gute Gründe dafür gegeben.«

Sie versetzte ihm einen kleinen Schubs. »Pfff. Selber.
Rouladendieb.«

Er lachte. »Dann ist alles wieder gut?«

Sie schüttelte den Kopf. »Wehe das wird irgendeine
Überraschung«, murmelte sie. Bengt breitete die Arme
aus und hielt sie fest, als Frieke sich an ihn schmiegte.

»Wäre eine Überraschung denn so schlimm?«, fragte er
behutsam.

Sie erstarrte. Also doch! Irgendwas war im Schwange,
irgendwas, das er ihr nicht verraten wollte.

»Bist du etwa mit Emma und Sonja verbündet?«

»Warum? Was planen die beiden denn?«

»Na, Babyparty.«

Er lachte. »Also, davon weiß ich nichts.«

Er plante also noch eine andere Überraschung. Hm.

»Du verrätst mir aber nicht, was es ist?«

»Wäre es dann noch eine Überraschung?«

Wohl kaum.

Oder ... oh! Wollte er ihre Eltern und seine Familie als
Überraschung zu Weihnachten einladen? So wie sie es ja
auch bereits getan hatte? Das wäre wirklich witzig.

Sie musste einfach nur vergessen, dass er da gerade mit
einer Frau gesprochen hatte, die aus welchen Gründen
auch immer auf die Insel kam.

»Dein Weihnachtsgeheimnis?«, murmelte sie.

»Gewissermaßen«, gab er zu.

»Werde ich es mögen?«

»Das hoffe ich sehr«, sagte er mit einer überwältigenden Ernsthaftigkeit.

Einen Moment blieben sie so stehen. Sie atmete, spürte seinen Atem, die Wärme seines Körpers.

So verhält sich kein Mann, der nicht mehr bei seiner Freundin sein will.

Ein Gedanke, der sich aufdrängte, den sie sich aber gar nicht einreden musste. Denn zwischen ihnen war alles okay, oder?

Und sie hatte doch auch ihre geheimen Weihnachtsplanungen.

KAPITEL 11

Das Zusammenleben mit Emma und ihren zweieinhalb-jährigen Zwillingen war für Meike ungewohnt. Sie hatte bisher nur Babys auf die Welt geholfen, und damit beschränkte sich ihr Kontakt zumeist auf Neugeborene. Gelegentlich hatte sie noch Kontakt mit Geschwisterkindern, falls diese bei den Wöchnerinnen vorhanden waren und bei Meikes Konsultationen anwesend waren. Aber viel zu tun hatte sie mit diesen Kindern nicht.

Das Zusammenleben mit zwei recht quirligen Kleinkindern stellte sie jedoch vor ganz andere Herausforderungen. Sie genoss das, denn langweilig wurde es so nie. Wer hätte gedacht, dass kleine Kinder gern Sachen versteckten und dabei nicht vor Meikes kleiner Hebammentasche haltmachten? Heute fand sie daher ihr Hebammenstethoskop in der Spielküche. Als sie Lars und Timo fragte, was das zu bedeuten habe, erklärte ihr Timo, das sei seine Tröte, mit der er Lars begleite, wenn er auf dem Putzeimer trommelte.

Nun gut.

Und Emma? Vor dem ersten Kaffee war sie nicht ansprechbar, aber solange man ihr diesen Becher schwarzes Gold schweigend reichte und danach zehn Minuten wartete, bis die Wirkung einsetzte, gab es keine Klippen, die Meike im Alltag zu umschiffen hatte.

Bis auf die Sache mit der Ordnung.

Jeder hatte eine ganz bestimmte Vorstellung von Ordnung und Sauberkeit. Meike hatte den Sommer über in einem Zelt gelebt, und dort hatte sie ihre wenigen Dinge natürlich in Ordnung gehalten. Aber ob nun auf der Küchenarbeitsplatte ein paar Krümel lagen, weil sie gerade für die hungrige Kleinkindmeute Toastbrote mit Frischkäse bestrichen hatte, störte sie nicht.

Emma bekam dann immer so eine steile Falte zwischen den Augenbrauen.

Aber als sie an diesem Morgen in die Küche kam, hatte sie diese gerunzelte Stirn bereits, ohne dass sie das Chaos bemerkte, das Meike später beseitigen würde.

Sie hielt ein Paket in der Hand. In Packpapier gewickelt, mit einem Bindfaden umwickelt.

»Hier«, sagte sie und gab es Meike. »Das lag für dich vor der Tür.«

»Oh?« Meike nahm das Paket. Ganz schön schwer. Wie ein Ziegelstein oder, na ja, wie ein Buch wohl eher.

»Keine Ahnung, woher das kommt.« Emma schlurfte zur Kaffeemaschine und setzte sie in Gang. Lars und Timo folgten ihr und verlangten lautstark nach ihrem üblichen Frühstück. »Schokomüsli! Joghurt! Milch! Banane!«

»Ja, ihr süßen Lerchen. Lasst Mama nur gerade den Kaffee aufsetzen.«

Meike wickelte das Buch – denn um nichts anderes handelte es sich – aus seiner Verpackung. »›Nichts weniger als ein Wunder‹?« Sie runzelte die Stirn, drehte das Buch in den Händen, las den Klappentext. Schlauer wurde sie dadurch nicht.

Emma gähnte. »Ich weiß auch nicht, was dir das sagen soll.«

Meike las gerne und viel, und den Autor Markus Zusak kannte sie natürlich; vor vielen Jahren hatte sie seine »Bücherdiebin« geliebt. Das Buch hier sagte ihr allerdings nichts. Sie schlug es auf, und vorne drin hatte jemand geschrieben: »Geschwister. So stelle ich es mir vor …«

Das Geheimnis, von wem dieses Buch kam, wurde immer mysteriöser. Aber Emma konnte sie nicht fragen, die war gerade noch zu sehr auf Autopilot, um an ihren Kaffee zu gelangen und die Jungs mit Müsli, Joghurt und Banane zu versorgen.

»Und das lag draußen auf der Fußmatte?«, fragte sie, sobald Emma am Tisch saß. Die Zwillinge machten sich über ihr Müsli her, Emma nippte am Kaffee und atmete tief durch.

»Ja, aber lange kann es da noch nicht gelegen haben. Heute Nacht hat es geregnet.«

»Komisch.« Meike drehte das Buch hin und her. »Weißt du was darüber?«

»Vielleicht.« Emmas Lächeln verriet allerdings nicht, *was genau* sie über die Herkunft des Buchs wusste.

Meike tippte relativ spontan auf Frieke, die sie oft mit Büchern versorgte. Aber warum? *Geschwister, so stelle ich es mir vor …*

Was wollte Frieke ihr damit sagen?

Nun, das konnte sie sie später fragen, denn Meike hatte ohnehin noch eine Verabredung mit ihr.

Aber vorher musste sie noch jemanden von der Fähre holen, und als Meike auf die Uhr sah, stellte sie überrascht fest, dass sie dieses Frühstück schon viel zu sehr in die Länge zog. Sie verabschiedete sich hastig und machte sich auf den Weg zum Hafen.

Ihren Gedanken ließ sie unterwegs freien Lauf, was dazu führte, dass sie über Dinge nachdachte, die sie sich in den letzten Tagen verboten hatte. Geschwister ... Ja. Ihre Geschwister und sie standen sich nahe, aber nichts ging über das Band, das sie mit Marie geknüpft hatte. Ein Band jedoch, das inzwischen so ausgefasert und fadenscheinig geworden war, dass Marie wohl dachte, es wäre besser, wenn man es sofort durchschnitt.

Aber Meike verstand das immer noch nicht. Was war da los? Warum hatte Marie sich diesen Panzer aus Feindselig-keit und Schweigen zugelegt?

Seit Samstag ließ der Gedanke ihr keine Ruhe, und Meike hatte schließlich doch versucht, ihre Schwester zu erreichen. Acht Monate waren eine lange Zeit. Selbst wenn es irgendeinen plausiblen Grund für das eiserne Schweigen ihrer Schwester gab, müsste nach acht Mo-naten doch auch etwas von diesem Schmerz, der Enttäu-schung abgeschliffen sein. Es musste doch möglich sein, dass sie miteinander redeten wie zwei erwachsene Frauen, die wussten, dass das Leben nun mal gelegentlich Situa-tionen schuf, in denen die eine der anderen wehtat. Denn das hatte Meike offenbar getan, an jenem Abend, als sie auf Maries Sofa hockte und sich nach der Trennung von dem Mistkerl Marcel die Augen ausheulte.

Inzwischen war ihr klar, dass irgendwas auch Marie damals belastet hatte. Etwas, das keinen Platz hatte zwischen all den Tränen und den wütenden Tiraden, mit denen Meike versuchte, ihrer Enttäuschung Luft zu machen, während ihr bewusst wurde, dass ihr Leben auch zukünftig völlig anders verlaufen würde, weil sie in wenigen Wochen in Köln auf der Straße stand – ohne Job würde es auch problematisch werden, eine neue Wohnung zu finden.

Marcel hatte ihr einfach alles genommen. Die Hoffnung, die Liebe, eine Perspektive. Aber ihr bot sich damit auch eine Chance – auf etwas völlig anderes.

Noch wusste sie nicht, wie ihre Zukunft nach dem Sabbatjahr aussehen würde. Sicher, Hebammen waren gefragt, aber zugleich schlossen viele Krankenhäuser ihre Geburtsstationen, und ehrlich gesagt hatte Meike auch wenig Lust, sich wieder in den Klinikbetrieb zu stürzen. Die Vorsorge, die sie aktuell für Frieke leistete, gefiel ihr – aber sie vermisste die Geburten. Denn eine Geburt konnte sie im Augenblick definitiv nicht betreuen.

Und darum war sie unterwegs zur Fähre.

Sie kam rechtzeitig; gerade verließen die wenigen Fährgäste die SPIEKEROOG I und zerstreuten sich erstaunlich rasch. Meike entdeckte die raspelkurzen, rot gefärbten Haare von Ilse und hob die Hand.

Ilse lief leichtfüßig in ihren praktischen Stiefeln zu Meike. »Moin!«, rief sie fröhlich. In der Hand hielt sie eine Ledertasche, wie Ärzte sie früher – und wer weiß, manche heute vielleicht noch – bei ihren Hausbesuchen nutzten. Auf dem Rücken trug sie außerdem einen Rucksack.

»Moin.«

Mehr sagten sie nicht. Ilse war, das hatte Meike schon bei ihrem Telefonat bemerkt, eher von der ostfriesischen Sorte. Sie liefen Richtung Dorf. Irgendwann begann Ilse zu erzählen – von einer Geburt, zu der sie mal vor ein paar Jahren gerufen wurde.

Geschichten von Geburten – da konnte Meike einiges beisteuern, und als sie vor dem Kapitänshaus zum Stehen kamen, kannten sie sich ein bisschen besser, allein dadurch, wie Ilse von ihrer Arbeit berichtete. »Hier ist es?«, fragte sie. Meike nickte.

»Also los. Weiß sie, dass ich komme?«

»Nein.« Das war das einzig Vertrackte an Meikes Plan. Sie hoffte, dass Frieke sich nicht völlig überfahren fühlte, wenn sie nicht allein zur Verabredung kam.

Im ersten Moment war Frieke überrascht, doch sie hatte sich erstaunlich schnell im Griff. Sie bat Meike und Ilse herein, sie umarmten sich zur Begrüßung, Ilse hielt sich etwas zurück. Im Kapitänshaus hing der Duft nach gutbürgerlichem Essen, und als Meike fragend die Augenbrauen hob, zuckte Frieke nur mit den Schultern. Sie gingen ins Wohnzimmer.

»Wo ist Bengt?«

»Einkaufen.«

»Ich habe Ilse mitgebracht.«

»Das sehe ich.« Ein taxierender Blick. Frieke saß auf

dem Sessel, sie thronte förmlich darauf, die Hand ins Kreuz gedrückt, wo sie immer noch die Schmerzen plagten, wie sie eher widerstrebend zugab. Ilse fragte, ob sie sich das mal ansehen dürfe, und als Frieke sie fragend ansah, fügte Meike hinzu: »Sie ist auch Hebamme.«

»Vom Festland, ja.«

Viel sagte Ilse nicht, während sie in Friekes Rücken ein bisschen herumdrückte. Sie schlug vor, Frieke könnte es mit Kinesiotape versuchen, damit die Schmerzen etwas erträglicher wurden. Ganz verschwinden würden sie wohl nicht auf den letzten Metern.

»Versuchen können wir es.« Inzwischen war Frieke von der Schwangerschaft mürbe. Sie wurde aber auch von allerlei Zipperlein geplagt, wusste Meike. Umso erstaunlicher, dass sie so ruhig blieb; zu Beginn der Schwangerschaft hatte das noch ganz anders ausgesehen.

»Wir möchten mit dir heute über die Geburt reden.« Meike räusperte sich. »Du weißt, ich kann dich da allein aus rechtlichen Gründen nicht betreuen, wenn es losgeht.«

»Ich will auf keinen Fall ins Krankenhaus. Oder vier Wochen auf dem Festland herumhängen.« Sofort war Frieke wieder alarmiert.

»Das musst du auch nicht, solange es keine Komplikationen gibt.« Ilse fragte Frieke, ob sie den Bauch abtasten dürfe. »Es liegt jedenfalls schon richtig. Und wenn sich daran nichts mehr ändert und ihr beide weiterhin so fit bleibt, steht einer Hausgeburt nichts im Wege.«

Frieke lachte. »Ich und fit? Na, ich weiß nicht.« Sie

runzelte die Stirn. »Ich mag Krankenhäuser nicht. Aber Schmerzen mag ich auch nicht haben. Und so eine Geburt zu Hause ...« Sie blickte sich zweifelnd im Wohnzimmer um. Vermutlich stellte sie sich gerade vor, wie sie das Sofa beim Blasensprung einsaute. Oder wie sie vor dem Esszimmertisch im Stehen das Baby gebar, das dann die Hebamme auffing.

»Mein Vater ist hier gestorben, vor zwei Jahren ...«

»Du meinst, es könnte dich emotional belasten?«

Nein, das war es nicht mal. Frieke dachte an Ole, dem sie dieses Häuschen auf der Insel verdankte, dem sie vermutlich auch ihre Wurzeln verdankte, zumindest ein paar haarfeine hatte sie unbewusst im Dünensand von Spiekeroog geschlagen, bevor sie überhaupt wusste, dass sie hierbleiben wollte. Das war sein Werk, und als sie ihn beim Sterben begleitete, hatte sich diese Verbindung gefestigt, bis sie wusste: Hierher gehöre ich, hier will ich auch so ein alter Baum werden wie er, den keiner mehr entwurzeln will.

Und ein Baby, das in diesem Haus zur Welt kam, wäre eine weitere Wurzel, nicht wahr?

Vermutlich konnte sie dann niemals hier fort. Mit einer Hausgeburt wäre sie für immer an dieses Haus gebunden.

Ein schöner Gedanke.

»Wenn es dir unter der Geburt zu viel wird, können wir dich auch verlegen«, sagte Ilse, die Friekes Schweigen falsch deutete. »Aber das dauert dann natürlich eine Weile. Du musst wissen, ob du dir das zutraust. Ich traue es dir zu.«

Meike hielt sich ganz aus dem Gespräch heraus; Ilse war von ihrer Seite nur ein Vorschlag, eine Möglichkeit, die sie Frieke aufzeigen wollte.

Und der perfekte Ersatz, denn Meike würde bald ihre Koffer packen. Aber das würde sie Frieke später in einer ruhigen Minute eröffnen.

»Und was ist, wenn die Wehen losgehen und es ganz schnell kommt?« Frieke blickte von Ilse zu Meike.

»Die schnellen Geburten sind oft auch die unkomplizierten«, beschwichtigte Meike sie.

»Hm. Die Anreise ist ja eher schwierig, wenn es losgeht.«

»Ilse kann mit dem Wassertaxi kommen, das können wir auch bei Ebbe organisieren.« Meike hatte sich das genau überlegt. »Bis sie da ist...«

Sie verstummte.

Bis sie da ist, bin ich da, hatte sie sagen wollen, aber das konnte sie gerade nicht versprechen.

»Du bist ja da.«

Meike antwortete nicht. Sie wusste, es war unfair, dass sie Frieke ihre Pläne verschwieg, die in eine ganz andere Richtung zielten. Frieke brauchte Sicherheit; das war von Anfang an so gewesen. Aber es brachte auch nichts, wenn sie ihr in diesem Moment die Sicherheit raubte. Wie sie Frieke kannte, würde sie Ilse als Alternative dann instinktiv ablehnen, und das hatte die junge Hebamme vom Festland wirklich nicht verdient.

»Okay«, sagte Frieke nach einigem Nachdenken. »Dann denke ich wohl mal über eine Hausgeburt nach.«

Als sie Ilse kurze Zeit später verabschiedeten, drehte Meike die Worte immer noch hin und her. Frieke schloss die Haustür, sie blickte durch die Buntglaskogge nach draußen, der Winter kam mit Macht, erste Schneeflocken tänzelten durch die Luft. »Schön ist das«, sagte sie leise. »Das alles.« Die Hand ruhte dabei auf ihrem Bauch, und sie hatte dieses selige Lächeln, das Meike von Schwangeren kannte, dieses Gefühl von Innigkeit mit dem kleinen Wesen in ihrem Bauch.

»Ich muss fort«, sagte sie, weil es keinen Sinn hatte, es länger herauszuzögern.

»Zurück zu Emma?«

»Nein. Fort von der Insel.« Meike atmete tief durch, in Gedanken zählte sie, so wie sie es den Frauen immer vorsagte unter der Geburt, wenn sie sich aufs Atmen konzentrieren sollten.

»Oh«, sagte Frieke, dann begriff sie, ganz langsam.

»Ich weiß nicht, wann ich wiederkomme«, sagte sie hastig, jetzt hatte sie schon mal angefangen, sie standen im zugigen Korridor, und sie schalt sich selbst eine Närrin, weil sie damit so lange gewartet hatte, bis es für sie beide maximal unbequem war und so aussah, als wollte sie im nächsten Moment aus dem Haus stürzen.

»Aber ... warum? Ich dachte ...«

Schweigend holte Meike etwas aus ihrer Umhängetasche. Sie zeigte es Frieke, die betreten den Kopf senkte. Ertappt.

»Du hast mir das Buch geschickt.«

»Ja.«

»Weil…?«

»Ich habe dich belauscht. Am Samstag, als du Marie etwas auf die Mailbox gesprochen hast. Ich weiß, hätte ich nicht machen sollen. Aber danach dachte ich…«

Ja, was dachte sie? Frieke schien die richtigen Worte abzuwägen. Schließlich gab sie sich einen Ruck.

»Ich dachte, Geschwister sind etwas, das ich zwar nicht verstehe, aber ich spürte, wie wichtig deine Schwester für dich ist. Und dann fiel mir das Buch ein, es handelt von fünf Brüdern. Ich dachte, das gefällt dir vielleicht.«

In ihrem Kopf fielen die Puzzleteile an ihren Platz. Meike erinnerte sich daran, wie Frieke in die Küche kam, nachdem sie schon länger aufgelegt hatte. Und irgendwie war es damals schon eine unangenehme Situation gewesen.

Aber Frieke wusste nicht, dass ihre Schwester Marie hieß. Sie erzählte wenig von ihrer Familie – weil eben über allem der Streit hing, den sie nicht verstand. Nur Emma hatte das gewusst. Also musste Frieke mit Emma geredet haben. Und Gott weiß mit wem sonst noch.

Das alles machte sie sprachlos, auf eine traurige, enttäuschte Art. Meike steckte das Buch zurück in die Tasche, sie bückte sich nach ihren Stiefeln und zog sie schweigend an.

»Ich wollte mich nicht einmischen«, hörte sie Friekes Stimme. »Aber du wirktest so unglücklich, ich wollte was tun…«

»Ich habe schon verstanden«, sagte sie leise. Der Mantel hing an der Garderobe hinter Friekes Rücken. Meike schob sich an ihr vorbei, schlüpfte in den Mantel und wickelte den Schal dreimal um den Hals. Sie nahm die Tasche.

»Kommst du wieder?«, fragte Frieke.

Sie öffnete die Tür. Die Schneeflocken tanzten im fahlen Licht. Es wäre so einfach, sie könnte die Tür zuschlagen und Frieke beruhigen, sie in den Arm nehmen. Natürlich käme sie zurück, schon bald.

Die Wahrheit aber war: Sie wusste es nicht. Hinter ihrem Rücken. Erst Marie, weil sie irgendwas verletzt hatte, von dem Meike immer noch nicht genau wusste, was es war. Und jetzt Frieke, die ihr zur Freundin geworden war, und gewissermaßen auch Emma, für die das Gleiche galt. Täuschte sie sich wirklich in allen Menschen? Oder war sie gerade nur enttäuscht, müde davon, dass ihre Grenzen nicht akzeptiert wurden?

Sie wollte nicht über ihre Schwester reden, sondern mit ihr.

Und das war auch eine Erkenntnis – wenn man sich monatelang auf einer Insel verschanzte, fand man dort keine Antworten, sondern wurde selbst zur Insel.

Meike wollte etwas tun. Etwas für sich, aber auch für Marie, sie wollte diesmal endlich zuhören.

»Überleg dir das mit der Hausgeburt. Ilse ist eine tolle Hebamme, und ihr versteht euch doch gut.« Meike ging. Sie schlug die Tür zu, wie sie es so oft getan hatte in den letzten Monaten, nur von dieser hoffte sie insgeheim, sie öffnete sich wieder, wenn sie zurückkam.

Falls sie zurückkam.

Aber zuerst musste sie nach Hause.

Sie war nicht die Einzige, die über diese Option nachdenken musste. Eine Hausgeburt statt wochenlangen Ausharrens auf dem Festland. Dass das Baby im alten Kapitänshaus das Licht der Welt erblickte, war für Frieke bis zu diesem Moment eher eine unwahrscheinliche Möglichkeit gewesen, kaum vorstellbar, doch die Alternative hatte sie sich auch nicht ausmalen wollen.

Wenn das Baby zu schnell kam ...

Wenn das Baby zu früh kam ...

Wenn das Baby während eines Sturms kam ...

Und dabei hatte sie immer noch im Hinterkopf, dass dann ja Meike da war. Meike kannte sich aus. Ihr vertraute sie.

Aber Meike hatte ihr auch schon früh erklärt, sie könne die Geburt nicht begleiten. Dass sie beratend während der Schwangerschaft da war, konnte sie noch einigermaßen rechtfertigen. Eine Geburt war eben etwas völlig anderes. Und nun verabschiedete sie sich, sie werde die Insel verlassen, und alles daran, wie sie das sagte, hörte sich sehr endgültig an. Die Insel verlassen wie in *nie mehr zurückkommen*.

Darum also hatte sie heute Ilse mitgebracht. Und darum nun auch dieser Gedanke, dass sie nicht aufs Festland zog und irgendwo bei Bekannten auf die Geburt des Babys wartete.

Was Bengt wohl davon hielt, dass sie ihr Baby hier bekommen wollte?

Sie konnte ihn nur fragen.

Aber fragen war schwierig, denn sie befanden sich gerade in diesem Schwebezustand nach einem Streit, in dem keiner von beiden wusste, ob sie sich schon wieder vertragen wollten oder nicht.

Andererseits spürte sie, wie wichtig diese Frage war. Für sie selbst, aber auch für das Baby.

Sag, Bengt. Was möchtest du für dein Baby und die Frau an deiner Seite? Wie wollen wir diesen wichtigen Moment gestalten, damit er für uns alle bestmöglich ist?

Planen ließ sich nichts. Aber man konnte trotzdem Pläne machen, um dann, wenn es doch anders kommen sollte, eine informierte Entscheidung treffen zu können.

Frieke seufzte. Sie legte das Buch beiseite, das Ilse ihr ausgeliehen hatte. Im Moment hatte sie keine Ruhe, sich um solche Fragen zu kümmern. Einen Geburtsplan sollte sie schreiben, möglichst gemeinsam mit Bengt.

Nein. Jetzt nicht. Erst mussten sie sich vertragen, bevor sie über dieses wichtige Thema sprachen.

Und wo steckte er überhaupt schon wieder? Ständig war er unterwegs, videotelefonierte mit Frauen, von denen er ihr noch nie etwas erzählt hatte. Blieb länger als geplant nach der Tagung auf dem Festland.

Wüsste sie es nicht besser, würde sie sagen, dass er eine Überraschung plante. Aber *er* wusste, wie sie dazu stand. Gut, das hatte sich geändert, aber … Nein. Sie schüttelte den Kopf. Ganz bestimmt plante er keine Überraschung.

Darum blieb es ein Mysterium, wo er sich herumtrieb, während sie hier hockte, wieder ein halber Tag, den sie sich freigenommen hatte und den sie dann vertändelte, weil das Haus geputzt war – was sie Bengt verdankte, und sie war wirklich dankbar, weil sie sich ungern damit befasste, immer schon – und ihre Arbeitsunterlagen in der Buchhandlung lagen, aufs Lesen hatte sie keine Lust, höchstens Serie schauen kam für sie infrage, und dabei fühlte sie sich so unproduktiv.

Sie griff zum Handy und rief Sonja an.

»Wo kriege ich mehr Wolle her?«, fragte sie.

Und so kam es, dass Bengt, als er eine Stunde später ins Haus schlich, aus dem Wohnzimmer zweistimmiges Lachen hörte.

Sonja hatte sich sofort auf den Weg gemacht. Frieke wollte stricken? Das konnte sie haben.

Er steckte den Kopf ins Wohnzimmer. Die Freundinnen saßen auf dem Sofa, Friekes Füße ruhten auf dem senfgelben Hocker, über ihre Beine war eine Decke gebreitet und sie hatte die Stirn konzentriert gerunzelt. In den Händen hielt sie etwas, das in Bengts Augen eher als Folterinstrument taugte, Nadeln, er sah nur Nadeln, spitz an beiden Enden und ein kleines Läppchen dazwischen, noch nicht mal einen Zentimeter lang und wie ein Ring geformt.

»Guten Abend. Darf ich fragen, was ihr hier macht?«

Sonja, die ebenfalls Nadeln in den Händen hatte, hielt ihr Strickwerk hoch, und das erinnerte schon an eine Socke mit Schaft, Ferse, Fuß. Sie war schon etwas weitergekommen. Die Wolle war farbenfroh, ebenso die aus Friekes Knäuel, Türkis mit Dunkelrot und Blau, was erst zu bunt klang, gefiel ihm dann doch ganz gut auf den zweiten Blick. Erstaunlich.

»Sonja teilt ihre Wolle mit mir.« Friekes Wangen glänzten rosig. Das war nicht nur die Schwangerschaft (auch wenn die sie in seinen Augen wunderschön machte), sondern die Aufregung und Begeisterung, weil sie etwas Neues lernte. »Siehst du? Die ist handgefärbt.«

»Toll«, sagte er, weil er es wirklich toll fand, aber nicht so genau wusste, was es bedeutete.

»Und Mulesing-frei«, fügte Sonja hinzu, und das immerhin sagte ihm etwas – Mulesing war eine grausame Methode, bei der den Merinoschafen der Schwanz kupiert wurde, um so den Befall mit einem Parasiten zu verhindern. Vor allem in Australien wurde diese Technik nach wie vor praktiziert.

»Selbst gestrickte Sachen sind total nachhaltig«, fügte Frieke hinzu, als müsste sie sich für ihr neues Hobby rechtfertigen. Aber Bengt wollte es ihr gar nicht ausreden. Tante Mette hatte für ihn auch immer gern gestrickt – am liebsten Socken, die sie auch jeden Winter für ihn stopfte. Inzwischen ließen ihre Augen das nicht mehr so zu, und er hatte irgendwo in den Tiefen seiner Schrankhälfte einen ganzen Korb mit kaputten Stricksocken. Immer wieder nahm er sich vor, die Löcher zu stopfen, und immer wieder schob er dieses in seinen Augen überaus aufwendige Projekt weit von sich, weil er keine Zeit dafür hatte.

Und im Moment blieb ihm wirklich keine Zeit dafür.

»Möchtest du zum Abendessen bleiben?«, fragte er Sonja.

»Was gibt's denn?«

»Wir haben immer noch Rouladen.«

»Oh, ihr probt für das große Weihnachtsessen?«

Er runzelte die Stirn. »Ein *großes* Weihnachtsessen? Nein, ein ganz normales soll es werden. Also, bleibst du?«

»Gerne. Heute Abend habe ich kinderfrei. Komischerweise klappt es ganz gut mit Bosse, seit er hier auf der Insel lebt.«

Sonjas Ex-Mann, das wusste Bengt, war seit Kurzem wieder auf Spiekeroog. Er arbeitete in einem Hotel und fühlte sich wohl auch wieder für die Kinder verantwortlich, nachdem er vor über zwei Jahren erst mal jede Verantwortung von sich gewiesen hatte. Gut so. Kinder brauchten auch Väter.

»Dann kümmere ich mich mal ums Essen.« Er verschwand in der Küche und holte die Schüsseln und Töpfe aus dem Kühlschrank. Aus dem Wohnzimmer hörte er das Murmeln der Stimmen. In Gedanken war er schon wieder ganz woanders, er pfiff fröhlich vor sich hin. Dass Sonja irgendwas von einem Weihnachtsmenü erwähnt hatte, war ihm schon wieder entfallen.

»Sag mal, spinnst du? Das soll doch für Bengt eine Überraschung werden, dass alle zu Weihnachten kommen!«, zischte Frieke, sobald sich die Küchentür hinter ihrem Freund geschlossen hatte.

»Oh, ups!« Sonja schlug die Hand vor den Mund. Sie kicherte. »Ich glaube aber, er hat das gar nicht mitbekommen.«

Das glaubte Frieke auch. Trotzdem war sie beunruhigt.

Irgendwas stimmte nicht mit Bengt. Er war so ... ja, was? Fröhlich? Als wäre ihr Streit gar nicht mehr so schlimm.

»Kriegst du eigentlich weiterhin noch deine täglichen Adventskalenderbriefchen?«, erkundigte Sonja sich.

»Ja. Und sie werden immer seltsamer. Gestern zum Beispiel war es nur ein ausgeschnittener Stern aus Goldfolie. Der sah irgendwie ... alt aus. Als ob jemand ihn aus einem Karton auf dem Dachboden geborgen hätte. Aber was soll ich damit? Ihn an den Weihnachtsbaum hängen? Oh, der kommt ja auch Ende kommender Woche schon.«

»Tatsächlich, sehr komisch.« Sonja nickte. Sie zählte leise die Reihen ihrer Socke. Bei Sonja war das Sockenstricken nur ein einziges Klappern und Nadelfliegen, und mit einem gewissen Neid fragte Frieke sich, ob sie irgendwann auch nur annähernd so schnell werden würde. Bis dahin hätte sie sich aber bestimmt ein Dutzendmal die Finger gebrochen bei dem Versuch, die fünf Nadeln zu koordinieren, mit denen sie in Runden strickte. Nadelspiel, so nannte man die fünf Nadeln, hatte Sonja ihr erklärt, aber *spielerisch* war das mal überhaupt nicht.

»Man kann Socken auch auf einer Rundnadel stricken«, hatte Sonja ihr zu erklären versucht, aber das waren alles Begriffe, mit denen Frieke nur langsam etwas anfangen konnte.

Als sie Sonja anrief, hatte ihre Freundin offenbar alles stehen und liegen lassen, denn keine Viertelstunde später bog sie auf dem Fahrrad um die Ecke und stellte es an der Hauswand ab. Sie trug einen Rucksack auf dem Rücken, aus dem sie mehrere Wollknäuel, ein Nadelspiel für Frieke und ihr eigenes Strickzeug hervorzauberte. Auf die Frage, ob Radfahren bei Schnee nicht gefährlich sei, winkte sie nur ab. »Das ist doch noch kein Schneefall.«

Wenn sie sich da mal nicht täuschte. Frieke blickte nach draußen, wo die ersten Flocken sich zu einem ausgewachsenen Schneegestöber gemausert hatten. Inzwischen lag eine geschlossene Schneedecke, und vermutlich würde es noch ein ganzes Weilchen so weitergehen.

Aber sie saßen gemütlich im Warmen, hatten es trocken, eine Beschäftigung und bald auch ein deftiges Essen auf dem Tisch. Perfekt, fand sie.

»Ich glaube, ich habe Meike vergrault.« Sie erzählte Sonja, was sich an diesem Vormittag zugetragen hatte. Sie ließ dabei nichts aus – vor allem nicht ihre wenig rühmliche Rolle bei dem Versuch, Meike mit ihrer Schwester Marie zu versöhnen.

»Und jetzt sagt sie, dass sie wegmüsse. Sie weiß nicht, wann sie wiederkommt.« Sie wusste selbst, wie jämmerlich sie klang.

»Hm, und Ilse betreut dich jetzt?«

»Ja. Kennst du sie?«

Sonja nickte. »Sie hat bei Raphaelas Geburt geholfen.«

»Raphaela ist auf der Insel zur Welt gekommen?«

»Ja, wusstest du das nicht?«

Auf die Idee, Sonja wegen der Hausgeburt zu fragen, war sie noch gar nicht gekommen. Jetzt wollte sie am liebsten alles wissen, vor allem, ob Sonja das noch mal machen würde.

»Noch ein Kind? Eher nicht. Also, du weißt schon, dafür bräuchte man ja einen Mann, und den sehe ich gerade nicht in meinem Leben.«

»Ich meinte auch eher, ob du mir das empfehlen würdest.«

Sonja wiegte den Kopf. »Ich glaube, das ist eine sehr individuelle Entscheidung. Kommst du gut mit Schmerzen klar? Die sind aushaltbar, finde ich, aber vor allem deshalb, weil man weiß, dass es irgendwann auch vorbei ist. Und ich hatte das Ganze vorher schon zweimal mitgemacht, die Jungs wurden auf dem Festland geboren, aber da lief alles glatt, und darum habe ich mir überlegt, als ich mit Raphaela schwanger wurde, dass ich es mal probieren will. Klar, hier kann dir Ilse nicht gerade mal eine PDA legen, wenn es dir zu viel wird. Aber sie hat ein paar andere Möglichkeiten, dir die Schmerzen zu nehmen, und ich war zu Hause unter der Geburt deutlich ruhiger als in der Klinik. Das half mir. Was denkt Bengt denn über das Thema?«

»Noch gar nichts.« Eigentlich müsste ihm der Gedanke gefallen, fand sie. Keine unnötige Intervention, und sie könnten die ganze Zeit daheim bleiben …

»Hattest du keine Angst vor Komplikationen? Dass du plötzlich doch einen Kaiserschnitt brauchst?«

»Schon irgendwie. Aber Ilse hatte das die ganze Zeit im Blick. Im Notfall hätte sie mir einen Wehenhemmer gegeben und wir hätten den Hubschrauber gerufen. Dann wäre ich innerhalb von einer Stunde in einer Klinik gewesen.«

So richtig überzeugt war Frieke noch nicht. Aber sie merkte auch, wie ihr der Gedanke gefiel, dass sie nach der Geburt – die in ihrer Vorstellung noch ein grauer Fleck war, weil sie darüber eben nur theoretisch Bescheid wusste, aus Erzählungen oder Büchern – direkt mit dem Baby ins Bett krabbeln und kuscheln konnte. Zu Hause war es immer noch am schönsten. Und Bengt konnte sie dann versorgen, bekochen, das Baby wickeln … Sie müssten auch nicht nach wenigen Tagen die recht beschwerliche Heimreise antreten. Sicher, auf der Insel konnten sie sich von einem Elektrokarren abholen lassen, aber das waren alles so Dinge, die in ihren Ohren wenig reizvoll klangen.

Oh ja. Je länger sie darüber nachdachte, umso schöner stellte sie sich das vor.

Sie musste jetzt nur noch Bengt von dieser Idee überzeugen.

»Ach ja, und was deine Babyparty angeht …«

Frieke gab sich ehrlich Mühe, nicht die Augen zu verdrehen. Im Grunde war sie ja selbst Schuld. Sie hatte Sonja und Emma auf die Idee gebracht, und sie merkte, wie ihre Freundinnen sich sehr bremsen mussten, weil ihnen die Vorstellung einer Babyparty sehr gefiel.

»Was ist damit?«

»Na ja.« Sonja grinste verschmitzt. »Emma und ich haben uns überlegt, dass es vielleicht ganz okay ist, wenn du vorher Bescheid weißt. Klar, dann ist es keine Überraschung mehr, aber die findest du ja eh ätzend.«

»Ich finde auch Babypartys eher ätzend«, wandte Frieke ein. Sie ahnte, dass ihre Proteste ungehört verhallen würden.

»Und wenn wir versprechen, dass es nur eine klitzekleine Party wird? Die gar nichts Partyeskes an sich hat, sondern eher so gemütlich wird wie unser Filmabend? Ohne Gender Reveal Cake, ohne das Bemalen von Bodys, einfach ein schönes Beisammensein, um dich und dein Baby zu feiern?«

»Ich überleg's mir«, sagte Frieke lahm. Ehrlich gesagt war sie gar nicht mehr so abgeneigt, denn sie wusste, dass Sonja und Emma einen exquisiten Geschmack hatten. Sie kannten Frieke gut genug, um zu wissen, was ihr gefiel. Und sie wühlten sich immer durch Pinterest auf der Suche nach der perfekten Idee für eine Feier. Es wäre also nicht das Problem, ob ihre Freundinnen Friekes Geschmack trafen.

Eher, ob sie ein paar Stunden im Mittelpunkt der Aufmerksamkeit aushielt.

Aber es ging nicht nur um sie. Auch das Baby sollte gefeiert werden. Ein kleiner Mensch, über den Frieke noch nichts wusste. Vielleicht wurde das Baby ja ein Feierbiest? Wer war sie, dass sie ihm die erste große Party seines Lebens verwehren durfte?

Sie würde ihm als Teenager schon oft genug irgendwelche Partys verbieten.

Vielleicht war es Müdigkeit. Oder die Tatsache, dass sie doch ganz gerne dieses kleine Menschenkind feiern wollte, über das Frieke bisher nur eines mit absoluter Gewissheit wusste: Sie würde es lieben, wenn sie einander das erste Mal sahen. Oder beginnen, es zu lieben. Wie durch ein Wunder würde sie sich jemandem verbunden fühlen, der ihr so ähnlich war und doch aus ihrem Schatten herauswachsen würde und zu einem eigenständigen Menschen heranreifte.

»Also gut«, gab sie nach.

Sonja quietschte entzückt. Sie hatte bereits das Handy in der Hand. »Emma? Sie hat Ja gesagt! Hörst du? Operation Babyparty, morgen Abend um sieben bei mir!«

Sie hat Ja gesagt ...

Nun gut. Wenigstens einmal in ihrem Leben sollte ihr das offenbar vergönnt sein. Nur nicht zu einer Heirat, sondern zu einer Babyparty ... Frieke versuchte, es mit Humor zu nehmen.

»Und wenn ich euch vor dem Altar stehen lasse?«, witzelte sie.

»Dann wird dich die Hölle der fehlenden Babysitter treffen, für mindestens ... drei Tage«, erwiderte Sonja ernst. Sie umarmte Frieke spontan. »Wir freuen uns so sehr für euch. Kinder sind etwas Wundervolles.«

Schwang da etwas Schmerzvolles in Sonjas Stimme mit? Ach nein. Sonja hatte drei gesunde Kinder und machte nicht den Eindruck, als wäre sie mit ihrem Leben unglücklich.

Doch etwas Wehmütiges haftete ihrer Freundin an, und Frieke hätte sie gern in den Arm genommen und gefragt, ob sie reden wollte. Wenn sie der Typ dafür wäre, jemanden spontan zu umarmen.

Und der kurze Anflug von Melancholie verschwand ebenso schnell, wie er gekommen war. Sonja räusperte sich, nahm das Strickzeug wieder auf und ließ die Nadeln klappern.

»Um noch mal auf den Adventskalender zurückzukommen…«

Frieke nickte ergeben.

»Keine Idee, was es damit auf sich hat?«

»Es wird immer mysteriöser.«

»Und? Was gedenkst du gegen die ominösen Briefchen zu tun? Rituell verbrennen?«

Frieke zuckte mit den Schultern. »Sie richten ja keinen Schaden an.« Außerdem war sie neugierig. Sie ahnte, dass dieser Adventskalender ein bestimmtes Ziel verfolgte. Er steuerte direkt auf Weihnachten zu, so viel war klar. Aber was dann? Was erwartete sie an Weihnachten?

KAPITEL 12

Wenn man die Insel verlassen wollte, war dies etwas umständlich. Meike erwischte am Abend die letzte Fähre, und als diese im Hafen von Neuharlingersiel einlief, war es schon dunkel. Auf dem Parkplatz stand abfahrbereit der Bus, der nach Esens fuhr. Unterwegs rief Meike bei der Mietwagenvermietung in Esens an und bestellte einen Wagen vor. Der Mitarbeiter am Telefon klang überrascht, versprach aber, auf sie zu warten. Er hatte nur einen Kleinwagen, aber der reichte ihr.

Eine Stunde später war sie auf der Autobahn unterwegs Richtung Rheinland. Die Dunkelheit machte ihr nichts aus, ebenso wenig der Schneefall, der von Schneeregen abgelöst wurde, je weiter nach Süden sie kam. Es war bereits nach zehn Uhr am Abend, als sie das Ortseingangsschild von Düsseldorf passierte. Ihr Magen knurrte, ihre Augen brannten vor Müdigkeit, und sie wollte sich nur noch in einem kuscheligen Bett einrollen und zwölf Stunden schlafen.

Aber Meike wusste nicht, ob sie dieses Ziel innerhalb kurzer Zeit erreichen würde. Marie hatte ein Gästezimmer. Ließ sie die Schwester überhaupt in ihre Wohnung? War sie in der Stadt? Als Inhaberin eines kleinen Verlags für Kalender und Glückwunschkarten war sie oft zu Kunden unterwegs.

Aber nicht im Dezember. Dann packt sie im Lagerhaus mit an, damit alle Bestellungen rasch ausgeliefert werden können.

Sie fand glücklicherweise in der Nähe von Maries Wohnung im Stadtteil Pempelfort einen Parkplatz – wie viel Glück sie damit hatte, wusste sie von früheren Besuchen. Hier regnete es; der Regen stach wie winzige Nadeln in die Haut ihrer erhitzten Wangen. Sie zog die Kapuze ihrer Winterjacke tiefer in die Stirn und hastete mit der Reisetasche in der Hand zum Wohnhaus. Die baumlosen Straßen, die Enge, die Stein- und Betonwüste in der Dunkelheit – das alles drückte sie nieder, obwohl sie bis vor Kurzem selbst in einer ähnlichen Straße gewohnt hatte.

Sie drückte auf den Klingelknopf mit Maries Namen. Die Gegensprechanlage knisterte. »Ja?«

»Marie, ich bin's. Meike.«

Stille. Sie konnte sich vorstellen, wie Marie im Flur stand, die Füße in dicken Wollsocken, dazu in Jogginghose und einem Schlumperpulli aus grau meliertem Sweat, so hockte sie abends im Winter gern auf dem Sofa. Wie oft sie gemeinsam so abgehangen hatten!

»Komm schon, mach auf. Bitte, Marie …«, murmelte Meike. Sie konnte sich nicht vorstellen, dass ihre Schwester sie vor der Tür stehen ließ. Sie musste doch wissen, dass Meike erst heute von der Insel gekommen war, dass sie einen langen Weg hinter sich hatte.

Entschlossen drückte sie noch mal auf den Klingelknopf. Hielt den Finger drauf, bis es wieder leise knisterte.

»Was willst du?«

»Ich komme gerade erst von der Insel. Ein Bett für die Nacht, mehr nicht.«

Wieder die Stille, die sich dehnte. Sie fröstelte in der Kälte. Die Haustür ging auf, zwei Leute schoben sich an ihr vorbei. Meike hielt die Tür auf, sie zögerte. Sollte sie rauf zur Wohnung gehen, ohne zu wissen, ob ihre Schwester sie einließ?

Dann hörte sie das leise Summen. Erleichtert betrat sie den Hausflur. Der Gestank nach Kohl, Waschmittel und Zigarettenrauch hing zwischen den klammen Wandfliesen, die Tür knallte hinter ihr zu. Vorbei an den Briefkästen, die ausgetretenen Stufen aus Linoleum hinauf, erster Stock, zweiter Stock. Altbau mit fünfundzwanzig Stufen pro Stockwerk. Bis ins Dachgeschoss kletterte sie hinauf. Die Wohnungstür stand offen, der warme Schein aus dem Wohnzimmer, das leise Plärren des Fernsehers. Dann wurde er ausgeschaltet, und sie stand endlich hier, im Flur. »Marie?«, fragte sie leise.

Wie ein Geist schob sich ihre Schwester an ihr vorbei, sie lief in die Küche und trug eine Flasche Wein und ein halb volles Glas. »Ich wollte eh gerade ins Bett. Willst du im Gästezimmer schlafen?«

Etwas belämmert stand sie im Flur. Marie kam zurück und blieb vor ihr stehen. »Nun?«

»Ich möchte mit dir reden.«

»Heute. Keine zwei Wochen vor Weihnachten, während ich so viel zu tun habe wie sonst das ganze Jahr nicht.«

»Marie …« Meike wollte sie am Arm festhalten, aber

ihre Schwester war flüchtig und glitt in das Badezimmer, die Tür klappte vor ihrer Nase zu. Sie blieb davor stehen, legte die Hand auf das Spanholz und hörte das Surren der elektrischen Zahnbürste. »Es tut mir leid«, murmelte sie. »Ich weiß immer noch nicht, was ich dir angetan habe. Aber es tut mir so leid.«

Drinnen: Stille. Dann riss Marie die Tür auf, die blonden Haare trug sie jetzt kürzer, viel kürzer. »Du weißt ja, wo alles ist.« Sie ging ins Schlafzimmer, die Tür fiel mit einem Rums ins Schloss, eindeutig war, was ihre Schwester ihr entgegenbrüllte. *Ich will dich nicht hier haben. Aber wir sind Schwestern. Bevor ich dich draußen auf der Straße stehen lasse, kannst du im Gästezimmer übernachten. Aber mehr auch nicht.*

Sie hätte Meike auch dort stehen lassen können, in der regnerischen Kälte. Die wäre ihr nicht so tief in die Knochen gefahren wie diese eisige Ablehnung, die ihr in dieser Wohnung entgegenschlug. In der sie früher so gern gewesen war. Früher.

Ein Leben her oder acht Monate, das war inzwischen ganz egal. Es fühlte sich an, als wäre das nicht ihr Leben gewesen.

Meike ging ins Gästezimmer, das Bett war frisch bezogen, wie immer. Sie stellte die Tasche ab, holte ihre Sachen heraus. Das Buch hatte sie in letzter Sekunde noch hineingestopft; das Buch, das Frieke ihr geschickt hatte. Warum, wusste sie immer noch nicht so genau, aber sie konnte sich damit wenigstens die Nacht um die Ohren schlagen, denn an Schlaf war nicht zu denken.

Irgendwann schlief sie doch, das Licht brannte die ganze Nacht auf der kleinen Kommode, auf der ein Glas Wasser neben ihrem Handy stand. Das Buch rutschte zwischen die weichen Berge des Oberbetts, die Seiten bekamen Eselsohren. Mitten in der Nacht wachte sie auf, weil draußen der Straßenlärm erwachte, die erste Straßenbahn rumpelte über die Schienen, vor dem Gemüseladen an der Ecke wurden Kisten aus dem Lastwagen ausgeladen. Halb sechs; schlafen konnte sie nicht mehr, sondern las, bis sie hörte, dass Marie ins Bad ging.

Sie zog sich an, ging in die Küche und machte sich an die Arbeit.

»Du hast Frühstück gemacht.« Marie kam in die Küche, sie wirkte hektisch, müde; ihre Hand ging schon zum Thermosbecher, der gespült neben der Kaffeemaschine stand. Ihr Blick glitt über den kleinen Küchentisch, sie erfasste Rührei und Orangensaft, Marmelade und Croissants, dunkles Vollkornbrot und Obst. Meike bemerkte ihr Zögern, eine Lücke, die sich im Panzer auftat.

Sie sprang auf. »Ich kann dich zur Arbeit fahren, ich bin mit dem Auto hier.«

»Also gut.«

Vielleicht war Marie zu müde, um länger Widerstand zu leisten; die Zeit vor Jahresende verlangte ihr alles ab, in diesen sechs Wochen im November und Dezember entschied sich, ob sie mit ihrem Sortiment richtig lag, ob sie über das Jahr gute Entscheidungen getroffen hatte. Ob es ihren kleinen Verlag weiterhin geben würde. Aber vor allem wirkte sie auf Meike resigniert. Sie sank auf den Küchenstuhl mit dem Blümchenpolster. Meike sprang herum, sie schenkte Kaffee ein, reichte die Butter, goss Orangensaft nach und versuchte sich an Konversation, die Marie einsilbig beantwortete. Ja, das Wetter sei usselig, nein, sie habe am Abend noch nichts vor, nein, sie wolle nicht reden.

Vom SmallTalk gerieten sie erschreckend rasch in die dunklen Gewässer des Ungewissen, das Meike so schwer deuten konnte. Sie räusperte sich. »Wo ist Olli eigentlich?«

Und da war er. Dieser Moment, in dem alles brach, vor allem in Marie brach etwas zusammen, ein kleines Kartenhaus, das sie mühsam aufrechterhalten hatte, knickte ein. Sie legte den Kaffeelöffel neben ihren Teller, die Hände in den Schoß, sie senkte den Kopf und fing stumm an zu weinen.

Meike sprang auf und umrundete den Tisch. Mit beiden Armen umfing sie die Schwester, sie hielt Marie fest, streichelte ihre dunklen Haare, so dunkel hatte sie die gar nicht in Erinnerung. Färbte Marie sie etwa? Wenn Frauen ihr Leben änderten, führte dies auch zu einer neuen Frisur, das hatte sie bisher immer für ein Klischee gehalten.

Oliver und Marie waren das Traumpaar gewesen, Vorbild für Meike, bis sie selbst erleben musste, wie ihr der Traummann weglief. Sie hatten den Verlag gemeinsam gegründet, er war ihr Projekt, ihr Baby, wenn man so wollte, und irgendwann würden sie heiraten, davon war Meike überzeugt, auch wenn niemand darüber sprach.

»Er ist weg«, sagte Marie leise. Und dann schüttelte

sie den Kopf, weil sie nicht mehr sagen wollte. Im Gegenteil. Sie sprang auf, ihre Hände waren sogleich geschäftig, während sie den Thermosbecher mit den Resten aus der Warmhaltekanne füllte, ein Croissant aus dem Brotkorb stibitzte und im Flur verschwand.

»Marie!«

Meike folgte ihr. Marie schlüpfte in die Winterjacke, die Stiefel, setzte die Wollmütze auf und schlang einen Schal um den Hals. Dabei sah sie Meike nicht an.

»Seit wann?«, wollte sie wissen.

»Was geht es dich an?« Marie fuhr herum, die Türklinke schon in der Hand. Durch die offene Wohnungstür drang kalte Luft in die Wohnung, Kohlgeruch, Zigarettenmuff. »Es hat dich doch auch das letzte halbe Jahr nicht interessiert, dass mein Leben den Bach runtergeht. Wieso jetzt? Jetzt, wo ich gerade wieder ein Bein an die Erde bekomme?«

»Ich …« Sie wusste nicht, wie sie darauf angemessen reagieren konnte, ohne dass es überzogen klang. »Hatte auch Probleme.«

Marie schnaubte. »Wenn ich heute Abend zurückkomme, bist du weg. Haben wir uns verstanden?«

Stumm standen sie voreinander. Von der einstigen Nähe war nichts mehr zu spüren, darum nickte Meike schließlich. »Okay«, flüsterte sie und wandte sich ab, denn die Tränen sollte Marie nicht sehen.

Einfach so zerbrach die Freundschaft, die sie beide als Schwestern verbunden hatte. Einfach so ging etwas kaputt, von dem sie gedacht hätte, dass es ewig hielt. Meike wusste nicht, warum sie bestraft wurde. Was sie angestellt hatte, dass Marie so gnadenlos war.

»Und wehe, du fragst Mama oder sonst jemanden, was mit mir los ist. Es geht dich nichts mehr an, Meike. Du hast mich …« Sie atmete durch, und Meike brauchte sie nicht ansehen, sie wusste, da waren Tränen, die sie Marie gern weggewischt hätte. »Lass es einfach. Lass mich nur in Ruhe.«

Die Wohnungstür knallte zu. Stille, Schritte polterten dann auf der Treppe.

Meike ging zurück in die Küche, sie setzte sich auf den Stuhl, dachte nach, wartete darauf, dass die Tränen versiegten. Danach trank sie einen Kaffee, aß ein Croissant und etwas vom Rührei. Den Orangensaft genoss sie, Schluck für Schluck.

Es brachte nichts, wenn sie sich jetzt geißelte, wenn sie sich noch mehr bestrafte. Nach dem Frühstück würde sie die Küche aufräumen, das Bett abziehen, ihre Sachen packen und verschwinden.

Es fühlte sich endgültig an, aber auch so, als hätten sie nun den Schlusspunkt für ihre schwesterliche Freundschaft gefunden, nach dem sie acht lange Monate gesucht hatte. Antworten hatte sie nicht bekommen. Vielleicht irgendwann, wenn sie in dreißig, vierzig Jahren altersmild geworden waren und ein Gespräch beginnen konnten mit »Damals, als du auf die Insel verschwunden bist, hätte ich dich gebraucht, weil …« oder »Was habe ich damals falsch gemacht, warum waren wir anschließend nur noch wie zwei Schwestern, nicht mehr wie Freundinnen?«

Eine Stunde später zog Meike die Tür hinter sich ins Schloss und huschte die Treppen hinunter. An den Briefkästen vorbei, die Haustür knallte hinter ihrem Rücken. Der Mietwagen hatte inzwischen ein Knöllchen kassiert, sie sah es schon von Weitem. Auch das war egal. Sie zupfte den Zettel unter dem Scheibenwischer weg, legte ihn in die Mittelkonsole zusammen mit dem Handy und fuhr los.

* * *

Das in Packpapier gewickelte Päckchen, ähnlich dem, das sie selbst gestern von Frieke bekommen hatte und das auf dem Briefkasten von Marie lehnte, hatte sie nicht bemerkt. Als Marie am Abend zurückkam, müde von einem weiteren Tag zwischen Lieferscheinen, Computerabstürzen, Füllmaterial und Kundentelefonaten, die alle noch ganz unbedingt und dringend bis morgen irgendwelche Kalender und Weihnachtskarten benötigten, fand sie das Päckchen. Ohne Absender, wohl aber mit einem Stempel aus einem Briefzentrum in Ostfriesland. Sie trug es nach oben, packte es aus, nachdem sie beim Lieferdienst eine Pizza bestellt hatte, sie las den Klappentext, staunend. Schlug das Buch auf, fing an zu lesen.

Dem Pizzaboten gab sie diesmal ein besonders üppiges Trinkgeld, weil sie in Gedanken immer noch beim Buch war. Sie trug den Pizzakarton ins Wohnzimmer, holte aus der Küche ein Glas mit Cola, aß und las, der Fernseher blieb stumm. Obwohl sie sonst immer zu müde war im Dezember, um abends noch zu lesen, konnte sie heute nicht damit aufhören, sie las und las, ging in die Badewanne, las weiter, blieb darin liegen, bis das Wasser abkühlte und ihre Zehen schrumpelig waren. Erst als ihr spät, so spät im Bett die Augen zufielen, legte sie es schweren Herzens beiseite. Sie schlief sofort ein und träumte – von Geschwistern, die jeder für sich Wege fanden, mit ihrem eigenen Schmerz umzugehen.

Im Schlaf begriff sie. Doch es sollte noch Tage dauern, bis dieses Begreifen in ihr Wachsein hinübersickerte.

KAPITEL 13

Manche Gespräche konnte man ja ein Weilchen vor sich herschieben, sie besaßen eine gewisse Dringlichkeit, waren aber nichts, das man unverzüglich angehen musste.

Die Frage, wo ihr Kind zur Welt kommen sollte, gehörte eindeutig nicht in diese Kategorie.

Frieke sammelte sich. Sie sammelte auch Argumente für eine Hausgeburt, und je länger sie darüber nachdachte, umso logischer, praktischer und angenehmer schien ihr diese Sache mit der Hausgeburt. Allerdings gab es da noch ein Hindernis, und das war Bengt.

Sie legte sich einen Gesprächsanfang zurecht, und am Abend des nächsten Tages, als sie auf dem Sofa saßen und beide lasen, sie in dem neuen Roman von Margaret Atwood, er las »Factfulness« von Hans Rosling, das ihn sehr begeisterte, denn ständig musste er ihr etwas daraus vorlesen und unterbrach damit ihren Lesefluss. Im Ofen flackerte ein wärmendes Feuer, und sie hatte einen Teller mit Keksen auf den Couchtisch gestellt, von dem sie sich immer wieder nahmen. Dazu gab es Kinderpunsch.

Eine dieser Unterbrechungen nutzte sie und klappte ihr Buch mit einer entschlossenen Bewegung zu. »Wir müssen über die Geburt reden.«

»Ja?« Sofort hatte sie seine volle Aufmerksamkeit. Auch so etwas, das sie einfach lieben musste. Wie er sofort ganz bei ihr war, wenn ein Thema für sie wichtig war. »Geht's schon los?« Halb scherzhaft, halb im Ernst, und sie gab ihm einen spielerischen Klaps. Schon waren sie wieder im altvertrauten Fahrwasser ihrer Liebe, der letzte Streit vergessen.

»Ich habe mir da was überlegt. Wie wäre es, wenn wir hierbleiben? Also, falls weiterhin keine Komplikationen auftreten und unser Baby richtig liegt. Ilse meint, das wäre kein Problem und sie würde uns auch begleiten.«

»Okay, lass uns darüber reden.« Bengt legte sein Buch auf den Couchtisch, und sie folgte seinem Beispiel. Keine Ablenkung mehr, nur noch sie beide – und die Kekse, denn Bengt mopste sich eine Kokosmakrone. Er konnte Kokos in jeder nur denkbaren Form einfach nicht widerstehen.

»Erst mal: Wer ist Ilse?«

»Meine neue Hebamme. Meike hat sie mir vorgestellt.« Sie erzählte von dem Besuch der beiden.

Bengt wiegte den Kopf. »Du willst das Baby hier bekommen? Im Wohnzimmer oder im Schlafzimmer …?« Sie sah an der kleinen Falte zwischen seinen Brauen, dass er von der Idee im ersten Moment nicht besonders begeistert war. Und bis zu ihrem ausführlichen Gespräch mit Meike und Ilse war es ihr auch ganz unvorstellbar erschienen.

»Wir müssten nicht wochenlang aufs Festland.«

Das war sogar ihr bestes Argument, denn sie kannten niemanden, bei dem sie unterkommen konnten. Klar, sie könnten in Neuharlingersiel ein Ferienhaus mieten, aber wenn sie dort bis zu vier Wochen hockten und aufs Baby warteten...

Nein. Friekes Entschluss stand fest – sie wollte daheim bleiben. Das Baby sollte hier zur Welt kommen.

»Hm«, machte Bengt. »Erzähl mal. Wie würde das ablaufen?«

Und sie erzählte, was Ilse ihr erklärt hatte. Es klang ganz logisch und so einfach! Sobald die Wehen einsetzten, kam Ilse auf die Insel, und wenn das Baby auf der Welt war, konnte Frieke sich sofort mit ihm ins Bett kuscheln. Sie könnten von Tammo Lebensmittel liefern lassen, ihre Freundinnen hatten schon signalisiert, dass auch sie für die junge Familie kochen würden. Seine Familie und ihre Eltern könnten mal für ein Wochenende vorbeischauen und das Baby kennenlernen. Es klang doch einfach perfekt, oder?

»Hm«, machte Bengt. »Okay, das klingt wirklich gut. Aber Frieke...« Er nahm ihre Hände in seine, die so schön warm und trocken waren, während ihre Finger immer eisig blieben, egal was sie tat. »Was ist, wenn etwas passiert? Wenn es doch zu Komplikationen kommt, die Ilse nicht vorhersieht. Was dann?«

»Wir fliegen mit dem Hubschrauber aufs Festland.«

»Und wenn gerade ein Wintersturm tobt?«

Sie blieb stumm. Klar, das waren Unwahrscheinlichkeiten, die er aufzählte, aber nichtsdestotrotz waren es *Möglichkeiten*, die er ihr aufzeigte und die sofort wieder als Horrorszenarien erwachten, jene Monster, von denen sie gedacht hätte, sie wären längst bezwungen.

»Es ist meine Entscheidung.«

Er machte eine Kopfbewegung, weniger Nicken als vielmehr etwas beinahe Demütiges. »Das ist es, auf jeden Fall.«

»Und du weißt, wie viel Angst ich zu Beginn der Schwangerschaft hatte.«

»Ist diese Angst denn jetzt fort?«

Wie konnte sie das sein? Angst war etwas, das sie von nun an immer begleiten würde – das jedenfalls hatten Emma und Sonja ihr einhellig bestätigt. Erst die Angst, ob das Baby gesund war, ob es unversehrt zur Welt kam, ob es sich zeitgemäß entwickelte, Freunde fand, in der Schule gut mitkam, gesund blieb …

»Ich will mich davon nicht bestimmen lassen.«

»Aber willst du dafür dein Leben und das deines Kindes aufs Spiel setzen?«

»Nein!«, fauchte sie und zog ihre Hände aus seinen Pranken. »Nein, verdammt. Darum geht es doch. Ilse ist die ganze Zeit bei mir. Meike auch. Ich bin nicht allein, auf mich passen zwei Hebammen auf!«

»Liebste … Ich habe doch nur Angst um dich«, murmelte Bengt. Er sah zerknirscht aus, gerade so, wie Frieke sich fühlte, denn sie hatte nicht gewollt, dass aus diesem Gespräch so eine Diskussion wurde, bei der sie sich fast stritten.

Was war das nur im Moment mit ihnen beiden, dass sie ständig aneinandergerieten und mit jedem Streit die Versöhnung schwieriger wurde, weil sie nie alle Missverständnisse ausräumten, weil immer ein winziger Stachel blieb?

Bengt fuhr mit beiden Händen durch seine Wuschelhaare, und sie hätte es ihm gern nachgemacht, einfach um ihn zu berühren, um den Kontakt zu ihm wiederherzustellen. Stattdessen legte sie eine Hand auf sein Knie, wandte sich ihm zu, etwas schwerfällig wie ein Walross, das sich von einer Seite auf die andere wuchtete.

»Hey«, sagte sie leise. »Hey...«

»Okay. Gut, dann gehen wir das Thema von der praktischen Seite an.« Sie nickte. »Du hast mir erzählt, dass du selbst per Kaiserschnitt auf die Welt gekommen bist. Und so war es auch bei allen drei Kindern meiner Schwester. Das ist heutzutage nichts Ungewöhnliches mehr, und Gott sei Dank gibt es diese Möglichkeit, denn sonst gäbe es vielleicht weder dich noch meine Schwester mehr. Und Kerstin meinte, gerade beim dritten Mal sei es ganz schön knapp gewesen für sie. Ganz schön knapp klingt für mich nicht so, als könnte man noch schnell einen Hubschrauber rufen und ins nächste Klinikum fliegen, wenn's schlimm kommt.«

Etwas an seiner Schilderung ließ sie aufhorchen, und es dauerte einen Moment, bis sie wusste, was es war. »Das habe ich dir nicht erzählt.«

»Was?«

»Mit dem Kaiserschnitt. Dass ich per Kaiserschnitt kam.«

Einen Moment lang schwiegen beide, dann hakte Frieke nach. »Hast du mit Mama über meine Geburt gesprochen?«

Viel interessanter war aber die Frage: *Wann?* Oder auch: *Warum?*

Sie wurde das Gefühl nicht los, dass hinter ihrem Rücken konspiriert wurde. Und bisher war das etwas gewesen, das sie vortrefflich hatte ignorieren können, weil sie ja mit der Weihnachtsfeier auch hinter seinem Rücken Pläne schmiedete. Aber das war ja etwas ganz anderes.

»Vielleicht haben wir mal telefoniert und sie hat es bei der Gelegenheit erwähnt«, sagte Bengt vorsichtig. »Jedenfalls…«

»Ihr tauscht euch über Geburten aus?«

Sie hatten telefoniert? Warum denn?

So viele Fragen.

Da sie bisher selbst nicht auf die Idee gekommen war, ihre Mama nach den genauen Umständen ihrer Geburt zu fragen, ärgerte sie das. Aber vor allem ärgerte sie, dass sie nicht selbst auf die Idee gekommen war.

»Ist doch nicht schlimm. Oder?«

»Wie war denn deine Geburt? Weißt du das auch?«

Bengt lächelte. »Möchtest du die Geschichte hören? Sie ist fast lustig, auch wenn ich meiner Mutter glaube, dass sie es währenddessen nicht so lustig fand. Ich habe mir bei der Geburt das Schlüsselbein gebrochen, weil ich so groß war und es ganz zum Schluss recht eilig hatte.«

»Himmel!« Jetzt bekam sie doch wieder dieses merkwürdig flaue Gefühl im Bauch, bei dem der Magen drohte, sich nach außen zu stülpen. Frieke hielt ihren Bauch mit beiden Händen umfasst. All ihre Sicherheit war verschwunden und machte nur einem Gedanken Platz.

Wunschkaiserschnitt! Keine Komplikationen! Drei Wochen vor Termin gehe ich in den nächstbesten Kreißsaal, damit auf gar keinen Fall irgendwas schiefgeht. Scheiß auf die Narbe. Ich will mein gesundes Baby haben!

»Soll ich weitersprechen?«

Sie nickte bang.

»Meine Schwester zum Beispiel ... Sie sagt, Kaiserschnitt sei wirklich das Letzte. Klar, danach ist das Baby da, es ist gesund ... Aber es gab genug andere Komplikationen. Vielleicht solltet ihr euch mal in aller Ruhe unterhalten, wenn sie zu Weihnachten herkommt.«

Sprachlos starrte sie ihn an.

»Weihnachten?«, krächzte sie.

»Äh«, machte Bengt. »Also ...« Er wurde rot.

»Du weißt es!« Ach Mann, er hatte ihr die schöne Überraschung kaputt gemacht!

»Was?«, fragte er.

»Was?«, antwortete sie geistesgegenwärtig. Auf keinen Fall würde sie ihm die Überraschung verderben, indem sie sich jetzt verplapperte. Am besten stellte sie sich dumm.

»Na ja, vielleicht haben sie ja Lust, spontan ihre Weihnachtspläne daheim umzuschmeißen und auf die Insel zu kommen. Die Wohnung über dem Buchladen steht ja leer. Also ...«

»Ja, hm. Du kannst sie ja mal fragen.«

Bevor sie das Thema vertiefen konnten, klingelte irgendwo zwischen den vielen Sofakissen ihr Handy. Frieke wühlte es hervor, erleichtert über die Ablenkung. Ihr Herz schlug bis zum Hals. Nicht auszudenken, wenn Bengt ihr auf die Schliche kam!

»Ja?«, fragte sie atemlos.

»Hi, hier ist Emma.«

»Hallo! Was gibt's?«

»Kannst du kommen? Meike ist zurück.«

»Meike ...«

»Sie ist gestern verschwunden. Habe ich dir doch ge-schrieben. Heute früh? Ich dachte, du wärst irgendwie mit Senkwehen oder so beschäftigt, weil du nicht geantwortet hast. Aber danke der Nachfrage, im Laden war heute Nachmittag nicht so viel los, und die wenigen Kunden hatten Geduld mit mir. Aber jetzt ist Meike zurück, und wo auch immer sie die letzten 24 Stunden war, das hat ihr gar nicht gutgetan. Sie braucht jetzt ihre Freundinnen. Und ich würde dich nicht fragen, wenn sie mich nicht gebeten hätte.«

Emma verstummte. Einen Moment lang wusste Frieke nicht, was sie antworten sollte. Ja, sie hatte sich heute Nachmittag aus allem zurückgezogen, aber doch nur, weil ihr niemand Bescheid gesagt hatte! Und morgens war es im Laden ruhig gewesen, das hatte sie allein geschafft und war danach heimgeradelt, wohl wissend, dass Meike und Emma den Nachmittag schon rocken würden.

Den sie schlafend auf dem Sofa vertändelt hatte.

»Ich komme sofort«, versprach sie.

»Musst du noch mal los?«, fragte Bengt. Sie drückte das Handy kurz an die Brust und nickte. »Freundinnenkram«, erklärte sie lapidar.

»Okay. Sag Bescheid, wenn ich dich abholen soll. Oder soll ich dich auch hinbringen?«

»Nein, nein, ich muss nur rüber zu Emma. Das schaffe ich auch mit fünf Zentimeter Schnee auf den Straßen.«

Sie ging in den Flur. Bengt folgte ihr etwas langsamer; sie wusste, wie sehr er es hasste, wenn sie ein so wichtiges Gespräch führten und einer von ihnen es vorzeitig abbrechen musste. Aber Freundinnenkram, das sah er ein, ging vor. Und seltsam, er wirkte fast erleichtert, dass sie noch mal vor die Tür ging.

Zum Abschied umarmten sie sich. »Pass gut auf euch auf«, murmelte er. »Wir können später weiterreden.«

»Das machen wir«, versprach sie ihm.

Der Wind riss ihr die Haustür aus der Hand. Das Windspiel unter dem Giebel tanzte wild und klapperte, statt zu singen. Wer bei diesem Wetter jenseits des Deichtors oder am Strand unterwegs war, musste sich auf eine ungemütliche Tour gefasst machen. Aber Frieke blieb im Schutz des Dorfs, zwischen den Häusern und alten Baumbeständen. Der Schnee knirschte unter ihren Winterstiefeln, und sie fröstelte, weil der Mantel nach wie vor nicht zuging. Wie denn auch? Sie war eine Buchhändlerin, die sich als Walross verkleidet hatte.

Eine Frage nagte irgendwo am Rand ihres bewussten Denkens, und es dauerte ein Weilchen, bis Frieke dahinterkam, was sie so beunruhigte.

Bengt hatte sie nur allzu bereitwillig gehen lassen, abends um neun. Als hätte er noch was anderes, Besseres vor und wäre gar nicht so wild darauf, mit ihr in aller Ruhe und Ausführlichkeit über die Geburt zu sprechen. Das mochte am Thema selbst liegen; Geburt war nun mal etwas, das sich Frieke schon schwer vorstellen konnte. Wie mochte es da erst Bengt ergehen?

Aber was blieb, war dieses Gefühl, dass er sie loswerden wollte.

Später, dachte sie. Später war genug Zeit, um dieses Gefühl zu ergründen.

Emma öffnete die Tür, kaum dass Frieke leise klopfte, damit die Zwillinge nicht aufwachten. Sie umarmten sich stumm, dann gingen sie ins Wohnzimmer.

Auf dem roten Sofa hockte wie ein Häuflein Elend umgeben von einem Dutzend vollgeheulten Papiertaschentüchern Meike. Das würde Bengt nicht gefallen, fuhr es Frieke durch den Kopf, doch dann gab sie sich einen Ruck. Sie war nicht Bengt, oder? Sie nahm die Kleenexbox vom Couchtisch und setzte sich neben Meike, die sofort noch eine Handvoll Taschentücher herauszupfte und sich geräuschvoll schnäuzte.

»Hey du«, sagte sie leise und legte den Arm um die schmalen Schultern der Freundin. »Magst du erzählen?«

Meike schniefte, bevor sie antwortete. »Ich weiß doch auch nicht. Marie hat mich weggeschickt, dabei dachte ich … Ich dachte, wir könnten doch miteinander reden. Wir sind schließlich Schwestern, verstehst du?« Emma reichte ihr wortlos ein Pintchen Friesengeist, ein Kräuterschnaps mit ordentlich »Wums«, wie Emma gern sagte. Meike nahm das kleine Glas und kippte es wortlos runter. Sie hustete.

»Ja, da muss man sich auch erst dran gewöhnen«,

meinte Emma fröhlich, und sie klang wie eine, die schon lange hier oben lebte.

»Ich bin einfach nur stinkwütend auf Marie. Ich meine, was fällt ihr ein? Wir können doch streiten, wenn ihr was nicht passt, da muss sie mir nicht mit einer Endgültigkeit kommen, als hätte ich ihr Erstgeborenes versteigert.«

Sie hielt Emma das Pinnchen hin, die nachschenkte und einfach zuhörte.

»Hat sie denn gar nichts gesagt?«

»Nee, sie hat mich vor die Tür gesetzt. Ach man.« Meike schüttelte den Kopf, als Emma die Flasche hob, das reichte ihr wohl. »Geschwister, man sollte doch meinen, dass sie so ein Grundverständnis füreinander haben. Versteht ihr, was ich meine?«

Nein, Frieke verstand das nicht, aber als sie ihre Freundin so auf dem Sofa hocken sah, weitete sich ihr Herz. Geschwister zu haben, das hatte sie sich schon als Kind immer toll vorgestellt, und sie hatte ihre Freundinnen darum beneidet. Ein Gefühl, das sie erst nicht klar hatte benennen können, aber inzwischen wusste sie – Geschwister hätten ihr gutgetan.

Doch Ute und ihr Adoptivvater Martin hatten eine andere Entscheidung getroffen, und dreißig Jahre später gab es keine Veranlassung, diese zu hinterfragen. Zumal man doch immer das vermisste, was man nicht haben konnte. Vielleicht war das die Kunst – das Leben, das man hatte, anzunehmen; solange es einen von den schwersten Schicksalsschlägen verschonte, würde es schon ein gutes sein.

»Ihr werdet ja auch weiterhin Schwestern sein«, wandte sie ein.

»Ja, aber nicht so.« Meike hob die rechte Hand, Zeigefinger und Mittelfinger überkreuzt aneinandergepresst, »so eng ...«. »Es fiele mir leichter, wenn ich wüsste, warum sie nichts mehr mit mir zu tun haben will. Aber das will sie mir partout nicht sagen.« Sie runzelte die Stirn. »Allerdings ... Ich könnte Olli fragen.«

»Wer ist Olli?«

»Ihr Freund. Ex-Freund, sollte ich wohl sagen. Sie haben sich getrennt. Zumindest wohnt er nicht mehr bei ihr.«

Es schien, als hätte Meike neue Energie gewonnen durch die Aussicht auf Antworten. Schon hatte sie ihr Handy in der Hand. Über ihren Kopf hinweg zwinkerte Emma ihr zu – gut gemacht, Frieke.

Drei Minuten später legte Meike auf. Sie wirkte jetzt nicht mehr nur nachdenklich und traurig, sondern geradezu verzweifelt. »Warum sagt mir keiner, was da los ist?«, wollte sie wissen. »Wieso werde ich behandelt, als wäre ich eine Aussätzige?«

»Das bist du nicht«, tröstete Frieke sie.

Emma stand auf. Irgendwo im Haus weinte eins der Kinder.

»Ich habe niemanden mehr.« Meike ließ den Kopf hängen.

»Doch. Du hast uns. Schwestern sind wir nicht, aber Wahlverwandte«, versicherte Frieke ihr. »Hier wirst du immer willkommen sein. Ich könnte mir nicht vorstellen, was passieren müsste, damit ich nichts mehr mit dir zu tun haben will.«

Sie drückte Meikes Hand. Lange saßen sie einfach nur da. Dann gab Meike sich einen Ruck.

»Ich werde mir wohl was anderes überlegen müssen für die Zukunft. Ich glaube, zurück ins Rheinland will ich nicht. Du brauchst nicht zufällig auf Dauer eine Mitarbeiterin?«

»Das ist nichts, was dich glücklich machen würde ...«, sagte Frieke nachdenklich. »Glaub mir einfach.« Dass Meike etwas anderes tun als Schwangere betreuen und Kinder auf die Welt helfen könnte, war für sie ausgeschlossen.

»Aber irgendwas muss ich nach meinem Sabbatical mit mir anfangen. Bisher dachte ich ja, ich gehe einfach zurück nach Hause und fange von vorne an.«

»Dann gib dir noch die vier Monate Zeit, bis das Jahr rum ist«, schlug Frieke vor. »Danach kannst du immer noch grübeln. So, und jetzt brauche ich dringend was zu trinken. Und ein Klo. Nicht unbedingt in der Reihenfolge.« Sie hievte sich vom Sofa.

Im Flur begegnete sie Emma, die Timo trug, der etwas verheult in das Licht blinzelte, das durch die Wohnzimmertür fiel. »Backenzähne«, sagte Emma lapidar. »Das sind Arschnasen, puh.«

»Armer Spatz.« Sie ging aufs Klo. Die Versuchung war groß, danach kurz im Bad zu bleiben und bei Meikes Schwester anzurufen. Sie hatte das Telefon schon in der Hand, steckte es dann aber wieder ein. Schluss damit, sagte sie sich. Jetzt war nicht der richtige Moment, um sich weiter einzumischen.

»Willst du Weihnachten nicht einfach bei uns mitfeiern?«, fragte sie Meike stattdessen, sobald sie wieder ins Wohnzimmer kam.

Und dem hoffnungsvollen Strahlen nach zu urteilen, mit dem Meike sie bedachte, war dies genau die Frage, die ihre Freundin brauchte, um aus der Lethargie gerissen zu werden.

»Wenn das geht?«

Sie zuckte mit den Schultern. »Warum sollte das nicht gehen? Wir haben nichts vor, außer das Haus mit uns lieben Menschen zu füllen und mit ihnen das schönste Weihnachtsfest aller Zeiten zu feiern. Außerdem habe ich schon fest mit dir gerechnet.«

Auf dem Heimweg dachte sie nach. Wieder knirschender Schnee unter ihren Stiefeln; der Wind hatte nachgelassen, es blieb nur der beständig dichte Schneefall. Von den Bäumen rieselten Minilawinen.

Geschwisterhaben. Was sie sich als Kind immer so schön ausgemalt hatte, schien zumindest in Meikes Fall eher problematisch zu sein, denn ihre Schwester Marie, die ihr zeit ihres Lebens auch Freundin gewesen war, hatte sie nun im doppelten Sinne abgeschnitten, denn auch die Familie schien Meike nun aufzugeben, um Marie keinen Kontakt zumuten zu müssen. Und das alles, ohne zu wissen, warum sie so abgestraft wurde.

Ihr Versuch, zwischen den beiden zu vermitteln, hatte

die Situation vermutlich noch verschärft. Dann fiel ihr das Buch ein, das auch Marie inzwischen erreicht haben dürfte.

Verdammt. Hoffentlich blieb es einfach in der vorweihnachtlichen Postflut stecken, hing vergessen in einer Paketsortiermaschine, bis es ein mitleidiger Postmitarbeiter aus seiner misslichen Lage befreite und es, weil es doch arg ramponiert aussah, vorsichtshalber verschwinden ließ …

Nein. Vermutlich würde das Buch heute oder morgen Meikes Schwester erreichen.

Schöner Mist, was habe ich da bloß gemacht?

Als sie die Haustür öffnen wollte, stutzte sie. Es war abgeschlossen.

Auf der Insel schloss niemand die Haustür ab – nur Bengt hatte diese Marotte, die er in seinem Bauwagen mit den teuren Kameraobjektiven, Feldstechern und dem Laptop – ja, auch vor ihm hatte die Moderne inzwischen nicht länger haltmachen können, auch wenn er sie vor zweieinhalb Jahren noch dazu gezwungen hatte, ihren Bericht für den KOMET über ihn ganz und gar analog zu verfassen – praktizierte. Und manchmal, wenn er das Kapitänshaus verließ, schloss er aus dieser Gewohnheit auch die Haustür ab.

Frieke grub in ihrer Jackentasche nach dem Hausschlüssel. Zum Glück hatte sie ihn eingesteckt; sonst hätte sie auf direktem Weg wieder zurück zu Emma laufen müssen. Dass sie hier draußen bei Kälte und Schnee herumstand und auf ihn wartete, kam jedenfalls nicht infrage.

Sie schaltete alle Lichter ein, bedachte den leuchtenden Glitzerhirsch im Flur mit einem zärtlichen Blick und kuschelte sich auf dem Sofa ein. Langsam nur wurde ihr wieder warm. Aber ein bisschen zittrig blieb sie. Wog das Handy, überlegte, ob sie ihn anrufen sollte.

Wo steckte er bloß?

Als fünf Minuten später die Haustür aufging, blieb Frieke sitzen. Sie umarmte das Sofakissen vor ihrer Brust und blickte zur Wohnzimmertür.

Bengt steckte den Kopf herein. »Du bist schon zurück? Ich dachte, große Krisensitzung bei Emma?«

»War doch nicht so groß.« Sie fragte nicht, wo er gewesen war. Sollte er doch selbst den Kopf aus der Schlinge ziehen.

»Ich komme gleich zu dir. Wollen wir noch einen Tee trinken?«

»Wenn du meinst ...« Sie gähnte demonstrativ. Eigentlich wollte sie nur noch ins Bett.

»Bin gleich bei dir.«

Als er kurz darauf ein Tablett ins Wohnzimmer trug, auf dem zwei Becher mit Teebeuteln balancierten, richtete sie sich auf. »Wo warst du?«, erkundigte sie sich möglichst beiläufig.

Bengt erstarrte. »Wieso?«

»Ich wusste nicht, dass du noch mal wegmusstest.«

»Ach so. Ich hatte was vergessen.«

Er führte das nicht weiter aus, und sie fragte nicht nach, weil sie das albern und irgendwie doof fände. Schweigend tranken sie den Tee. Bengt stellte seinen Becher mit einem leisen Klonk aufs Tablett, er rieb mit den Händen über die Oberschenkel. »So«, sagte er.

»So?«

»Ich muss mit dir über etwas reden. Bitte schimpf nicht, ich weiß selbst nicht, was mich geritten hat.«

»Was hast du angestellt? Den Buchladen verscherbelt? Den Bauwagen geschrottet? Mir ein Islandpony gekauft?«

»Schlimmer.«

»Also ist es eine … Überraschung?«

Denn anders ließ sich sein Verhalten in den letzten Wochen nicht deuten. Er hatte oft so abwesend gewirkt, und dann wieder ganz der aufmerksame, liebevolle Freund, der sich um sie kümmerte. Dass irgendwas in ihm arbeitete, war ihr bewusst gewesen, die ganze Zeit schon. Hätte sie sich nicht mehr um ihre eigenen Sachen gekümmert – Weihnachtsgeschäft, Meikes Familiensituation, die Schwangerschaft, die Planung von Heiligabend –, wäre es ihr eher aufgefallen.

»Es *ist* eine Überraschung, ja. Ich meine, du bist doch nicht mehr so sehr gegen Überraschungen, richtig?«

Sie nickte. Früher war das anders gewesen. »Richtig.«

»So langsam weiß ich nicht mehr weiter. Ob du dich darüber wirklich freust.« Er grinste unbehaglich.

Sie lächelte nachsichtig. Der ganze Tag hatte sie irgendwie nachdenklich gestimmt. Natürlich fand sie Überraschungen nach wie vor zumindest anstrengend. Mit den kleinen hatte sie sich arrangiert, große wie eine Babyparty aber erfüllten sie mit einem unerklärlichen Unbehagen. Dabei wusste sie, dass sie weder von ihren Freundinnen noch von ihrem Liebsten etwas Schlimmes zu befürchten hatte. Wenn Bengt also eine für sie plante, sollte sie aufgeschlossen sein...

»Versuch's einfach«, sagte sie daher. Ließ viel Raum für das, was auch immer er sich ausgedacht hatte.

Bengt räusperte sich. Er wühlte in seiner Hosentasche und förderte nacheinander ein halbes Dutzend Briefumschläge zutage ähnlich denen, die sie immer noch jeden Morgen vor der Haustür oder im Briefkasten oder zwischen den Bücherkartons im Buchladen fand.

»Es geht um die hier«, sagte er. »Ich weiß, du hast deine Freundinnen verdächtigt, dass sie damit eine Babyparty vorbereiten wollen. Aber die Briefchen kamen alle von mir.«

»Bengt...«

»Während meiner Abwesenheit und auch zwischendurch, damit du nicht Verdacht schöpfst, hat mir übrigens Oltmanns geholfen. Du hast recht, so ein verstockter alter Mann ist er gar nicht mehr. Johanne hat ihn weicher gemacht, wenn ich das überhaupt beurteilen darf, zu einem besseren Menschen.«

»Und er benutzt Stofftaschentücher«, warf Frieke ein.

Bengt lachte. »Und die Stofftaschentücher, genau.« Er machte kurz Pause, dachte nach. »Ich würde das noch weitermachen, aber ich habe das Gefühl, dass wir uns gerade voneinander wegbewegen, und das, was ich geplant habe für Heiligabend, das ist eben nichts für zwei Menschen, die sich voneinander wegbewegen. Sondern eher für zwei, die den Rest ihres Lebens aufeinander hocken wollen, bis die Kinder aus dem Haus sind, oder das Kind, wenn du nur eins willst, wir hocken also aufeinander, bis wir alt und faltig sind und einer von uns beiden in einem Eichensarg auf der Fähre die Insel verlässt. Also.« Er holte tief Luft, drückte ihr die Umschläge in die Hand – allesamt noch versiegelt – und zog aus der anderen Hosentasche eine kleine, mit dunkelblauem Samt bezogene Schachtel. »Also, ich möchte dich fragen, Friederike Ursula Wallgren, ob du mich, den zauseligsten Ornithologen zwischen hier und Kiel, den an manchen Tagen vermutlich unaufmerksamsten Kerl, den man sich in diesem Landstrich vorstellen kann, weil ich nur meine Vögel im Kopf habe und nicht die Frau, die ich über alles liebe … Willst du *meine* Frau werden?«

Und mit diesen letzten fünf Worten, dieser Frage, ließ er das Kästchen aufschnappen. Silbrig funkelte der Ring auf dem Samtbett, der von vier Krappen eingefasste Brillant funkelte im sanften Licht.

»Oh«, hauchte sie.

Damit hatte sie als Letztes gerechnet.

»Darf ich?«, fragte Bengt leise.

Sie nickte stumm. Er nahm ihr das Kästchen ab, seine Hand umfasste ihre, und dann schob er den Ring auf ihren linken Ringfinger. »Passt perfekt«, murmelte er zufrieden.

»Bengt…«

»Ja?« Er hielt weiter ihre Hände, und sie wollte sich ihm gar nicht entziehen.

Sie blickte ihn an und dachte nach. Schließlich fragte sie: »Warum?«

»Weil ich dich liebe«, sagte er. Als wäre es das Einfachste auf der Welt.

Sie spürte die Tränen, sie spürte das Lachen, beides wollte gleichzeitig aus ihr heraus, und dann lachte sie und heulte, sie fiel Bengt um den Hals. Es war kein erleichterter Moment, in dem er »sie endlich wollte«, sondern es fühlte sich an, als hätte er ausgesprochen, was sie beide dachten.

»Du hast mich damit überrumpelt«, murmelte er. »Als du es vor einigen Wochen angesprochen hast, dass wir heiraten könnten, da war ich darauf nicht vorbereitet. Sonst hätte ich damals schon Ja gesagt.«

»Ach du verrückter Kerl«, seufzte sie selig. »Wohin hätten die Adventsbriefchen geführt? Nicht zu einer Babyparty, nehme ich an?«

Er grinste. »Die falschen Spuren waren Emmas Idee. Sonja und sie haben mich auch bei der Umsetzung unterstützt. Sie haben mir mit ihrer Schönschrift geholfen. Sonst hättest du mein Gekrakel schon im ersten Brief entlarvt.«

»Ihr seid vielleicht welche …« Sie wusste immer noch nicht, ob sie lachen oder weinen sollte. Bengt strich über ihre Wangen, pflückte zärtlich jede einzelne Träne von ihrem Gesicht. »Nicht weinen«, sagte er leise. »Wenn du lachst und weinst zugleich, gibt das einen Regenbogen.«

»Ach, ach …« Sie kuschelte sich in seine Arme.

»Dann ist das ein Ja, mh?«

»Aus ganzem Herzen, ja.«

Sie löste sich aus seiner Umarmung. »Warum heute?

Wieso hast du ausgerechnet heute das Adventskalender-rätsel aufgelöst?«

»Hm«, machte er. »Wäre es dir lieber gewesen, wenn ich dich an Heiligabend morgens aus der Küche entführt hätte, um dir dein Kleid anzuziehen und dich in die Kirche zu schleifen, während schon wieder die Rouladen anbrennen?«

»Nein.«

»Oder hättest du gern völlig unvorbereitet vor der ganzen Familie gestanden, die ich übrigens schon vor Wochen eingeladen und auf der Insel untergebracht habe, die aber meinetwegen bereit war, den Besuch zu Weihnachten kollektiv vorher abzusagen, um dich dann zu überraschen?«

»Wirklich, so weit wärt ihr gegangen?«

»Sogar noch weiter. Aber dann habe ich gemerkt, dass es in der Vorbereitung ohne dich einfach nicht geht. Ich wollte nicht eine provisorische Vermählung feiern, nicht so eine kirchliche Trauung ohne kirchlichen Kontext oder einfach nur so ein Eheversprechen abgeben. Ich will dich heiraten, Frieke. So richtig mit einer Heiratsurkunde, mit einem Familienstammbuch, in das du in wenigen Wochen die Geburtsurkunde von unserem Baby einheften kannst. Und das wäre an Weihnachten nicht gegangen, denn wir müssen gemeinsam zum Standesamt.«

»Oh«, machte sie.

»Ich habe es echt versucht, aber selbst die Insulaner sind bei so etwas unerbittlich. Ohne Anmeldung zur Eheschließung keine Hochzeit. Ich hatte alles zusammen – deinen Personalausweis aus dem Portemonnaie gemopst, deine Geburtsurkunde von Ute bekommen. Aber was fehlte, war deine Vollmacht.«

»Und wenn du die bekommen hättest, dann...«

»Dann hätte ich uns angemeldet und du wärst an Heiligabend aus allen Wolken gefallen, ja.«

Sie atmete tief durch. Die Vorstellung, wie sie sich in diesem Moment gefühlt hätte – überrumpelt, das auf jeden Fall, aber auch völlig überwältigt von so viel Liebe, mit der Bengt das alles für sie geplant hatte. Weil er ihr zuhörte, weil er zu dem Schluss gelangt war, dass ihr Gefühl, dass sie zusammengehörten, eben doch ein Zeichen brauchte und doch wieder nicht brauchte...

Sie blickte auf den Ring an ihrem Finger. Der Gedanke war so verlockend, so verheißungsvoll. Doch dann nahm sie ihn vom Finger und steckte ihn zurück in die Schachtel.

»Du... willst nicht?«

»Nicht so«, sagte sie leise. »Morgen früh gehen wir zum Standesamt. Oder nein, ich gebe dir eine Vollmacht für die Anmeldung. Und dann...« Sie atmete tief durch. »Überrasch mich. Hoffen wir einfach, dass die Schwangerschaftsdemenz uns hilft und ich dieses Gespräch einfach wieder vergesse.«

»Einverstanden. Wenn du mir noch etwas versprichst.«

»Was denn?«

»Ich möchte, dass du die Vorbereitung für das Weihnachtsessen in Sonjas Hände legst. Sie wollte dir das sofort entreißen, aber damit du nicht misstrauisch wirst, habe ich interveniert.«

»Hm«, machte sie. »Schmeckten die Rouladen nicht?«

Bengt grinste. Er breitete die Arme aus, und sie kuschelte sich an ihn. Ihr Kopf ruhte an seiner Brust, seine Arme umfingen sie, und sie lauschte seinem Herzschlag. »Gemeinsam haben wir die Rouladen gut hinbekommen«, sagte er leise. »Ich finde nur, wir sollten uns so wenig Stress wie möglich machen in den kommenden Tagen und Wochen. Sonja hat sich angeboten, und ich konnte sie überzeugen, dass ein Weihnachtsmenü eine viel schönere Überraschung für dich ist als eine Babyparty.«

Sie stöhnte auf. »Noch mehr Überraschungen?«

»Gewöhn dich lieber dran. Du hast hier Wurzeln geschlagen und Freundschaften geschlossen. Und deine Freundinnen sind sehr um dich besorgt. Du hast immerhin ein kleines Kind, einen Buchladen und einen dicken Babybauch an der Backe.«

»Das kleine Kind bist du, ja?«

»So ungefähr. Verspielt und verzogen.«

Sie versetzte ihm einen spielerischen Klaps vor die Brust. »Also gut. Soll sich Sonja um das Weihnachtsessen kümmern.«

Beide schwiegen, und als Frieke zehn Minuten später den Kopf hob, weil ihr noch etwas eingefallen war, da war Bengts Kopf gegen die Sofalehne gesunken, und er atmete laut durch den Mund. Die Augen geschlossen, das Gesicht ganz entspannt.

»Gute Nacht, Liebster«, flüsterte sie. Kurz glaubte sie, ihr müsste das Herz zerspringen vor lauter Liebe für diesen verrückten, wundervollen Mann. Aber dann wurde sie mit einem recht schmerzhaften Tritt unter den Rippen-bogen wieder in die Realität zurückgeholt. Baby Wallgren hatte schwer etwas dagegen, dass sie jetzt allzu rührselig wurde, und als sie sich vorsichtig vom Sofa rollte, wurde sie für ihre Unaufmerksamkeit mit einem stechenden Schmerz im Kreuz belohnt.

»Nicht jetzt«, flüsterte sie. Beschwerliche Schwanger-schaft hin oder her, aber die letzten Wochen wollte sie dann doch noch ausharren.

»Komm mit ins Bett.« Sie rüttelte sanft an Bengts Schulter, doch er knurrte nur im Schlaf, tastete nach ihr. Sie legte die Sofadecke über ihn, er rutschte nach unten, bis er ausgestreckt auf der Sitzfläche lag. Ein Fuß landete auf dem Boden, aber nicht mal davon wachte er auf.

Sie war nicht die Einzige, die in den vergangenen Wo-chen unter enormem Druck gestanden hatte. Während bei Bengt das Nachlassen dieser Anspannung zu gesundem Schlaf führte, merkte sie, dass ihr wieder mal eine schlaf-lose Nacht bevorstand.

Doch irgendwie war das gar nicht so schlimm, fand Frieke. Sie schlich ins Bad, machte sich bettfertig und lief danach barfuß in das Wohnzimmer, wo sie ein Buch aus dem Stapel zog, der dort für die schlaflosen Nächte reser-viert war.

Wenn Bengt im Wohnzimmer schnarchte, hatte sie das ganze Bett für sich!

KAPITEL 14

»Du siehst müde aus.«

Emma wuchtete die Bücherkartons auf den Tresen, die Frieke mit dem Teppichmesser aufschnitt, bevor sie gemeinsam die Bücher im Laden nachräumten.

Der Freitag vor Weihnachten. Endspurtstimmung machte sich breit. Als Frieke von den Bücherkartons aufsah, entdeckte sie im Fensterchen der Eingangstür das Gesicht von Johanne, die hereinspähte. Sofort ging sie und öffnete, ohne auf Emmas Bemerkung zu reagieren, denn draußen fielen wieder mal dicke Flocken vom Himmel.

»Hat man so einen Winter hier schon mal erlebt?«, fragte Johanne. »Moin, meine Liebchen, ich habe euch etwas mitgebracht. Wollte ein letztes Mal stöbern, bevor ihr über die Feiertage schließt und ich dann womöglich keinen Lesestoff habe.« Aus dem Jutebeutel zog sie eine Keksdose. »Die sind für euch.«

»Als wären wir nicht schon genug gemästet!« Anklagend zeigte Frieke auf ihre Bauchkugel.

»Das, meine Liebe, hat andere Gründe.« Johanne lächelte verschmitzt. »Geht es euch gut?«

»Wenn ich nicht so müde wäre, ja.«

»Das wird schon. Also, gibt es neue Bücher für mich?«

Johanne verschwand zwischen den Regalen, und in den folgenden Minuten hörte man nur das Rascheln von Buchseiten.

Emma nahm den letzten Bücherstapel aus dem Karton in Empfang. »Das war's?«, fragte sie.

»Mehr brauchen wir nicht«, war Frieke überzeugt. Die letzten beiden Jahre hatten sie schon ein gutes Gespür dafür entwickeln lassen, was sie vor Weihnachten benötigte. Gerade so kurz vor dem Fest gingen vor allem die Ladenhüter, die Bestsellerliste und im Grunde alles, was im Laden *stand*, denn bestellt werden konnte ja nichts mehr. Und die Insulaner waren da recht einsichtig, zumal sie es offenbar schaffte, den Geschmack vieler Beschenkten zu treffen, selbst wenn Kunden mit so schwammigen Beschreibungen ihrer Verwandtschaft kamen wie: »Tante Friedel liest ja nicht, ich möchte ihr trotzdem ein Buch schenken.« Für Tante Friedel empfahl sie dann »Die Leserin« von Alan Bennett und hoffte, dass Tante Friedel bis zum kommenden Jahr entweder zur Leserin wurde oder ihr ein anderes Buch einfiel, das sie für ausgesprochene Nichtleser empfehlen konnte.

»So. Damit sollte ich über die Feiertage kommen.« Fünf dicke Bücher legte Johanne auf den Tresen. »Heiligabend habe ich ja schon was vor, aber die restlichen Feiertage wollen Oltmanns und ich uns daheim einschließen und lesen.« Sie seufzte verzückt.

»Oltmanns liest?« Frieke scannte die Bücher ein. Von denen hatte sie keins für Johannes Weihnachtsgeschenke ausgewählt, gut.

»Ach na ja. Er liest vor allem Zeitungen. Manchmal Sachbücher oder eine Biografie.« Johanne sagte das ein bisschen verächtlich, obwohl Sachbücher und Biografien in Friekes Augen genauso zählten wie Romane.

»Dann habe ich was für ihn. Falls du ihm ein Buch schenken möchtest«, fügte sie hinzu.

»Oh, sehr gerne!«

Etwas behäbig lief sie zu den Sachbüchern und fand sofort, wonach sie suchte.

»Factfulness? Nie davon gehört.« Ratlos drehte Johanne das Buch hin und her. »Und das Cover spricht mich nun gar nicht an.«

»Es wird ihm gefallen«, versprach Frieke. »Und falls nicht, kannst du es mir zurückbringen, Ehrensache. Nur leseschief nehme ich es nicht zurück. Das merke ich.« Sie zwinkerte Johanne zu, die kurz die Empörte spielte.

»Als würde ich das wagen. Also gut. Verpackst du es mir bitte als Geschenk, Liebchen?«

»Natürlich.« Frieke bückte sich nach der Rolle mit Geschenkpapier unter dem Kassentisch. »Autsch!«, entfuhr es ihr.

»Was ist?« Besorgt beugte sich Johanne über den Kassentisch. »Alles in Ordnung?«

»Ja, nur …« Emma war schnell zur Stelle, sie reichte Frieke die Hand. »Mein Rücken«, ächzte sie und richtete sich mühsam wieder auf.

»Wird Zeit, dass du kürzertrittst. Aber ist ja bald soweit.« Johanne packte die Bücher zufrieden in ihre Tasche. »Wir sehen uns morgen zum Backen, ihr Liebchen!

Vergesst das nicht. Sonja kommt auch mit Raphaela vorbei. Und lasst euch die Pralinen schmecken!«

Frieke winkte schwach, dann war Johanne schon verschwunden. Sie sank mit einem Ächzen auf den Hocker, der für solche Notfälle inzwischen dauerhaft hinter dem Kassentisch stand.

»Wie schlimm ist es?«, erkundigte sich Emma.

Sie schüttelte den Kopf.

Seit Tagen ging das nun schon so. Und nachts, wenn sie kein Auge zutun konnte, war es besonders schlimm. Der Symphysengürtel half auch kaum mehr. Schlaflos wälzte sie sich hin und her, obwohl sie müde genug war, um tief und traumlos zu schlummern. Es war einfach nur beschwerlich.

»Das Backen kann ich mir für morgen wohl schenken«, seufzte sie.

»Ach, papperlapapp. Das kriegen wir schon hin.«

Frieke hatte da so ihre Zweifel. Immerhin musste sie ja irgendwie noch die beiden Keksteige anrühren.

Emma war zum Glück praktisch veranlagt. »Bengt kann deine Plätzchen vorbereiten«, schlug sie vor.

»Ach, er hat doch schon genug zu tun«, seufzte sie.

»Dein Hauptjob ist jetzt aber das Brüten, und wir helfen dir bei allem anderen. Wenn Sonja kommt, reicht es auch, wenn du keinen Teig machst. Wie ich sie kenne, macht sie drei.«

Sie lachte. »Gut möglich.«

Bald ist's geschafft, dachte sie. Nur noch heute. Morgen hatten Sonja und Emma sich angeboten, und Montag würden sie auch noch mal aufsperren, aber da brauchte sie nur zwischendurch vorbeischauen, weil auch Meike wieder im Einsatz war.

Meike. Ihre Gedanken kreisten immerzu um ihre Freundin, und das nicht nur, weil sie Friekes Fels war, wenn es um die bevorstehenden Wochen ging. Sie sorgte sich immer noch, dass sie mit ihrem Eingreifen das Verhältnis der Schwestern zum Negativen gewendet hatte.

»Du siehst nicht gut aus. Komm. Ich rufe Meike an, sie kann mir heute aushelfen. Und du gehst nach Hause und legst dich ins Bett. Wir brauchen dich an Heiligabend gesund und munter.«

»Was ihr nur alle mit Heiligabend habt«, murmelte Frieke. Sie war inzwischen so müde, dass sie das geschafft hatte, von dem sie insgeheim gehofft hatte, es würde ihr gelingen – das Gespräch mit Bengt vor ein paar Tagen hielt sie inzwischen für ein Hirngespinst. Lieber nicht zu genau darüber nachdenken.

»Schaffst du es nach Hause?«, fragte Emma. »Sonst sage ich Bengt Bescheid, dass er dich mit dem Lastenrad abholt.«

Frieke zögerte. Aber letztlich war sie dann doch zu erschöpft, um sich diesen Stolz leisten zu können. Wäre sie Angestellte, würde spätestens nächste Woche ihr Mutterschutz anfangen.

Es wurde wohl Zeit, dass sie mit sich selbst etwas weniger streng ins Gericht ging.

Eine Viertelstunde später ließ sie sich von Bengt in das Lastenrad helfen. »Halt dich gut fest«, sagte er. Sie sah ihm die Besorgnis an, aber sie hoffte, dass die Rücken-schmerzen einfach normal waren für dieses Stadium der Schwangerschaft. Und dass sie mit etwas mehr Ruhe auch wieder verschwinden würden.

Zu Hause steckte Bengt sie ins Bett. Frieke fühlte sich schon wieder so fit, dass sie protestieren wollte. »Schluss damit!«, sagte er nur streng. »Du machst es dir gemüt-lich. Hier, Bücher. Welches willst du?« Er hielt drei Bü-cher hoch, die auf ihrem Nachttisch lagen.

»Alle«, sagte sie trotzig. Sie hockte auf der Bettkante, während Bengt um sie herum wuselte. Er brachte ihr das iPad, damit sie im Bett Serie schauen konnte. Die Bücher legte er in Reichweite, den Rücken stützte er mit so vie-len Kissen wie möglich, und kaum hatte sie es sich eini-germaßen eingerichtet, als er auch schon mit einem Tab-lett hereinkam, das er auf seine Betthälfte stellte. »Hier«, sagte er. »Und wenn du noch was brauchst, schreibst du mir eine Nachricht. Aufstehen ist verboten.«

Interessiert inspizierte sie das Tablett. Eine Schüssel mit Joghurt, Tiefkühlbeeren und gehackten Nüssen, eine kleine Thermoskanne mit Kräutertee und ein Becher, ein Tellerchen mit Keksen aus ihrem streng gehüteten Vor-rat.

»Du hast was vergessen«, bemerkte sie. »Wenn ich nicht mehr aufstehen darf … Die Blase einer Schwange-ren ist nicht gerade für ihr großes Volumen bekannt.«

»Na gut.« Er beugte sich über sie und küsste Frieke auf den Mund. »Aber nur aufs Klo. Keine Eskapaden. Nicht duschen, solange ich nicht da bin.«

»Ich schaffe es ohne Hilfe ohnehin nicht in die Wanne.«

»Darum sage ich es ja. Manche Dinge vergisst du gerne mal.«

Ein letzter Kuss, dann war er fort. Frieke wusste, er hatte viel zu erledigen, aber sie wusste auch, dass er sofort zu ihr kommen würde, sobald sie ihn rief.

Sie kuschelte sich ins Bett, genoss das zweite Frühstück und ein paar Folgen Serie, bis sie müde wurde.

Dem Rücken ging es besser, solange sie viel herumlag oder sich nicht überanstrengte. Mittags brachte Bengt ihr Vollkornbrot mit Avocado und Ei, nachmittags noch mehr Kekse. Fürs Abendessen versprach er ihr ein Festmahl aus Fisch und Gemüse.

Eigentlich, dachte sie, war es angenehm, wie sich gerade alle um sie sorgten. Emma schrieb aus dem Laden, es sei alles gut gegangen. Meike meldete sich und fragte, ob sie noch etwas brauchte. Aber sie horchte in sich hinein, und nein, nicht mal beruhigen müsste ihre Hebamme sie, denn es ging ihr gut. Sie war einfach müde, und Bengt hatte das beste Erholungsprogramm für sie angeleiert, das sie sich vorstellen konnte.

Aber was wurde aus der Keksparty morgen in Johannes Küche?

Am Samstagmorgen erlaubte er ihr einen kleinen Spaziergang durchs Dorf. Und weil es ihr wirklich besser ging, »großes Indianerehrenwort!«, erlaubte Bengt ihr auch, zu der Backparty zu gehen.

Bengt brachte sie persönlich zum Hotel Spiekerooger

Liebe, in dem Johanne und Oltmanns in der umgebauten Suite im Penthouse wohnten. Er bestand darauf, sie bis vor die Tür zu bringen, wartete neben ihr, die Schüssel mit Deckel auf dem Arm, in der ihr Plätzchenteig war. »Du trägst schwer genug«, war sein unbestechliches Argument, und sie erlaubte ihm dieses in ihren Augen unnötige Verhalten. Ein bisschen genoss sie es auch, dass er sich so rührend um sie kümmerte.

Johanne öffnete die Tür. Sie trug eine riesige, geblümte Schürze über einem dunklen Wollrock und einem hellblauen Rollkragenpullover. Ihre Augen blitzten vergnügt.

»Da seid ihr ja, meine Liebchen!«

Frieke hatte die Wohnung nur während der Umbauphase einmal besucht und trat nun neugierig ein. Johanne und Oltmanns hatten sich hier oben »ein gemütliches Nest für die Altmöwen« eingerichtet, wie Johanne es mal genannt hatte.

Sie schnupperte. »Habt ihr schon ohne mich angefangen?«, fragte sie gespielt streng.

»Komm erst mal rein. Tschüs, Bengt!«

»Halt!« Sie packte Bengt am Mantelaufschlag, zog ihn an sich.

»Ich wünsche dir viel Spaß«, murmelte er.

»Nicht so viel Spaß, wie du haben wirst, nehme ich an.« Sie kicherte. Alles ergab nun irgendwie einen Sinn. Während die Frauen sich noch mal ins Plätzchenbacken stürzten, war Bengt mit Oltmanns, Raik und ein paar anderen Insulanern verabredet. Was genau sie vorhatten, wusste sie nicht, aber es würde wohl eine gewisse Menge Friesengeist ebenso eine Rolle spielen wie letzte Vorbereitungen für Weihnachten.

Sie hielt sich an ihr Versprechen und versuchte, seine Aktivitäten zu ignorieren.

»Ich hole dich heute Abend ab.« Er küsste sie noch einmal, dann ließ er sie widerstrebend los.

In der großen Landhausküche waren Sonja und Raphaela bereits mit der Produktion weiterer Plätzchen beschäftigt. Sie standen an der Arbeitsplatte. Die Kücheninsel, die rings um den Herd viel Platz bot, war von Emma und den Zwillingen bereits mit Mehl, Plätzchenteig und bunten Streuseln überzogen worden. Lars und Timo standen stolz auf ihren Hockern und steckten sich grinsend den Plätzchenteig in den Mund, und direkt danach versanken ihre kleinen, bemehlten Hände in der Schüssel mit Zuckerperlen, während Emma versuchte, zumindest einen Teil des Teigs in ausgestochener Form mit Ei zu bestreichen und in die Streusel zu drücken. Die fertigen Plätzchen wurden aber dann von vier Kleinkindhänden vom Backblech gemopst.

Der Backofen bimmelte leise, und Johanne wurde flott. Sie zog ein Blech mit Zimtsternen aus dem Ofen und stellte es neben Sonja und Raphaela ab.

»Da bist du ja!« Sonja umarmte sie zur Begrüßung. Emma winkte nur, bevor sie vergebens versuchte, Timo daran zu hindern, seinem Bruder den Keksteig in die Haare zu schmieren. Damit hatte er Lars offenbar auf eine Idee gebracht.

»Hier, dein Platz.« Sonja schob sie auf einen bequemen, hohen Stuhl an der Kochinsel. »Was brauchst du? Mandeln? Kommen sofort. Hast du Durst? Ich habe wieder Bellini mitgebracht.«

»Nehme ich alles.« Etwas überwältigt war Frieke von dieser friedlichen, fröhlichen Stimmung.

Johanne räumte leise summend die Zimtsterne vom Blech auf ein Gitter, das sie zum Abkühlen ins angrenzende Wohnzimmer trug. Lars kletterte vom Hocker und folgte ihr, als wäre sie der Rattenfänger von Hameln.

»Kleine Fressraupe im Anmarsch!«, rief Emma hinter den beiden her und zeigte zugleich Timo, wie man am besten die kleinen Teigherzen in die Zuckerstreusel tunkte.

Frieke begann, kleine Kugeln aus ihrem Teig zu formen. Sonja brachte ihr eine Schüssel mit blanchierten Mandeln, mit denen sie ihre Bethmännchen belegte. Sonja brachte ihr auch einen Bellini, sie stießen miteinander an.

»Geht es dir gut?«, fragte Sonja.

»Bestens.« Tatsächlich; die Ruhe hatte ihr gutgetan, und sie fühlte sich gewappnet, was auch immer kommen möge.

Den Nachmittag verbrachten sie in dieser fröhlichen Runde, sie backten und schokolierten kleines Dattelkonfekt, das Sonja mitgebracht hatte. Zum Schluss teilten sie ihre Schätze auf. Jede bekam eine große Dose mit Plätzchen, von jeder Sorte etwas. Obendrauf legte Sonja noch ein Dutzend Pralinen und eine Handvoll Mandelsplitter. Der köstliche Duft der vielen verschiedenen Plätzchen würde noch tagelang in der Wohnung von Johanne und Oltmanns hängen, vermutete Frieke. Aber auch das war irgendwie schön. Einfach heimelig.

Sonja bestand darauf, sie nach Hause zu begleiten.

»Ich dachte, Bengt holt mich ab?«

»Bengt braucht noch etwas länger.«

Das akzeptierte sie dann mal.

»Du kannst auch mit zu uns kommen. Ich habe Linseneintopf gekocht, den brauche ich nur aufwärmen. Mit viel Mettwurst.«

Frieke seufzte selig. »Konter-Mettwurst. Nach so vielen Plätzchen genau das Richtige.«

»Bengt holt dich dann bei uns ab. Einverstanden?«

War das jetzt eigentlich ihr Junggesellinnenabschied gewesen?, fragte Frieke sich, während sie neben Sonja durch den Schneematsch stapfte. Und wenn es so wäre: Wäre es ein guter gewesen?

Allemal besser als wenn sie mit Trillerpfeifen und pinken T-Shirts durch die Innenstadt von Neuharlingersiel getingelt wären, bevor sie in einer Fischkneipe landeten, wo sich ihre Freundinnen dann bei Bier und Pannfisch übermütig darüber auslassen würden, was die Ehe für Veränderungen mit sich bringen würde. Dabei wäre Conny, die heute keine Zeit gehabt hatte, ein ebenso schlechter Ratgeber wie Sonja und Emma, deren Ehen gescheitert waren. Allenfalls von Johanne hätte sie sich den einen oder anderen Rat gefallen lassen, aber Johanne bei einem feucht-fröhlichen Junggesellinnenabschied ... oh nein, das passte so gar nicht.

Und so war es auch schön gewesen, fand Frieke.

Der leichte Schneefall der letzten Tage hatte alles unter einer fedrigen Decke versteckt, und die klirrende Kälte biss in die Wangen. Frieke hielt die Keksdose fest. Das Motiv war wunderschön: Eine Winterlandschaft, über die ein Schlitten segelte, vor den zwei Pferde gespannt waren.

Komm, Schnee, komm! Wenn du dich ein bisschen anstrengst, geht's im Schlitten zur Kirche an Heiligabend!

Sie summte glücklich.

Ja, glücklich. In diesem Moment war sie mit sich im Reinen, mit Weihnachten und Überraschungen, mit allem, was das Leben ihr zu bieten hatte. Viel Arbeit, na klar. Die auch. Aber das hatte sie sich selbst aussuchen dürfen, und sogar das empfand sie als Privileg. Ihre eigene Chefin. Immer irgendwie im Dienst, aber da Bücher ihre Leidenschaft waren, empfand sie das nicht mal als lästige Pflicht.

»Du siehst glücklich aus.«

Frieke fuhr herum. Hinter ihr war aus einer Seitenstraße Bengt aufgetaucht. Er hatte ein bisschen Schräglage, als er sich bei ihr einhakte.

»Dich habe ich ja nicht so früh erwartet.«

Er zuckte mit den Schultern. »Hab dir doch versprochen, dich abzuholen.«

»Aber ich dachte…?«

»Was, dass wir Männer uns betrinken? Nun ja, wir haben es versucht.« Er grinste, legte den Arm um ihre Schultern und zog sie an sich. »Oltmanns hat mal gar nichts vertragen, und Bosse hat sich mit seiner neuen Freundin so gründlich verkracht, dass er früher wegmusste.«

»Au weia.«

»Und weil Raik ohnehin morgen Notdienst hat…«

Kam es ihr so vor, oder schwankte Bengt leicht? »Du

hast den Friesengeist jedenfalls nicht schlecht werden lassen«, lachte sie.

»Nee. Bin wohl jetzt als wahrer Insulaner akzeptiert.
Das hat zumindest Tammo gesagt, und der muss es ja wissen.«

»Der wird's wissen, ja.«

Er nahm ihr die Keksdose ab. »Ihr wart wenigstens pro-
duktiv.«

Sie hakte sich bei ihm unter, lehnte den Kopf kurz an
seine Schulter, und so schlichen sie den Norderloog entlang. Vorbei am Buchladen, in dem die Bücher gerade
ein wohlverdientes Schläfchen hielten, bevor sie Montag
noch mal geweckt wurden für den Endspurt vor Heiligabend. »Ich hab vorhin überlegt ... wie gut wir es doch
haben.«

*Wir müssen nicht heiraten, Bengt. Nicht weil ich das unbe-
dingt will. Wir schaffen das auch ohne Trauschein.*

Aber das sagte sie nicht laut. Und Bengt drückte sie an
sich, er lächelte sie an, so warm und liebevoll. Fast schien
es, als wollte er noch etwas sagen. Wollte er einen Rückzieher machen?

Sie erreichten ihr Haus und blieben vor dem Gartentörchen stehen. Bengt räusperte sich.

»Also, es ist so ... Falls ich irgendwann in meinem Leben mal so etwas wie einen Junggesellenabschied haben
sollte – dann wäre der heutige Tag mit den anderen Män-
nern schon die perfekteste Version davon gewesen.«

Schöner hätte er ihr nicht sagen können »ich bin bereit!«, ohne es ihr direkt zu sagen. Frieke lächelte.

»Ach«, sagte sie leichthin. »Weißt du, was schön ist? Ich bin glücklich. In diesem Moment. Und wenn alles so bliebe, wäre ich es auch.«

Bengt grinste. »Das glaube ich nicht.« Seine Hand berührte ihre Bauchkugel, und das Baby trat nach ihm. »Spätestens morgen jammerst du wieder, wie beschwerlich der dicke Bauch ist.«

»Das kann sein.« Sie lachte. Dann nahm sie seine Hand. »Aber bis dahin ist es einfach schön, so wie es ist.«

Hand in Hand liefen sie zum Haus.

KAPITEL 15

»Bin noch mal kurz unterwegs – Weihnachtsheimlichkeiten!«

Rums, die Haustür fiel ins Schloss. Frieke wollte Bengt
gern böse sein, weil er sie schon wieder alleine ließ, aber
dafür war es gerade viel zu gemütlich im warmen Wohnzimmer, umgeben von der schönen Adventsdeko. Zumal
er gestern schon den ganzen Tag neben ihr auf dem Sofa
verbracht hatte und seinen Friesengeist-Kater pflegte, der
ziemlich laut maunzte.

Heute konnte sie auch nicht weg, denn irgendwann im
Laufe des Nachmittags würde Tammo ihren bestellten
Weihnachtsbaum liefern. Endlich! Den hatte sie schon
Ende letzter Woche erwartet.

Außerdem hatte sie, um ihre Hände zu beruhigen, wieder mit dem Stricken begonnen und fertigte gerade ein
winzig kleines Babyjäckchen an. Das bereitete ihr so viel
Freude. Und als jemand an die Haustür klopfte, war sie
so tiefenentspannt, dass sie das Strickzeug in den Händen
behielt und das hüpfende Wollknäuel hinter sich herzog,
als sie zur Haustür ging und öffnete.

Vor ihr stand … Meike?

Nein, eine dunklere Version von Meike, etwas kleiner,

etwas fülliger. Die grünen Augen waren identisch, und auch der feine Mund war ihr vertraut.

In der Hand hielt die Frau ein dickes Buch, leseschief und etwas ramponiert, der Schutzumschlag eingerissen. »Nichts weniger als ein Wunder« von Markus Zusak.

»Frieke Wallgren?«, fragte die Frau, und dann verstand sie.

»Sie sind Marie. Meikes Schwester.«

Der Blick von Marie wanderte an Frieke auf und ab. Sie sah das Strickzeug, das große Sweatshirt von Bengt, in das Frieke sich heute morgen gezwängt hatte (ihre Sachen passten nun beim besten Willen nicht mehr!), die Bauchkugel unter dem Stoff, die Jogginghose und die Stricksocken. Das hoffnungsvolle Lächeln, mit dem Marie sie angesehen hatte, wich einem Schrecken, einem Entsetzen geradezu, das sie zwei Schritte nach hinten stolpern ließ.

»Suchen Sie Meike?«, fragte Frieke, doch da drehte sich die Frau schon auf dem Absatz um, sie stürmte durch den Garten. Vorbei an Bengt, der gerade das Lastenrad zum Haus schob, sie rammte ihn mit der Schulter, dass er ihr überrascht nachsah.

Dann war sie fort. Was blieb, war der Buchumschlag, denn das Buch war ihr vor Schreck aus der Hand gefallen, und als sie es aufhob und davonrannte, blieb der Umschlag matt und dreckig im Matsch neben dem kleinen Zuweg liegen.

»Wer war das denn?«, fragte Bengt.

»Meikes Schwester, glaube ich ...«

Er hob den Buchumschlag auf und trug ihn ins Haus. »Das hat sie verloren.«

»Ich glaube, sie hat es absichtlich fallen lassen. Vermutlich wollte sie mir ursprünglich das Buch ins Gesicht knallen.« Sie war niedergeschlagen. Offenbar hatte ihr Versuch, zwischen den Schwestern zu vermitteln, die Kluft nur vergrößert.

Andererseits …

Nun, Marie war hier. Auf der Insel. Und sie hatte diese weite Reise so kurz vor Weihnachten bestimmt nicht angetreten, um Frieke das Buch vor die Füße zu werfen und wieder zu verschwinden, oder?

Sie watschelte zurück ins Haus und wählte Meikes Nummer. Die Mailbox ging dran. Kein Wunder; vermutlich wurde Meike gerade vom letzten großen Ansturm im Buchladen niedergewalzt.

»Meike? Marie ist hier.«

Sie wollte noch mehr sagen, aber: Mehr fiel ihr nicht ein. Also legte Frieke auf. Nachdenklich. War das nun gut oder schlecht für die beiden Schwestern?

»Marie ist hier.«

Friekes Stimme klang leicht zittrig, oder bildete sie sich das nur ein? Meike spürte jedenfalls, wie die Knie unter ihr nachgaben.

Marie ist hier.

Hier? Was hieß hier? Auf der Insel, im Kapitänshaus?

Hier hieß offenbar nicht nur auf der Insel, sondern direkt vor ihrer Nase im Buchladen, denn als Meike von ihrem Handy aufblickte, ohne Frieke zu antworten, stand sie vor ihr.

»Marie…«

»Wir müssen reden«, sagte ihre Schwester fest. Ihre Hand zitterte, als sie das Buch auf den Tresen legte, das ihr vertraut vorkam, nur mit dem Unterschied, dass Meikes Exemplar nicht so angeschlagen und leseschief war – sie versuchte stets, pfleglich mit Büchern umzugehen, während Marie immer schon ihrer Lektüre alles abverlangt hatte, sie knickte und verbog, bis der Rücken riss und die Seiten herausfledderten.

»Jetzt?«

»Egal wann. Heute.« Und nach kurzem Zögern fügte sie hinzu: »Damit mich nicht der Mut verlässt.«

Suchend sah Meike sich nach Emma um. Die hatte schon das Telefon in der Hand. »Ich frage Sonja, ob sie mir helfen kann.«

Aber Sonja, das wusste sie, stand daheim in der Küche und rollte Hunderte Rouladen für die morgige Weihnachtshochzeit. Meike schüttelte den Kopf. »Ich kann erst nach Ladenschluss. Drüben in der Combüse.«

»Dann gib mir was zu lesen. Ich warte dort auf dich.«

Meike blickte sich ratlos um, doch dann schob Emma ihr einfach ein Buch in die Hand. Sie war hinter Meike aufgetaucht und nahm den Bücherstapel eines Kunden in Empfang und scannte die Bücher ein.

Meike gab das Buch an Marie weiter, die kurz den Klappentext las und dann einverstanden nickte. Sie zog einen Geldschein aus ihrer Hosentasche, kramte nach Münzen.

Wie Meike es nervte, dass Marie das Kleingeld immer in der Hosentasche mit sich rumtrug…

Aber jetzt freute sie sich über diese winzige Eigenheit, weil es so echt war, so sehr Marie. Sie kassierte das Buch ab, dann winkte Marie ein letztes Mal. Der nächste Kunde stand schon vor Meike, er knallte einen Stapel Bildbände auf den Kassentisch. »Alle als Geschenk!«, und sie strahlte ihn etwas dümmlich an.

»Was hast du meiner Schwester da eigentlich gerade empfohlen?«, fragte Meike, als sie kurz vor Ladenschluss endlich etwas durchschnaufen konnten.

»Ach, das? ›Die Unsterblichen‹ von Chloe Benjamin. Eine Geschichte über vier Geschwister, die von einer Wahrsagerin ihren Todestag prophezeit bekommen. Es klingt etwas verrückt, nicht wahr? Ist aber ein ganz wundervolles Buch.«

»Schon wieder etwas über Geschwister…«, murmelte Meike verzweifelt. Aber Emma hörte sie schon nicht mehr, denn der nächste Kunde hatte seine Auswahl getroffen und legte ihnen einen Stapel hin, den sie gemeinsam verpackten.

Kurz nach sechs machten sie zu. »Morgen die letzte Schlacht!«, rief Emma. »Und dann ist endlich Weihnachten.«

Sie scheuchte Meike aus dem Laden. »Los, lass deine Schwester nicht zu lange warten. Morgen früh um neun wieder hier, verstanden?«

Meike salutierte brav. Sie schlüpfte in ihren Mantel, wickelte den Schal um den Hals und wärmte die Ohren unter der Bommelmütze. Die wie immer eisigen Hände tief in den Manteltaschen vergraben, stapfte sie die kurze Strecke hinüber zu dem Fischrestaurant, dessen warmes Licht hinter den leise rieselnden Flocken lockte.

Im Gastraum war noch nicht viel los. An einem Tisch weiter hinten saß Marie, und als Meike eintrat, blieb sie einen Moment stehen, nahm die Mütze ab und sah zu Marie herüber.

Ihre Schwester. So verletzlich saß sie im goldenen Licht einer Tischlampe, die neben ihr auf der Fensterbank des Sprossenfensters stand. Den Kopf hielt sie gesenkt, eine Hand spielte mit dem Henkel des Teeglases, während die Finger der anderen gedankenverloren eine Locke zwirbelten. Das Buch lag aufgeschlagen vor ihr. So versunken war sie, dass Meike unbemerkt näher kommen und auf den freien Stuhl gegenüber gleiten konnte.

»Hi«, sagte sie leise.

Marie sah auf. Sie klappte das Buch zu, schob es etwas von sich weg und nahm einen Schluck Tee, bevor sie antwortete. Als ob sie ihrer Stimme gerade nicht traute.

»Hey«, flüsterte sie.

»Hast du Hunger?« Meike hatte nach dem Arbeitstag einen Bärenhunger, darum fragte sie.

Marie zuckte mit den Schultern, als wüsste sie es nicht so genau.

»Der Fisch ist hier sehr gut.« Meike blickte sich suchend nach der Kellnerin um. »Die Pasta aber auch.«

Elsa kam an den Tisch, um die Bestellung aufzunehmen. Sie blickte erst Marie an, dann Meike, als könnte sie es nicht glauben, dass es zwei von der Sorte gebe. Sie bestellten Fisch und dazu den empfohlenen Weißwein.

»Du fragst dich bestimmt, warum ich so plötzlich hier aufgetaucht bin«, sagte Marie leise, nachdem sie wieder allein waren.

»Nein. Ich freue mich, dass du hier bist. Das vor allem anderen.« Und das stimmte. Sie hätte dieses kleine Wunder nicht für möglich gehalten, aber nun war es passiert, Marie war da. Aus freien Stücken zu ihr gekommen, nachdem sie sich bei der letzten Begegnung so viel mehr überworfen hatten, als Meike für möglich gehalten hätte.

»Na ja, ich musste nachdenken. Über uns. Und dann kam ich irgendwie zu dem Ergebnis, dass es ›uns‹ vielleicht gar nicht mehr gibt. Da musste ich mit dir reden, weil…«

Marie atmete durch. Meike beobachtete sie. Wie sie knapp an ihrer Schulter vorbeisah. Wie sie nach den richtigen Worten suchte.

»Es ist so viel passiert. Damals.«

Damals. Damit meinte sie die Zeit vor acht Monaten.

»Ja«, sagte Meike still. »Bei mir auch.«

»Willst du anfangen?«

Sie schüttelte den Kopf. »Ich möchte dir gern zuhören. Was bei mir los war… na ja. Das ist vorbei.«

Marie winkte Elsa heran und bestellte mehr Wein. »Bringen Sie uns am besten die ganze Flasche.«

Als sie wieder allein waren, schwiegen beide.

»Olli und ich wollten uns trennen. Schon im April.«

»Oh.« Das kam überraschend.

»Ja. Ich war schwanger. Und …«

»Moment. Was?« Meike hatte das Gefühl, dass ihr der Boden unter den Füßen weggerissen wurde. »Warum wusste ich davon nichts?«

Hätte sie es sehen müssen? In Gedanken versuchte sie, sich an die letzten Begegnungen mit Marie zu erinnern, damals im Frühling. War Marie anders gewesen? Müde? Blasser als sonst?

Sie fand nichts.

»Ich habe es niemandem gesagt. Erst wollte ich Olli davon erzählen, aber bevor ich dazu kam, erklärte er mir schon, er wolle sich trennen. Ein neues Leben beginnen. Allein.« Sie schnaubte. »Mit vierzig werden die Kerle doch alle komisch, und Verantwortung übernehmen … nein, das wollte er nicht. Auch nicht, nachdem ich ihm von der Schwangerschaft erzählt hatte.«

Sie atmete tief durch.

»Und dann …« Maries Stimme versagte.

Meike streckte die Hand nach ihr aus. Sie konnte nur ahnen, was für einen Gefühlssturm ihre Schwester durchgemacht hatte. Wie traumatisch die Trennung nach so vielen Jahren Beziehung gewesen sein musste, nachdem Marie und Olli einen Verlag gegründet und zum Erfolg geführt hatten, und ausgerechnet in dieser so empfindlichen Zeit, die eine Frühschwangerschaft nun mal war. Wie sehr sie diese neuen Lebensumstände erschüttert hatten.

»Lass dir Zeit«, sagte sie leise.

Marie schüttelte entschieden den Kopf, als könnte sie damit auch die Tränen abschütteln. »Der ist es nicht wert, dass ich ihm nachweine. Das andere ... das war viel schlimmer. Als er weg war, wollte ich das Baby auch nicht mehr. Wie denn? Wie sollte ich allein den Verlag weiterführen und ein Kind großziehen?« Ihre Augen waren größer und dunkler. Beinahe flehend sah sie Meike an, als erhoffte sie sich irgendeine Form der Absolution von ihrer Schwester. »Ich habe einen Termin gemacht. Für eine ... Abtreibung.«

Meike rührte sich nicht. Sie wartete. Mehr blieb ihr nicht, denn die Vorstellung, wie ihre Schwester vor einem Dreivierteljahr versuchte, ihr Leben zu ordnen, das so abrupt auf den Kopf gestellt wurde ... Sie konnte Marie verstehen. Und doch wieder nicht, denn Leben ... Leben war etwas so Kostbares.

»Ich bin nicht hingegangen. Zu dem Termin. Aber als ich zu meiner Ärztin ging, zur ersten Vorsorge ... Das Herz hatte aufgehört zu schlagen. Einfach so. Sie überließ mir die Entscheidung, ob ich damit in die Klinik gehen oder die Fehlgeburt daheim abwarten wollte.

Und das tat ich. Ich wartete. Und während ich wartete, kamst du zu Besuch, und ich dachte, ich könnte dir all das erzählen, was in meinem Leben gerade so schrecklich schieflief. Aber du ...«

»Ich hatte nur diese unsäglich dumme Liebesgeschichte auf Lager.«

Marie lächelte müde. »Ich wäre gern für dich da gewesen. Ehrlich. Aber ich dachte nur: ›Mehr hast du nicht, Meike? Dass so ein blöder Kerl zweigleisig gefahren ist, ist gerade dein größtes Problem?‹«

»Marie…«

»Ich hab's echt versucht. Wollte dir erzählen, was für eine Scheiße bei mir gerade passiert, denn genau das war es: Eine große Scheiße. Aber du warst so auf dich fokussiert, kanntest nur deinen Schmerz… Ich bin nicht zu dir durchgedrungen.«

Meike spürte einen kalten Schauer, der über ihren Rücken kroch. Bisher hatte sie jedes Mal, wenn sie sich diese letzte Begegnung damals im Frühjahr vor Augen führte, nach dem entscheidenden Hinweis gesucht. Danach, was sie falsch gemacht hatte in dieser für sie aufwühlenden Situation.

»Deine Frage…«, flüsterte sie.

»Genau. Die Frage.«

Marie hatte sich alles angehört, was Meike auf dem Herzen hatte, und als Meike endlich verstummte, stellte sie nur eine Frage.

»Kannst du jetzt bitte mal mir zuhören?«

So klein, so elend. Nicht fordernd, sondern verzweifelt, weil sie genau das damals gewesen sein musste. Der Mann fort, das Baby in ihrem Bauch noch nicht geboren und schon tot. Ihre Existenz auf der Kippe, und dann das Unglück ihrer Schwester, das sie ebenso wenig kaltließ. Das war für eine zu viel, aber sie trug es, irgendwie. Und wollte Meike ihr Herz ausschütten, der besten Freundin, der allerbesten Schwester. Derjenigen, die ihr noch geblieben war.

Und Meike? Hörte nicht zu. Starrte Marie nur an und fragte sie: »Hast du mir überhaupt zugehört?«

Jetzt begriff Meike, als sie sich an jene Situation erinnerte. Wie sie damals mit ihrer Gegenfrage das letzte bisschen Hoffnung in Marie zerschmettert hatte.

Sie stand auf, umrundete den Tisch und setzte sich neben die Schwester. Sie saßen ein bisschen nebeneinander, und schließlich suchte Maries Hand nach ihrer, und dieser kurze Händedruck war mehr als eine Umarmung. »Ich hab dich so sehr gebraucht«, flüsterte Marie. »Aber du...«

»Ich war nicht da.«

»Du hast mich doch auch gebraucht.«

»Aber...«

»Ich war damals wütend und verletzt. Danach auch. Wochenlang hatte ich einfach nur dieses Gefühl, als hätte mich mein Leben um die drei liebsten Menschen betrogen, die ich hatte. Olli. Wobei da die Wut half, ihn schnell zu vergessen. Dich. Das Baby.«

»Und ich war nicht da.«

»Ich war zu stolz, dich ein zweites Mal um Hilfe zu bitten. Aber das alles war so verwirrend... Ich hätte dich gebraucht. Als große Schwester.«

Elsa brachte den Salat und verzog keine Miene, als sie die beiden nebeneinander sitzen sah, beide mit Tränen in den Augen, ganz einander zugewandt. Sie stellte Meikes Weinglas um, bevor sie ging.

»Wollen wir darauf trinken?«, fragte Marie.

»Auf große Schwestern, die wir immer brauchen?« Sie nahm ihr Glas in die Hand, sie stießen an und tranken. »Gott, wie sehr ich das vermisst habe.«

Marie kicherte. »Was denn? Dass wir uns ordentlich betrinken?«

»Das auch. Du bleibst doch jetzt über die Feiertage hier?«

»Ich habe Mama gesagt, wir beide bräuchten mal ein paar Schwesterntage.«

»Das klingt gut. Dann habe ich doch noch eine Begleitung für die Hochzeit morgen.«

»Wir gehen an Heiligabend auf eine Hochzeit? Wird es sehr romantisch?«

»Ein bisschen.« Sie kannte bereits einige der Pläne für die Feier. Nichts Großes, das hatten alle betont. Aber sie ahnte, dass die Insulaner sich eine so schöne Gelegenheit zum Feiern nicht entgehen lassen würden. War schließlich bei Johanne und Oltmanns Kruse vor ein paar Wochen nicht anders gewesen. »Die Braut ist Frieke. Ihr gehört der Buchladen.«

»Die mit der Bauchkugel?«

»Ja. Wäre das zu schlimm für dich?«

»Ich hab mich erschreckt, als sie plötzlich die Tür aufmachte. Schwangere sind immer noch schwierig für mich ...«

»Wir können auch was anderes machen.«

»Nein, ist schon okay. Glaube ich. Vor dem Leben kann man sich ja nicht ewig verstecken.«

»Was hast du jetzt vor?«, fragte Marie, als sie auf dem Weg nach Hause waren. Meike hatte ihr angeboten, dass sie mit in ihrem Zimmer wohnte, solange sie hier war. Sie wusste schließlich, dass über die Weihnachtstage auf der Insel kaum ein freies Bett zu bekommen war. Eine Hauptsaison mitten in der Nebensaison, das war diese stille Zeit.

»Du meinst, wenn mein Sabbatical vorbei ist?« Meike wusste das selbst nicht so genau.

»Kommst du zurück nach Düsseldorf? Ich könnte eine Mitbewohnerin brauchen, und ich vermute mal, in den Kliniken suchen sie händeringend nach einer so tollen Hebamme.«

»Ich glaube, ich möchte nicht zurück in mein altes Leben.«

»Das wäre es ja auch nicht. Es wäre *unser* neues Leben.« Marie knuffte sie in die Seite. »Du könntest überall deinen Kram liegen lassen, den ich hinter dir herräume. Das wäre fast so wie damals bei Olli.«

Meike lachte. »So sehr vermisst du ihn also?«

»Nein, gar nicht. Ehrlich, da schmerzt es mich mehr, dass ich ihn irgendwann ausbezahlen muss. Vermutlich wäre es das Klügste, wenn ich den Verlag verkaufe und noch mal was Neues beginne.«

»Siehst du ... was Neues beginnen. Das würde ich auch gerne. Nur weiß ich noch nicht, was das sein könnte.«

»Wir könnten auf der Insel einen Verlag für Frauenthemen gründen. Kinderwunsch, Schwangerschaft, Geburt – deine Themen. Für alles andere suchen wir uns andere Autorinnen.«

»Hm«, machte sie unbestimmt. Denn bei aller Schwesternliebe konnte sie sich kaum vorstellen, mit Marie ein gemeinsames Projekt aufzuziehen. Außerdem ...

Ja. Außerdem gehörte sie doch in einen Kreißsaal. In ein Geburtszimmer, in einen Raum, in dem ein Baby zur Welt kam. Das fehlte ihr manchmal schon sehr. Und wenn sie ehrlich war, so richtig ehrlich mit sich, dann sehnte sie sich nach diesen Momenten. Insgeheim hoffte sie, dass Friekes Baby es irgendwie ganz eilig haben würde, auf die Welt zu kommen, sodass Ilse es nicht rechtzeitig schaffte und sie Frieke bei der Geburt begleiten durfte ...

»Vielleicht keine so gute Idee«, sagte Marie leise. »Ich halte nur das Alleinsein nicht so gut aus.«

»Daran gewöhnt man sich«, sagte Meike gedankenverloren.

Hatte sie sich daran gewöhnt? Die Monate auf dem Zeltplatz waren in der Hinsicht heilsam gewesen. Letzten Sommer, als sie noch dachte, sie würde irgendwann in ihr altes Leben zurückkehren, hatte es sich angefühlt, als gehörte sie nicht dazu. Aber bei Emma hatte sie für den Winter einen Unterschlupf gefunden, und zusammen mit Frieke und Sonja, manchmal auch Conny, bildeten sie eine verschworene Gemeinschaft.

»Ich will mich aber nicht ans Alleinsein gewöhnen.«

Meike hakte sich bei ihr unter. »Ja, aber stell dir vor, wir ziehen zusammen. Du, ich, womöglich noch eine Katze. Meinst du nicht, das würde jeden Mann abschrecken, den du mit nach Hause bringst? Nicht nur, dass du die Katze aus deinem Bett vertreiben musst, sondern ›stör dich nicht an meiner Schwester, sie ist schon so alt, die hört uns nicht beim Sex ...‹«

Marie lachte und lehnte kurz den Kopf an ihre Schulter.

»Das habe ich vermisst«, sagte sie leise. »Dieses Gefühl von Gemeinsamkeit.«

»Also, ich werde dich nicht mit hinzubitten, wenn ich mal wen mit nach Hause bringe. So viel Gemeinsamkeit nun doch wieder nicht«, gab sie sich gespielt empört.

»Das wäre ja auch noch schöner.«

Sie lachten.

Heimat, dachte Meike. Manchmal ist ein Mensch unsere Heimat, und erst wenn wir entwurzelt werden, spüren wir, wie sehr das stimmt.

KAPITEL 16

»Was machst du da?«

Bengt rumorte. Durch das Badezimmer wühlte er sich, dann tauchte er kurz in der Tür zum Wohnzimmer auf, wo Frieke auf dem Sofa saß und las. Sie hatte sich in den letzten Tagen durch einen Stapel gefräst, den sie sich eigentlich fürs Wochenbett beiseitegelegt hatte, aber wer wusste schon, ob sie dann Zeit hatte mit Baby im Arm, idealerweise an der Brust. Also las sie jetzt.

Er murmelte.

Wenn Bengt murmelte, war das ein schlechtes Zeichen.

Sie stand auf und ging zum Bad.

»Was ist los?«, wollte sie wissen.

»Wo dein Nagellackentferner ist, will ich wissen.«

»Wofür brauchst du Nagellackentferner?«

Er hielt ein Fläschchen hoch. Knallroter Nagellack, ein schöner Farbton, dachte sie.

»Willst du dir die Nägel lackieren?«

»Nein.« Er atmete durch. »Dir. Die Fußnägel.«

Sie sah ihn an, wartete eine Erklärung ab.

»Für morgen.«

Morgen, ach ja. Die Hochzeit, die sie verdrängt hatte, so

erfolgreich übrigens, dass sie inzwischen überzeugt war, überhaupt keine Lust mehr darauf zu haben.

»Muss ich mir für morgen die Fußnägel lackieren?«

»Nein. Dafür hast du mich. Also? Wo finde ich den Entferner?«

Sie schob sich ins Bad und holte aus dem schmalen Schrank in der Ecke aus dem untersten Fach ein Körbchen, das sie insgeheim ihr Giftkörbchen nannte, weil sie dort die Sachen sammelte, die Bengt bestimmt als zu giftig würde verbannen wollen, wenn er davon wusste. Vor allem jetzt, während sie schwanger war. Er *wusste* natürlich, dass sie sich gelegentlich die Nägel machte. Aber solange er das nicht sah oder die Utensilien seinem Blick verborgen blieben, sprach er sie nicht darauf an.

»Dafür musst du aber einen anderen Platz suchen«, brummelte er.

»Wieso?«

»Na, spätestens wenn das Baby krabbelt …«

»Oh.« So weit hatte sie noch nicht gedacht, und ein bisschen blöd fühlte sie sich, weil Bengt offenbar schon weiter war als sie.

»Hat ja noch Zeit. Jetzt sind erst mal deine Fußnägel dran.«

Gehorsam folgte sie ihm ins Wohnzimmer. Bengt wies sie an, es sich auf dem Sofa gemütlich zu machen, und während sie sich wieder in ihre Lektüre vertiefte, zog er ihr die Socken aus und breitete die Utensilien neben sich auf dem Couchtisch aus. Sie las einen dicken Roman von Einar Karáson, der die Isländersagas aufgriff und in einem ähnlichen Erzählduktus berichtete. Für wache Nächte genau das Richtige, um sich daran müde zu lesen.

»Weißt du eigentlich, was du da tust?« Sie blickte über den Rand des dicken Wälzers.

Bengt schob die Fläschchen von Nagellack und Unterlack hin und her, er begutachtete ihre winzigen Fußnägel, die zum Glück recht gepflegt waren. Etwas ratlos hielt er die Nagelfeile in der Hand, als wollte er gleich auf den Fuß einstechen. Ihren Blick erwiderte er mit trotzig gerecktem Kinn. »Natürlich. Es gibt Youtube-Videos.«

Sie verkniff sich ein Kichern und verschwand hinter ihrem Buch.

Süß. Das fiel ihr auf Anhieb dazu ein. Bengt wusste, wie gerne sie sich ein bisschen »aufrüschte«, hatte er doch hautnah miterlebt, wie sie vor Johannes Hochzeit verzweifelte, weil nichts passte. Und schon vor vier Wochen hatte sie sich ziemlich damit gequält, ihre Fußnägel zu lackieren. Der Bauch war seither ja nicht gerade geschrumpft.

Sie blickte gelegentlich heimlich an Bauch und Beinen vorbei zu ihren Füßen, verkniff sich aber jeden Kommentar. Aus ihrem Giftkörbchen hatte sie Bengt neben dem Nagellackentferner auch einen Korrekturstift gegeben, mit dem er sich ganz geschickt anstellte. Und das Ergebnis konnte sich nach einer halben Stunde durchaus sehen lassen.

»Fertig!«, sagte er sehr zufrieden. Sie wackelte mit den Zehen. Es sah wirklich sehr hübsch aus.

»Prima! Dann kannst du das vor der Geburt auch noch mal machen.«

»Vor der Geburt?«

»Meinst du denn, ich will da nicht hübsch sein?«

»Ich dachte, da hat man Wichtigeres im Sinn als hübsche Nägel. Und ich mache das auf keinen Fall, wenn die Wehen schon eingesetzt haben.«

»Ich glaube, dann habe ich da auch keine Lust mehr drauf. Was kommt als Nächstes?«

»Was du willst. Du kannst in die Wanne gehen. Oder...« Er verschwand im Bad und kam mit einer Dose Rasierschaum zurück. »Wir kümmern uns um deine Beine. Wenn du magst.«

Sie quiekte verzückt. Sie liebte glatte Beine, aber wie bei den Fußnägeln war da inzwischen doch eine recht üppige Kugel im Weg, es war ihr schlicht zu anstrengend geworden.

»Hopp, hopp! Ich hab nicht den ganzen Abend Zeit, ich muss noch meinen Anzug raushängen und mein Hemd bügeln.« Er grinste, als sie an ihm vorbei ins Badezimmer flitzte.

Sie hielt inne, nahm sein Gesicht in die Hände und gab ihm einen Kuss auf den Mund. »Danke«, flüsterte sie. »Für alles.«

»Mache ich aus purem Eigennutz«, murmelte er und erwiderte dann den Kuss. »Es soll schließlich das schönste Weihnachten unseres Lebens werden.«

»Das kann es gar nicht. Unser schönstes wird es sein, wenn...«

Er legte den Finger auf ihre Lippen. »Pst«, machte er. »Von jetzt an wird jedes Weihnachten noch schöner, ich weiß. Aber ich weiß auch, dass man dafür etwas tun muss. Also lass uns etwas tun. Und danach vielleicht noch etwas mehr ...«

Das Einzige, was sie nervte, war die Schlaflosigkeit.

Sonst fand sie ihr Leben gerade ganz schön perfekt.

Frieke lag wach im Bett und lauschte Bengts leisem Schnarchen. Am Schrank hing ihr neues Kleid.

Es war das schönste Kleid, das sie je gesehen hatte. Und es passte perfekt.

Am Abend, nachdem sie aus der Wanne stieg, wurde Bengt ein bisschen hektisch, er schaute ständig auf sein Handy.

»Erwartest du noch jemanden?«, erkundigte sie sich lachend.

»Ja, ehrlich gesagt.«

Da klopfte es auch schon, und er schoss an ihr vorbei zur Tür.

Draußen im Schneegestöber stand Sonja, einen Kleidersack über dem Arm und einen Koffer in der anderen Hand.

»Guten Abend!«, grüßte sie fröhlich. »Na? Sind wir bereit für das große Abenteuer?«

Frieke schaute von Bengt zu Sonja.

»Das wird jetzt aber keine Mitternachtshochzeit?«, erkundigte sie sich besorgt. »Also, ich werde jetzt nicht auf direktem Weg in die Kirche gebracht?«

»Keine Sorge.« Sonja trat ein. »Hast du ihr nichts erzählt, Bengt?«

Er zuckte mit den Schultern. »Deine Überraschung, dein Auftritt.«

Sonja stellte den Koffer neben sich ab.

Noch eine Überraschung? So langsam … ja, so langsam gewöhnte sie sich daran, denn die Überraschungen waren bisher allesamt von der guten Sorte gewesen.

»Oh, was ist es denn?«, fragte sie.

Sonja hob wortlos den Kleidersack. »Dein Kleid.«

Erst verstand Frieke nicht. »Ich habe doch das Kleid von Johannes Hochzeit. Das wollte ich anziehen.«

»Ach, komm! Wie oft willst du heiraten in deinem Leben?«

»Sag jetzt nichts Falsches«, hörte sie Bengt hinter ihrem Rücken brummeln.

»Da kannst du kein altes Kleid anziehen. Darum habe ich dir eins genäht.«

Frieke machte den Mund auf, doch es kam nur ein schwaches »äh« heraus. Sie war völlig überwältigt. Ein selbst genähtes Kleid! Auf so eine verrückte, wunderbare Idee konnte auch nur Sonja kommen.

»Und wenn wir hier noch länger herumstehen, schaffst du es nicht pünktlich morgen Mittag zur Kirche. Ich muss es noch abstecken, damit ich es ändern kann, falls etwas nicht passt.« Sie wandte sich an Bengt. »Und dich können wir dabei so gar nicht brauchen, der Bräutigam darf das Kleid vorher nicht sehen. Husch, husch! Mach dich woanders nützlich.«

»Ich wünsche dir viel Spaß.« Bengt küsste Frieke auf den Mund.

»Verrückter Kerl«, murmelte sie, zog ihn kurz an sich und erwiderte den Kuss. Bengt schlüpfte in die Jacke und zog sich die Mütze tief in die Stirn. Er verließ das Haus. Offenbar gab es noch anderswo Fußnägel zu machen.

»Dann schauen wir mal.« Sonja folgte ihr ins Schlafzimmer, wo sie das Kleid aus dem Kleidersack schälte und an dem Bügel hochhielt. »Was denkst du? Passt das zu dir?«

Dunkelrot, mit Spitzenbesatz an den ausgestellten, langen Ärmeln und dem V-Ausschnitt. Bodenlang und gerade geschnitten.

Es sah perfekt aus.

»Und du meinst, das passt mir?«

»Probieren wir es aus.«

Zu Friekes Überraschung passte es perfekt. Sonja half ihr auf einen kleinen Hocker, sie umrundete Frieke, kniff hier in überflüssigen Stoff, murmelte vor sich hin, steckte etwas ab. »Ein paar kleine Korrekturen, und bis morgen früh bitte nicht weiter am Bauch wachsen, okay?«

»Woher wusstest du überhaupt die richtigen Maße?«, erkundigte Frieke sich.

»Ach, das war einfach.« Sonja grinste. »Die Strickjacke, die ich dir versprochen habe, wird noch etwas warten müssen. Aber mit deinen Maßen kam ich schon recht weit. Nur der Bauchumfang fehlte mir. Da hat Meike mir dann geholfen.«

Sie lachte. Wieder eine Kollaboration ihrer Freundinnen. Bei jeder Vorsorge vermaß Meike gewissenhaft ihren Bauchumfang. »Ihr seid ja verrückt.«

»Du würdest für uns dasselbe machen.«

Gut möglich. Frieke drehte sich ein bisschen hin und her, während Sonja den Koffer auspackte, der ihre Nähmaschine enthielt. Sie nahm letzte Änderungen vor, sie naschten gemeinsam ein paar Weihnachtsplätzchen, tranken dazu Kinderpunsch ... Es war ein wunderschöner Freundinnenabend.

Zum Abschied hatte Frieke Sonja umarmt und wollte sie gar nicht mehr loslassen. »Danke für alles«, flüsterte sie.

»Bedank dich bei Bengt. Er hat das alles angeleiert.«

Darüber dachte Frieke jetzt nach, während sie sich unruhig hin und her wälzte. Er hatte all die großen und kleinen Überraschungen für sie in Bewegung gesetzt.

Morgen war der große Tag. Ein besonderes Weihnachtsfest, das sie feierten, und jedes Jahr würde Frieke nun an dieses Weihnachten zurückdenken.

Neben ihrem Kleid hing sein Anzug. Er war neu. »Der alte ging wirklich nicht mehr«, brachte er gestern Abend zur Verteidigung vor, und sie gab ihm recht. Dieser Anzug passte perfekt zu ihrem Kleid, und schon deshalb lohnte sich die Neuanschaffung.

Aber jetzt lag sie wach, sie blickte auf Kleid und Anzug, während in ihrem Bauch wieder jemand versuchte, den beengten Raum zum Möbelrücken zu nutzen. »Vergiss es, Knubbelchen«, flüsterte sie. »Du bleibst noch ein paar Wochen drin.«

Heute jedenfalls war überhaupt keine Zeit zum Gebären.

Weil sie nicht schlafen konnte, knipste sie das Nachtlicht an und hangelte ein Buch vom Tischchen. Siri Hustvedts »Damals«, auch das hatte sie sich aufgehoben für die Zeit im Wochenbett. Egal. Sie wusste, dass im Frühling wieder Dutzende verführerische Neuerscheinungen in ihren kleinen Buchladen gespült wurden, aus denen sie dann schöpfen konnte. Das Leben war zu kurz, um sich irgendwelche Bücher »für später« aufzuheben.

Wer wusste denn schon, ob man später Zeit zum Lesen hatte?

Die Zeit verrann, das Baby rumorte, Bengt schnarchte. Und sie las über S. H., die Erzählerin des Romans, die auch die Autorin spiegelte, und das so perfekt ... Sie badete in der Sprache und hätte ewig so weiterlesen können, doch es war noch dunkel, als Bengts Wecker losrappelte und er, der sonst so morgenmuffelig war, sprang sofort aus dem Bett und schmetterte ihr fröhlich entgegen: »Auf, auf! Heute wird geheiratet!«

Frieke, die noch ganz in Gedanken bei Siri Hustvedt war, musste lachen, denn es fiel ihr schwer, vom Lesen ins Leben zu finden, aus dem fiktiven Leben in ihr reales. Heiraten? Das hätte sie fast vergessen.

Und das, dachte sie, vermochte Literatur eben auch. Sie lenkte ab, sie beruhigte den Herzschlag, wenn man glaubte, es nicht auszuhalten mit dem Leben. Literatur begleitete einen in schlaflosen Nächten.

Und ließ sie fast vergessen, dass heute ein besonderer Tag war.

KAPITEL 17

Alle waren gekommen.

Ihre Eltern saßen zusammen mit Bengts Familie ganz vorne. Dahinter direkt ihre Freundinnen: Emma mit den Zwillingen und Raik an ihrer Seite, die beiden Erwachsenen verliebt aneinandergelehnt und mit wachem Blick, als müssten sie sich alles einprägen, was da vorne geschah. Meike mit ihrer Schwester Marie – eine besondere Überraschung für Frieke, aber sie hatte die beiden nur verwirrt begrüßt. Johanne mit Oltmanns, so verliebt wie Teenager, ebenfalls aneinandergerückt, als ob die Kirchenbank ihnen nicht genug Platz bot. Sonja mit ihren drei Kindern, auch Bosse entdeckte Frieke, obwohl sie mit ihm nie viel zu tun gehabt hatte, aber er saß neben seinem Ältesten, als gehörte er wieder dazu. Conny saß da, neben ihr Sonjas Bruder Tammo, der noch kariertes Hemd und Cordhose vom Vormittag im Frischemarkt trug, wo es wohl, typisch für Heiligabend, bis zuletzt hoch herging. Die Insulaner waren zahlreich unter den Gästen, und Bengt hatte auch seine Tante Mette nicht vergessen, die seit knapp zwei Jahren in einem Heim lebte und dort so sehr aufblühte, dass ihr »plus eins« ein älterer Herr war, der sich Bengt und Frieke als »der Otto« vorstellte, »nur mit einem etwas anderen Humor als *der* Otto«, und er wich Tante Mette nicht von der Seite. Der gefiel ihr.

Ebba und Willem saßen da, Händchen haltend und ergriffen. Auch Florian und ein paar andere alte Freunde aus Hamburg entdeckte sie unter den Gästen, bevor sie sich von Bengt nach vorne führen ließ. Später war Zeit, alle zu begrüßen.

Sie saß neben Bengt ganz vorne auf diesen unbequemen Stühlen, die nur für die seltenen Inselhochzeiten hervorgeholt wurden; hohe, gerade Holzlehnen, das Polster abgewetzt von den vielen Hintern, die im Laufe der Jahrzehnte darauf unruhig herumrutschten.

Bengt hatte es nicht so mit der Kirche, und Frieke ging es ähnlich, ohne dass sie genau sagen konnte, warum. Vielleicht war es das Liturgische, das Förmliche, dass man ihr vorschrieb, was genau sie glauben sollte, wo doch Glaube etwas zutiefst Privates war. Deshalb hatte er auch nicht den Pastor mit der Trauung betraut, sondern hatte eine unabhängige Traurednerin gefunden. Wie sich herausstellte, war das die Blonde, mit der Frieke ihn beim Skypen erwischt hatte. Sie stellte sich Frieke kurz vor der Zeremonie vor: »Ich bin Bianca.« Statt Talar und Beffchen trug sie einen schwarzen Anzug und eine cremeweiße Bluse, sie war imposant, groß und mit ihren dunkelblonden Haaren, zum Knoten im Nacken zusammengefasst, fühlte Frieke sich an eine Amazone erinnert.

Aber sie mochte Bianca, das herzliche Lächeln, mit dem sie alle bedachte, und die Worte, die sie fand, waren so liebevoll und bedächtig, als würde sie Frieke und Bengt schon seit Jahren kennen. Sie begann mit Friekes Auftrag, über Bengt und die Brandseeschwalben zu berichten, der sie von den Hamburger Redaktionsräumen des KOMETs auf die Insel führte, wo sie von ihm gleichermaßen in die analoge Zeit katapultiert wurde, wie er sich den digitalen Medien öffnete. Sie schlug einen Bogen über Friekes kurze Zeit in Boston, über ihre Rückkehr zur Insel und wie sie Buchladen, Kapitänshaus und Bengt mit den Brandseeschwalben zu ihrem neuen Leben machte. Sie erzählte auch von Bengts Weg bis zu diesem Tag, von seiner Arbeit, die ihn auf die Insel führte, von dieser frechen Journalistin – ein Lachen ging durch die Gäste, sie alle kannten Frieke gut genug –, die ihn aus seinem Bauwagen in die Moderne holte.

»Und nun sind wir hier. Ihr beide als Paar, weil ihr an diesem Tag Ja sagen wollt zueinander. Ja sagen, weil ihr einander liebt und den Weg in Zukunft gemeinsam beschreiten wollt – Seite an Seite, zusammen mit eurem Kind, das bald zur Welt kommt. Und an dieser Stelle übergebe ich kurz an die Standesbeamtin von Spiekeroog, die eine Frage an euch beide hat.«

Bianca trat beiseite und machte der Standesbeamtin Platz. Die ältere Dame mit dem dunkelbraunen, eng anliegenden Pagenkopf und der kleinen, stämmigen Figur erinnerte Frieke in ihrem etwas tristen Kostüm eher an eine Drossel, wie sie nach vorne trippelte. Sie räusperte sich, und dann sprach sie mit erstaunlich lauter Stimme die Sätze, die sie schon vor so vielen Paare gesagt hatte, endend mit der Frage, ob Bengt und Frieke miteinander den Bund der Ehe eingehen wollten.

Ihr Herz klopfte bis zum Hals. Warum bloß? Dachte sie, Bengt könnte so kurz vor knapp einen Rückzieher machen? Oder dass sie kniff? Nein; es war nur dieser große Moment, der ihr den Atem raubte, auf den sie sich so lange gefreut hatte, ohne zu wissen, dass er irgendwann kam.

Sie sagten beide Ja – mit kräftiger, klarer Stimme. Einig waren sie darin – sie gehörten zusammen, auch in den schlechten Zeiten, wann immer die kommen mochten. Kommen würden sie, so realistisch war Frieke.

Aber vorher wollten sie die guten Zeiten genießen. Und feiern – feiern wollten sie auch.

Bevor es aber dazu kam, wandte Bengt sich ihr zu, und er sah sie ernst an – so ernst, dass sie kurz dachte, die schlechten Zeiten kämen direkt nach der Eheschließung.

»Ich weiß, du hast kein Geschenk für mich«, sagte er leise. »Aber ich habe mir erlaubt, für uns diese hier zu besorgen.« Er zog eine kleine Samtschachtel aus der Hosentasche, überreichte sie ihr, sie wusste kurz nicht, wohin mit sich und dem Blumenstrauß, aber dann kam Bianca ihr zu Hilfe und nahm die Blumen ab. Frieke starrte ehrfürchtig auf die zwei Ringe in dem Kästchen, silbrig, der eine breiter, beide gehämmert. »Fairtrade«, flüsterte er ihr zu, und sie grinste.

»Ich dachte schon, diesmal kommst du mit den Ringen deiner Urgroßeltern«, neckte sie ihn.

»Die sind leider verloren gegangen.« Behutsam steckte er den kleineren Ring auf ihren Ringfinger – versuchte es jedenfalls, denn die Wassereinlagerungen machten ihm einen Strich durch die Rechnung.

»Versuch's mit dem kleinen«, riet sie ihm.

Sein Ring passte perfekt, und ihr Ring hielt am kleinen Finger auch ganz passabel. Später würde sie ihn abnehmen und mit dem Verlobungsring an der Kette um den Hals tragen.

»Und jetzt lass uns feiern.« Er hakte sich bei ihr unter, als sie aufstanden. Bianca gab ihr den Brautstrauß zurück, und bevor sie aus der Kirche gehen konnten, knipsten Willem und Martin ein paar Fotos. Später vor der Kirche machte Willem noch mehr Fotos. Er hatte sich eine teure Spiegelreflexkamera zugelegt, die er mit einem zärtlichen Stolz trug. Als er Frieke umarmte und ihr gratulierte, sprach sie ihn auf das gute Stück an. »Hast du jetzt doch die Moderne erreicht?«

Er grinste verlegen. »Man bekommt keine Filme mehr für die analogen Kameras. Und es macht mir Spaß, die Fotos nachzubearbeiten. Ihr bekommt ein Album von uns als Geschenk.«

»Für dich habe ich auch noch ein Geschenk«, flüsterte Frieke, als Bengt und sie nebeneinanderher Richtung Spiekerooger Liebe spazierten.

Sonja hatte den Hochzeitsempfang kurzerhand dorthin verlegt. »Die können das tausendmal besser als ich!«, rief sie.

»Du brauchst kein Geschenk für mich.« Bengt legte den Arm um ihre Schultern. »Du bist bei mir. Nur das zählt.«

»Nicht ganz.«

Sie hatte es sich genau überlegt, und um abzuschätzen, wie realistisch ihr Geschenk an ihn war, hatte sie Sonja

und Emma um Rat gefragt, die ihr sogleich beide ihre un-
eingeschränkte Hilfe zusicherten.

Hoffentlich freute Bengt sich so sehr wie sie, dass sie
ihm diese Freude machen konnte.

»Ob wir das erste Brautpaar sind, das vor Ende der Feier
verschwunden ist?«

Drei Stunden später befanden sie sich auf dem Weg zurück ins Kapitänshaus. Oltmanns Kruse hatte ihnen den
Golfcaddy geliehen, mit dem Bengt nun gut gelaunt durch
den stillen Dorfkern raste. Es wurde bereits dunkel. In den
Häusern glänzte goldenes Licht hinter den Fenstern. Bald
begann die Bescherung bei den Familien mit kleinen Kindern.

Nächstes Jahr, dachte sie, gehören wir auch zu diesen
Familien.

»Sie werden bestimmt nicht ewig weiterfeiern«, mur-
melte Frieke. An Bengt gekuschelt, genoss sie die Fahrt.
Er hatte den Arm um sie gelegt und lenkte mit der linken
Hand. »Schließlich ist Weihnachten.«

Er lachte, drückte sie an sich. Ein warmes Gefühl durch-
fuhr sie, fast wie ein erstes Flattern von Verliebtheit, so
aufgeregt und frei. »Ich hoffe, es ist okay, dass wir Heiligabend geheiratet haben.«

»Mh«, murmelte sie müde. Jetzt! Jetzt könnte sie im
Sitzen einschlafen, und wenn sie wüsste, dass Bengt sie
ins Haus tragen konnte, würde sie das direkt tun. Sie riss
die Augen auf.

Das kleine Kapitänshaus strahlte im Glanz der Weihnachtsbeleuchtung. »Du musst zugeben, es sieht *hübsch* aus.«

»Schon. Aber wie viel Strom das frisst!«

Nicht mal heute konnten sie ohne Kabbelei. Aber das waren sie eben. Und es geschah stets auf eine gutmütige Art, niemals verletzend.

Das Geschenk für Bengt hatte sie noch in der Nacht eingepackt, als sie nicht schlafen konnte. Sie gab ihm die Schachtel, ungefähr so groß wie ein Schuhkarton.

Darin waren auch folgerichtig: Schuhe.

»Puschen?«, fragte er, zog die Augenbrauen hoch, als könnte er es nicht glauben. »Weil ich jetzt … häuslich werde?«

Sie zauste seine Haare. »Auch eine mögliche Interpretation. Aber nein. Das sind Filzschuhe, gefüttert mit dem Lammfell von Gotlandschafen.«

Sie ließ ihre Worte einwirken. Er brauchte etwas länger, sie merkte es daran, wie er die moosgrünen Filzschuhe hin und her drehte, das graue Lammfell streichelte und dabei die Stirn runzelte.

»Verstehe ich nicht.«

»Gotland.«

»Ja, das habe ich verstanden. Aber wieso?«

»Ich will nicht, dass du häuslicher wirst.« Sie atmete tief durch. »Du sollst die zwei Monate auf Gotland bei den Mauerseglern forschen. Wie man es dir angeboten hat.«

»Frieke …«

»Pssst, nein.« Sie legte den Zeigefinger auf seine Lippen. »Lass mich ausreden, okay?« Er nickte stumm. »Du wolltest das Projekt mit den Mauerseglern, stimmt's? Sonst hättest du mir nicht davon erzählt. Und ich weiß auch, dass du nächstes Jahr vielleicht nicht noch mal die Chance bekommst. Ich hab meine Freundinnen hier auf der Insel, die mir alle versprochen haben, dass sie auf mich und das Baby aufpassen und uns unterstützen. Erfüll dir diesen Traum, Bengt. Und wenn möglich, werden wir dich zwischendurch auch mal besuchen. Damit du nicht zu viel Sehnsucht bekommst.«

»Frieke…«

»Wir werden natürlich viel Sehnsucht haben, das Baby und ich. Aber ich verspreche dir, dass du das machen darfst. Wir schaffen das.«

»Fragst du dich auch, ob ich das schaffe? Zwei Monate ohne euch?«

»Na ja… Du hast früher dein ganzes Leben ohne mich geschafft, oder nicht?«

»Das war was anderes.« Er nahm ihre Hände. »Das ist ein so großes Geschenk, das kann ich nur unter Vorbehalt annehmen. Wenn die Stelle noch vakant ist. Wenn es uns als Familie bis dahin gut geht, damit wir das verkraften. Wenn ich überhaupt weg will…«

Ob Bengt ahnte, wie gut seine Worte ihr taten? Er nahm ihr Geschenk an, doch würde er nicht darauf bestehen, es tatsächlich einzulösen. Falls sie ihn brauchte. Falls ihre kleine Familie ohne ihn nicht auskam.

»Ich werde aber eins machen«, sagte er leise. »Für diesen Sommer suche ich mir eine Vertretung bei den Schwalben.«

»Brandseeschwalben«, murmelte Frieke.

Er grinste. »Wer ist denn hier der Ornithologe?«

»Na du! Aber wenn du plötzlich so ornithologisch un-genau wirst, muss ich im Dienst der Wissenschaft eingrei-fen.« Sie atmete tief durch. »Also abgemacht?«

»Ja. Aber nicht um jeden Preis.«

Sie umarmten sich, kuschelten sich aufs Sofa, und sie schloss müde die Augen. Draußen fiel leise der Schnee, der Glitzerhirsch leuchtete, und kurz bevor sie einschlief, hörte sie Bengts leises Schnarchen.

Fröhliche Weihnacht uns allen, dachte sie.

Das Baby trat sie in den Magen. Es schien mit diesem Ausgang des Fests auch mehr als einverstanden zu sein.

ENDE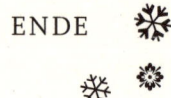